Français

Écrit + Oral

Objectif BAC

1re STMG STI2D ST2S STD2A STHR STL

Sofia ROSSIGNOL
Professeure agrégée de Lettres modernes

Amandine SOURISSE
Docteure ès lettres

hachette
ÉDUCATION

MODE D'EMPLOI

Vous trouverez, réunis dans cet ouvrage, tous les outils pour bien préparer et réussir votre Bac de français :

LES MÉTHODES DE L'EXAMEN

Tous les conseils et les méthodes pour réussir les nouvelles épreuves du BAC

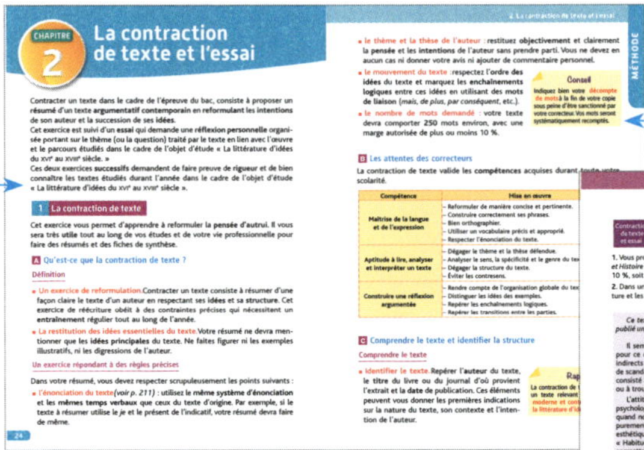

De nombreuses aides (rappels de cours, conseils, définitions…) complètent utilement le cours

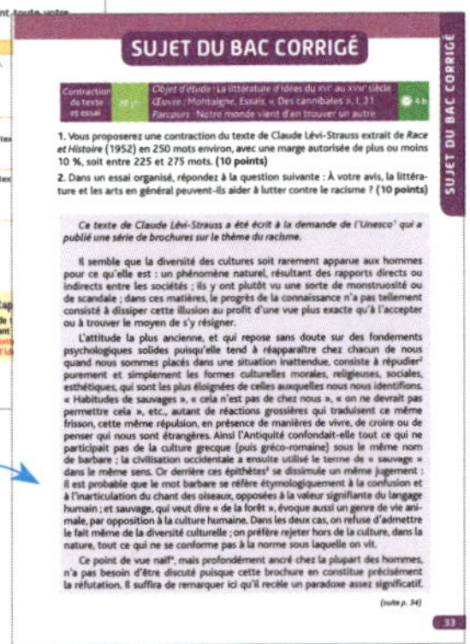

Pour chaque épreuve écrite, un sujet type du BAC et son corrigé, entièrement rédigé et commenté

LES OBJETS D'ÉTUDE DU PROGRAMME

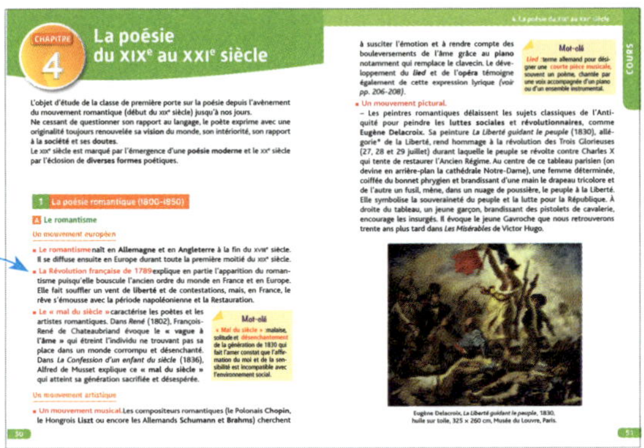

Un cours clair et structuré, avec tout ce qu'il faut savoir

Conception graphique
Couverture : Stéphanie Benoit
Intérieur : Alicia Dassonville

Composition, schémas et mise en pages : Médiamax
Édition : Justine Massel – Sophie Lovera
Illustrations : Anne-Gaëlle Poirier

I.S.B.N. 978-2-01-722657-4

www.parascolaire.hachette-education.com

Achevé d'imprimer en juin 2023 en Slovaquie par Polygraf - Dépôt légal : juillet 2023 - Édition 01 - 10/6663/9

L'ESSENTIEL SUR LES 12 ŒUVRES ET PARCOURS AU PROGRAMME DU BAC 2024

Pour chaque œuvre et son parcours :

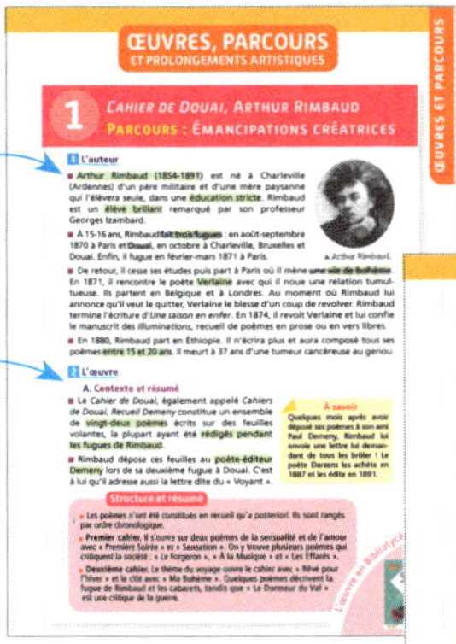

La biographie de l'auteur en quelques lignes

Ce qu'il faut savoir sur l'œuvre

Un à deux prolongements artistiques

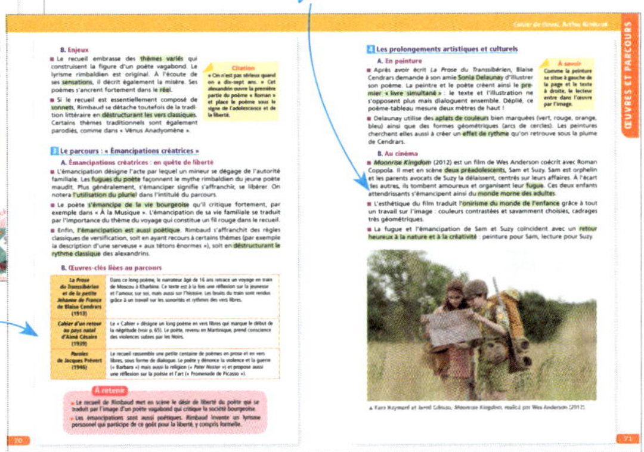

L'essentiel sur le parcours littéraire associé à l'œuvre

LES OUTILS D'ANALYSE LITTÉRAIRE ET GRAMMATICALE

Une présentation synthétique des notions fondamentales de grammaire

Un lexique expliquant les termes de l'analyse littéraire (signalés dans le cœur de l'ouvrage par *)

Crédits photographiques
Sauf mention contraire ci-après, tous les portraits d'auteurs et les documents sont crédités : © Photothèque Hachette.
Intérieur : AKG-images : p. 65 © akg-images / picture-alliance / dpa, p. 106 © akg-images / Erich Lessing, p. 110 © akg-images / De Agostini / G. Dagli Orti, p. 119 © akg-images ; p. 175 © akg-images ; p. 178 © akg-images / Laurent Lecat. **Bridgeman Images** : p. 66 Prévert © Bridgeman Images ; p. 71 Photo Niko Tavernise © Focus Features / Everett Collection / Bridgeman Images ; p. 72 © Louis Monier. All rights reserved 2023 / Bridgeman Images ; p. 76 © Louis Monier. All rights reserved 2023 / Bridgeman Images ; p. 137 © Daniel Gonzalez Acuna / Bridgeman Images, p. 141 © Leonard de Selva / Bridgeman Images, p. 145 © Fondation Lurçat / Adagp, Paris 2022 / Bridgeman Images ; © **National Gallery of Art, Washington** : p. 54. © **Shutterstock** : pp. 51, 68, 85, 86, 88, 90, 92, 96, 99, 118, 122, 125, 133, 134, 151, 156 (haut), 168. **Photo** © **Pleins Feux diffusion** : p. 158. **Lee/Leemage** : p. 107 © FineArtImages / Leemage, p. 169 Chromotypographie in « Le Roy Soleil » (Louis XIV) de Gustave Toudouze, collection privée, © Lee/Leemage. **Photo © Michel Quenneville** : p. 176. **Wikimedia Commons** : p. 75. **Deidi von Schaewen** : p. 78 photo © Deidi von Schaewen.
Dépliant : Ulysse, Rabelais, Montaigne, Molière et Voltaire © shutterstock ; Christine de Pizan © Science Photo Library/akg-images ; Versailles © shutterstock/Pecold ; Newton © shutterstock/Georgios Kollidas ; Mozart et Edison © shutterstock/Everett Historical ; Napoléon © Photo Josse/Leemage ; mur de Berlin ©DPA/Picture Alliance/Leemage.

SOMMAIRE

LES MÉTHODES DE L'EXAMEN

1. Le commentaire

2. La contraction de texte et l'essai

3. L'épreuve orale

LES OBJETS D'ÉTUDE

4. La poésie du XIXe au XXIe siècle

5. La littérature d'idées du XVIe au XVIIIe siècle

30 TUTOS VIDÉOS

pour améliorer son orthographe avec Projet Voltaire

- Vidéo 1 : Accord du participe passé avec l'auxiliaire « être »
- Vidéo 2 : Avec l'auxiliaire « avoir », le participe passé ne s'accorde jamais avec le sujet
- Vidéo 3 : Accord du participe passé avec l'auxiliaire « avoir » selon la place du COD ou suivi d'un infinitif
- Vidéo 4 : Les noms qui se terminent par « -é »
- Vidéo 5 : « Je veux », « je peux », « je vaux »
- Vidéo 6 : Dans quels cas écrit-on « ces » ?
- Vidéo 7 : « La plupart » est suivi du pluriel
- Vidéo 8 : Dans quels cas écrit-on « prêt » ?
- Vidéo 9 : Dans quels cas écrit-on « -cueil » ?
- Vidéo 10 : Accord de « ci-joint » ou « ci-annexé »
- Vidéo 11 : « Parmi », sans s
- Vidéo 12 : Où sont les doubles consonnes dans « appeler » ?
- Vidéo 13 : « -onnel » avec deux n et « -onal » avec un n
- Vidéo 14 : Quand faut-il mettre un s à « vingt » ?
- Vidéo 15 : Quand faut-il mettre un s à « cent » ?
- Vidéo 16 : Jamais de s à « mille »
- Vidéo 17 : « 1,5 kilomètre », sans s
- Vidéo 18 : « M. » ou « Mr » ?
- Vidéo 19 : « J'ai été » ou « je suis allé » ?
- Vidéo 20 : « Après qu'il a »
- Vidéo 21 : Les quatre~~s~~ missions
- Vidéo 22 : Il les apporte~~s~~
- Vidéo 23 : qui me permettron~~s~~
- Vidéo 24 : Malgré ~~que~~
- Vidéo 25 : Une demi~~e~~-journée
- Vidéo 26 : leur~~s~~ apporter
- Vidéo 27 : J'attend
- Vidéo 28 : Je les ai contacté
- Vidéo 29 : Cet~~te~~ emploi
- Vidéo 30 : Je conclu~~e~~rai

Retrouvez tous nos tutos vidéos sur notre chaîne YouTube « Objectif BAC Hachette ».

DÉFINITION DE L'ÉPREUVE

L'épreuve du Bac de français est constituée d'une épreuve **écrite** et d'une épreuve **orale**. Elle porte sur le programme de la classe de première et sur les œuvres au programme renouvelées par quart tous les ans.

1. L'épreuve écrite

Durée	4 heures
Coefficient	5

Le sujet de l'épreuve écrite de français vous offre le choix entre un **commentaire** et une **contraction de texte suivie d'un essai**. Cette épreuve est notée sur **20 points**.
Plusieurs **critères** entrent dans la notation :
– la maîtrise de la langue et de l'expression ;
– l'aptitude à lire, analyser et interpréter un texte ;
– l'aptitude à mobiliser une culture littéraire ;
– l'aptitude à reformuler une argumentation de manière précise, en respectant son déroulé logique ;
– la capacité à construire une réflexion argumentée et structurée, et à prendre en compte d'autres points de vue que le sien.

A Le commentaire (voir pages 10 à 23)

Le commentaire porte sur un **texte littéraire** en lien avec **un des objets d'étude** du programme de la classe de première à l'exception de l'objet d'étude : « La littérature d'idées du XVIe au XVIIIe siècle ». Ce texte ne sera jamais extrait d'une des œuvres au programme.

B La contraction de texte suivie d'un essai (voir pages 24 à 38)

– **La contraction de texte** prend appui sur un texte relevant d'une forme **moderne et contemporaine de la littérature d'idées.** Ce texte, d'une longueur d'environ **1 000 mots**, doit être contracté au **quart**, avec une marge autorisée de plus ou moins 10 %.
– **Le sujet de l'essai** porte sur le **thème** ou la **question** que le texte partage avec l'œuvre et le **parcours** étudiés pendant l'année dans le cadre de l'objet d'étude : « La littérature d'idées du XVIe au XVIIIe siècle ».

2. L'épreuve orale (voir pages 39 à 48)

Durée	20 minutes
Préparation	30 minutes
Coefficient	5

L'épreuve orale permet d'évaluer la qualité d'expression orale du candidat mais aussi sa capacité à mobiliser ses connaissances, à développer son propos et à échanger

avec l'examinateur. Elle vise également à valoriser son investissement personnel, sa faculté à justifier ses choix, à les présenter et à les expliquer.
Cette épreuve se déroule en **deux temps** qui se succèdent et sont précédés d'un **temps de préparation** de **30 minutes**. L'ensemble de cette épreuve est noté sur **20 points**.

A Accueil du candidat, descriptif et préparation

Le candidat arrive muni de son **descriptif** qui recense les œuvres et textes étudiés pendant l'année. L'examinateur possède ce même descriptif, remis en amont par l'enseignant de français.
Le descriptif est également composé d'une **partie individuelle** dans laquelle le candidat a indiqué l'œuvre qu'il a retenue parmi toutes celles étudiées durant l'année ou proposées par son enseignant au titre des lectures cursives obligatoires. Cette œuvre fera l'objet de la seconde partie de l'épreuve.
Pour la première partie de l'épreuve, le texte choisi par l'examinateur figure toujours parmi les textes mentionnés dans le descriptif comme ayant fait l'objet d'une étude détaillée. L'examinateur indique également quelle sera la **question de grammaire**.
La préparation dure **30 minutes**.

B Première partie : exposé sur un des textes du descriptif

Cette première partie dure **12 minutes**. Elle est notée sur **12 points** et comporte trois temps :

brève contextualisation et lecture de l'extrait à voix haute	2 points
explication linéaire du texte ou d'un passage d'une vingtaine de lignes sélectionné par l'examinateur	8 points
réponse à une question de grammaire sur un passage du texte à expliquer	2 points

Le descriptif remis par le candidat à l'examinateur indique les **textes** étudiés en classe, entre treize et seize, qui pourront être retenus pour l'explication linéaire.

C Seconde partie : présentation de l'œuvre choisie et entretien

Cette partie de l'épreuve dure **8 minutes**. Elle est notée sur **8 points**.
Elle se déroule en deux temps successifs :
– la présentation de l'œuvre retenue par le candidat et l'explication argumentée de ce choix ;
– l'entretien au cours duquel le candidat justifie le choix de l'œuvre qu'il a retenue. Conduit de manière ouverte par l'examinateur, cet entretien ne prend pas la forme d'un questionnaire de lecture mais vérifie que le candidat s'est approprié l'œuvre.

Les méthodes de l'examen

1. Le commentaire

2. La contraction de texte et l'essai

3. L'épreuve orale

CHAPITRE 1

Le commentaire

Commenter un texte dans le cadre de l'épreuve du bac consiste à proposer un **devoir organisé** qui rende compte d'une **compréhension** fine du texte à étudier. Cet exercice demande un travail d'**analyse** littéraire minutieux et repose sur une **méthode** rigoureuse.

1 Comprendre l'exercice

A Qu'est-ce que le commentaire ?

- **L'un des deux sujets qui vous est proposé à l'épreuve écrite de français du bac.** Le but n'est pas seulement de montrer que vous avez saisi le **sens global** du texte. Commenter un texte, c'est l'expliquer, c'est-à-dire comprendre comment il est structuré, saisir son **sens** général et ses **enjeux**, mais c'est aussi analyser le **style** de l'auteur.
- **Un devoir qui répond à une problématique et qui est structuré en deux parties.** Votre réflexion se doit d'être **argumentée** et chaque **interprétation** doit être **justifiée** par des **références** précises au texte et par l'analyse de **procédés** littéraires.

Rappel
Le commentaire est un exercice d'argumentation *(voir p. 188)*.

B Pourquoi choisir le commentaire ?

Les avantages du commentaire

- **Un exercice rassurant.** Le commentaire sera en **lien** avec l'un des **objets d'étude** du programme de l'année, à l'exception de l'objet d'étude « La littérature d'idées du XVIe au XVIIIe siècle ». Vous pourrez ainsi faire appel à vos **connaissances**.
- **Un exercice qui repose sur des intuitions de lecture.** Votre réflexion prend appui sur les **émotions** suscitées par le texte, émotions auxquelles vous devez faire confiance. Elles vous permettent d'identifier la **tonalité*** du texte.

Les erreurs à éviter

- **La paraphrase.** Elle consiste à raconter et réécrire le texte.
- **La juxtaposition de procédés littéraires.** L'objectif d'un commentaire n'est pas d'énumérer toutes les figures de style d'un texte, mais d'en expliquer le **sens** et d'en donner une **interprétation**.

> **Conseil**
> Pour éviter la **paraphrase,** n'utilisez pas les expressions suivantes : « ~~l'auteur dit que~~ » ou « ~~le texte parle de~~ ». Préférez des formules comme « l'auteur utilise *tel* procédé pour faire passer *tel* message », « nous observons », « nous remarquons », etc.

C Quelles sont les attentes des correcteurs ?

Le commentaire valide des **compétences** acquises durant toute votre scolarité.

Compétence	Mise en œuvre
Aptitude à lire, analyser et interpréter un texte	– Éviter les contresens. – Dégager la structure du texte. – Analyser le sens, la spécificité et le genre du texte.
Construire une réflexion argumentée	Proposer un plan (introduction + développement + conclusion) avec des transitions.
Mobiliser sa culture littéraire	– Situer le texte dans son époque. – Dégager le contexte historique et culturel du texte.
Maîtrise de la langue et de l'expression	– Construire correctement les phrases. – Bien orthographier. – Utiliser un vocabulaire littéraire précis et approprié.

2 Analyser le sujet

A Découvrir le sujet

Voici quelques **pistes** de travail.

- **Rechercher des indices.** Avant même de lire votre texte, observez les caractéristiques suivantes qui vous aideront dans votre analyse :
  – **la date de publication** permet bien souvent d'identifier le **mouvement littéraire** et l'**époque** ;
  – **l'auteur** : sa connaissance peut être une aide même si le correcteur n'attend rien de vous à ce sujet ;
  – **le titre** peut vous donner des indices quant à la thématique ;
  – **le genre*** (lettre, poème, extrait de roman, etc.) ;
  – **la mise en page** : paragraphes courts, ponctuation forte, un texte écrit en vers ou en prose, etc.

> **Conseil**
> Les **indices** se trouvent souvent dans le paratexte*.

- **Bien lire le sujet.** Le sujet de commentaire vous donne les deux ou trois axes qui vous permettront de construire votre plan. Prenez connaissance de ces pistes avant même de lire le texte !
- **Lire le texte.** Lisez une première fois le texte pour le **découvrir**, sans rien écrire. Évitez de plaquer des connaissances préalables et laissez-vous surprendre.
- **Relire le texte.** Une lecture unique ne suffit pas. Vous devez relire le texte plusieurs fois en surlignant les **mots-clés**, les **citations** importantes.
- **Annoter le texte.** Notez dans les **marges** du texte des remarques, des analyses (tonalité*, vocabulaire, ponctuation, figures de style) et vos premières interprétations. Listez au brouillon les **principales idées** qui permettront de bâtir votre plan.

> **Conseil**
>
> Pensez à vous munir de bons **outils :** une **montre** pour bien gérer votre temps, des **surligneurs** pour repérer certains éléments du texte, une **règle** pour souligner le titre des œuvres et une bouteille d'**eau.**

B Mobiliser ses connaissances

- **Le lien avec le programme.** Le commentaire est toujours en lien avec un des **objets d'étude** du programme, à l'exception de l'objet d'étude « La littérature d'idées du XVIe au XVIIIe siècle. » Toutes vos connaissances acquises pendant l'année sont des **points de repère**, des aides pour mieux appréhender le texte.
- **La culture générale.** Appuyez-vous sur les nombreux **textes** étudiés en cours d'année ainsi que sur vos lectures personnelles pour **reconnaître** les procédés littéraires du texte, les genres* et les tonalités*.

> **Conseil**
>
> Un **travail régulier** de textes de genres variés vous permettra d'être mieux entraîné et d'acquérir la bonne **méthode.**

C Proposition de chronométrage

Le chronométrage idéal n'existe pas. Seul un **entraînement régulier** vous permettra de connaître les étapes qui vous demandent le plus de temps. La proposition suivante est à adapter selon vos **besoins** :

étape 1 **Découverte du sujet** (identifier l'objet d'étude, lire le texte) : **15 minutes.**

étape 2 **Travail au brouillon** (élaborer un plan détaillé et une problématique) : **1 heure 30 minutes.**

étape 3 **Rédaction : 2 heures.**

étape 4 **Relecture du devoir : 15 minutes.**

3 Organiser son commentaire

A Rassembler ses idées au brouillon

- **Organiser vos idées.** Un commentaire écrit au fil de la plume manque d'organisation et sera sanctionné par le correcteur. Le travail au brouillon est le seul moyen efficace pour structurer vos idées. N'hésitez pas à utiliser les feuilles de brouillon fournies le jour de l'épreuve.
- **Utiliser les marges.** Écrivez autour du sujet, les marges blanches vous le permettent. Au terme de votre travail au brouillon, l'extrait étudié doit être multicolore, assorti de flèches, de mots-clés surlignés, de termes relevés, de définitions apportées.
- **Organiser votre brouillon sur plusieurs pages.**

> **Conseil**
> N'écrivez pas la **totalité** de votre devoir au **brouillon.** C'est une perte du temps dont vous aurez besoin pour le travail de votre plan.

Brouillon Page 1	– Les premières impressions après la première lecture du texte – Le tableau contenant les citations, analyses, interprétations *(voir p. 15)*
Brouillon Page 2	Le plan détaillé (parties et sous-parties)
Brouillon Page 3	La rédaction de l'introduction et de la conclusion
Brouillon Page 4	Les idées du développement

B Dégager une problématique

- **Le fil conducteur.** La problématique est **obligatoire**. Elle oriente votre commentaire dans une direction et en constitue le **fil conducteur**. Placée **au début** du commentaire, elle trouve des éléments de réponse au cours du **développement**. La **conclusion** répond de façon synthétique à la problématique.
- **Un enjeu littéraire.** Une bonne problématique doit mettre en évidence un **enjeu littéraire** fort qui rende compte de la **spécificité du texte**.

  Ex. : Dans quelle mesure ce texte à l'argumentation si **structurée** est-il un éloge de la **liberté** ?

- **Une question.** La problématique se présente généralement sous la forme d'une **question** qui peut commencer par « dans quelle mesure », « en quoi », « comment ». Elle n'apparaît le plus souvent qu'après avoir bâti votre plan.

Pour la **formuler**, choisissez deux à quatre **mots-clés** extraits du plan. Veillez à trouver une problématique **littéraire** qui ne porte pas sur la biographie de l'auteur ou sur une simple thématique. Elle doit être assez **large** pour vous permettre de développer les **principaux aspects** du texte. Elle doit aussi rendre compte de sa **singularité**.

Ex. de mauvaise problématique : ~~Que le poème nous apprend-il sur les sentiments de son auteur ?~~

Ex. de bonne problématique : Comment le poète reprend-il la thématique traditionnelle de l'amour de façon originale pour exprimer un état d'âme complexe ?

C Bâtir un plan

- **La structure du plan.** Au brouillon, établissez un **plan** qui regroupe une **introduction** (présentant le texte puis annonçant la problématique et le plan), **le développement** (exposant les idées du plan) et **la conclusion** (résumant l'essentiel des idées et proposant une ouverture).

- **Les deux grandes parties.** Le commentaire s'organise en deux grandes parties qui vous sont données le jour du bac.

  Ex. : « Vous ferez le commentaire du texte de ... en vous aidant du parcours de lecture suivant :
  1. ...
  2. ... »

  Vous devez respecter ce parcours de lecture.

- **Les sous-parties.** Chaque grande partie est elle-même divisée en deux ou trois sous-parties que vous devez vous-même déterminer.

  Partie 1 : ...

  a.

  b.

  c. (sous-partie facultative)

  Partie 2 : ...

  a.

  b.

  c. (sous-partie facultative)

- **Choisir les citations.**
  – **Surlignez les mots et expressions importants** qui constituent les **citations** sur lesquelles vous vous appuierez pour construire votre devoir.

– **Analysez chaque citation** (procédé utilisé).
– **Interprétez ensuite ces analyses** en expliquant l'**effet** produit par le procédé et la **raison** pour laquelle l'auteur l'a choisi.
Vous pouvez rassembler ce travail sous la forme d'un **tableau**.

Citations	Analyse des citations	Interprétations
Termes et expressions du texte	Procédés littéraires : tonalité, figures de style, temps des verbes, etc.	L'effet produit et son sens

Regroupez ensuite les différentes interprétations du tableau. Ce sont elles qui vont vous permettre d'écrire les grandes parties puis de trouver les sous-parties.

D Présenter son commentaire

Une **présentation rigoureuse** permet au correcteur de vérifier l'organisation de votre devoir :

- **Les paragraphes.** Votre commentaire se divise en **plusieurs paragraphes** : un paragraphe d'introduction, entre quatre et six paragraphes pour les sous-parties des deux grandes parties et un paragraphe de conclusion.
- **L'alinéa.** Chaque paragraphe commence par un alinéa, c'est-à-dire un retrait d'un ou deux carreaux sur votre copie.
- **Le saut d'une ligne.** Sautez une ligne entre chaque partie (après l'introduction, entre les parties du développement, avant la conclusion).

Attention !

Ne recopiez pas les titres des parties et des sous-parties. **La totalité de votre copie doit être rédigée.**

Conseil

Pour savoir si votre devoir est correctement **présenté,** confiez-le à un camarade et demandez-lui de **reconstituer** le plan. Comparez ensuite le plan qu'il a trouvé avec le vôtre.

4 Rédiger son commentaire

A L'introduction

L'introduction est la **vitrine** de votre commentaire : soignez-la pour inciter le correcteur à **poursuivre** sa lecture. À la fin de l'introduction, il sait déjà si vous avez compris le texte, si votre problématique de lecture est pertinente et si vous maîtrisez les codes de l'exercice.

L'introduction est un paragraphe d'une **quinzaine** de lignes qui respecte **cinq étapes** allant du général au particulier : l'introduction a une forme d'entonnoir.

étape **1** **L'amorce** est une phrase générale qui **introduit** le texte. Vous pouvez partir d'une citation, évoquer l'auteur du texte et sa biographie, annoncer la thématique en la contextualisant ou présenter la forme du texte ou son genre*. Vous pouvez aussi introduire le mouvement littéraire du texte.

étape **2** **La présentation de l'œuvre.** Présentez brièvement l'œuvre, en une ou deux phrases : nom de l'auteur, titre, date de publication, genre* du texte, contexte historique si nécessaire.

> **Rappel**
>
> N'oubliez pas de **souligner** le titre des œuvres. Pour un poème, soulignez le titre du recueil et placez entre guillemets le titre du poème.

étape **3** **La présentation de l'extrait.** Après la présentation de l'œuvre, décrivez brièvement l'extrait et ses **enjeux**. Résumez et caractérisez le texte en une phrase.

étape **4** **La problématique** se construit sous la forme d'une **question**, directe ou indirecte *(voir p. 226)*.

étape **5** **L'annonce du plan** donne les **grandes parties** de votre commentaire qui reprennent le parcours de lecture proposé.

Ex. : Dans un premier temps, nous nous demanderons [...]. Dans un second temps, nous nous intéresserons à [...].

B Le développement

Chaque **partie** est composée de plusieurs **sous-parties** qui étayent vos arguments.

- **La sous-partie** forme un **paragraphe** d'une quinzaine de lignes commençant par un **alinéa**. Une sous-partie se fonde sur des **citations** mises entre **guillemets** qui doivent **s'intégrer** parfaitement à vos phrases. Évitez de les faire figurer entre parenthèses. Chaque sous-partie développe une **interprétation** en s'appuyant sur trois ou quatre analyses de procédés littéraires. Elle doit être structurée autour d'une idée et vous devez utiliser des **connecteurs logiques** (*tout d'abord, ensuite, mais, de plus*, etc.).

- **La transition** fait le **lien** entre ce qui vient d'être dit et ce qui suit. Elle dresse un **bilan** et annonce la **suite**. Imaginez que la transition ressemble à un pont qui relie deux berges. Chaque transition permet de faire le lien entre deux parties de votre commentaire.

  Ex. : « Après avoir étudié *[première partie]*, nous allons nous pencher sur *[seconde partie]*. »

C La conclusion

La conclusion forme un **paragraphe** d'une quinzaine de lignes **qui termine** le commentaire. C'est la dernière **impression** que vous laisserez au correcteur. Elle s'organise en **trois étapes**.

étape 1 **Le rappel de la problématique** énoncée dans l'introduction.

étape 2 **La réponse à la problématique.** En quelques lignes, répondez clairement à la problématique posée. Dressez un **bilan** de votre commentaire en reprenant les idées importantes.

étape 3 **L'ouverture** est facultative, mais elle est toujours bienvenue. Dans un mouvement inverse de celui de l'introduction, la conclusion ouvre le texte vers une **perspective** plus large. Vous pouvez évoquer au choix :
– **la suite du texte** si vous la connaissez ;
– **un autre texte appartenant de préférence au même objet d'étude.** Montrez dans ce cas, en quelques phrases, les points communs des deux textes et leurs différences ;
– **une œuvre artistique** (tableau, film, sculpture, etc.), éventuellement un prolongement artistique vu en classe. Exposez rapidement le lien entre cette œuvre et le texte étudié.

AUTO-ÉVALUATION

Cochez les cases de cette fiche pour vous assurer que votre devoir réunit bien tous les ingrédients d'un commentaire de texte réussi.

	Oui	Non
Présentation et expression		
1) La graphie est lisible.		
2) Le titre des œuvres est souligné.		
3) Les parties sont bien démarquées (sauts de ligne).		
4) Chaque paragraphe commence par un alinéa.		
5) L'expression est correcte.		
6) La copie a été relue.		
Introduction		
1) L'amorce est en lien avec le texte.		
2) Le texte est présenté (auteur, titre, date).		
3) Une phrase introduit rapidement l'extrait.		
4) La problématique est bien formulée.		
5) L'introduction se termine par l'annonce du plan.		
Développement		
1) Le commentaire comporte plusieurs sous-parties.		
2) Plusieurs procédés littéraires sont analysés.		
3) Les analyses débouchent sur des effets de sens (interprétations).		
4) Le commentaire repose sur des citations.		
5) Les phrases s'enchaînent grâce à des connecteurs logiques.		
6) Les transitions sont faites entre les parties et les sous-parties.		
Conlusion		
1) La problématique est rappelée.		
2) La réponse reprend les idées principales du développement.		
3) Le commentaire se termine par une ouverture.		
TOTAL	**.../20**	

SUJET DU BAC CORRIGÉ

Commentaire | **20 pts** | *Objet d'étude :* Le roman et le récit du Moyen Âge au XXIe siècle | 4 h

Vous ferez le commentaire de l'extrait suivant de *La Princesse de Clèves*, écrit par Madame de Lafayette et publié en 1678, en vous aidant du parcours de lecture :

1. Montrez que l'extrait accorde une grande importance à la vue.

2. Expliquez en quoi cet extrait explore les sentiments amoureux des deux personnages.

La princesse de Clèves est une femme mariée mais elle est tombée amoureuse du duc de Nemours. Fidèle à son mari, elle a décidé de s'éloigner de son amant et s'est réfugiée dans une de ses propriétés à Coulommiers. Le prince de Clèves, qui soupçonne le duc de Nemours, le fait suivre. Dans cet extrait, le duc de Nemours se rend de nuit chez la princesse de Clèves.

Il vit beaucoup de lumières dans le cabinet[1] ; toutes les fenêtres en étaient ouvertes et, en se glissant le long des palissades, il s'en approcha avec un trouble et une émotion qu'il est aisé de se représenter. Il se rangea derrière une des fenêtres, qui servaient de porte, pour voir ce que faisait Madame de Clèves. Il vit qu'elle était seule ; mais il la vit d'une si admirable beauté qu'à peine fut-il maître du transport[2] que lui donna cette vue. Il faisait chaud, et elle n'avait rien, sur sa tête et sur sa gorge, que ses cheveux confusément rattachés. Elle était sur un lit de repos, avec une table devant elle, où il y avait plusieurs corbeilles pleines de rubans ; elle en choisit quelques-uns, et Monsieur de Nemours remarqua que c'étaient des mêmes couleurs qu'il avait portées au tournoi. Il vit qu'elle en faisait des nœuds à une canne des Indes, fort extraordinaire, qu'il avait portée quelque temps et qu'il avait donnée à sa sœur, à qui Madame de Clèves l'avait prise sans faire semblant de la reconnaître pour avoir été à Monsieur de Nemours. Après qu'elle eut achevé son ouvrage avec une grâce et une douceur que répandaient sur son visage les sentiments qu'elle avait dans le cœur, elle prit un flambeau et s'en alla proche d'une grande table, vis-à-vis du tableau du siège de Metz, où était le portrait de Monsieur de Nemours ; elle s'assit et se mit à regarder ce portrait avec une attention et une rêverie que la passion seule peut donner.

On ne peut exprimer ce que sentit Monsieur de Nemours dans ce moment. Voir au milieu de la nuit, dans le plus beau lieu du monde, une personne qu'il adorait, la voir sans qu'elle sût qu'il la voyait, et la voir tout occupée de choses qui avaient du rapport à lui et à la passion qu'elle lui cachait, c'est ce qui n'a jamais été goûté ni imaginé par nul autre amant.

Ce prince était aussi tellement hors de lui-même qu'il demeurait immobile à regarder Madame de Clèves, sans songer que les moments lui étaient précieux. Quand il fut un peu remis, il pensa qu'il devait attendre à lui parler qu'elle allât dans le jardin ; il crut qu'il pourrait le faire avec plus de sûreté[3], parce qu'elle serait

(suite p. 20)

(suite)

plus éloignée de ses femmes. Mais, voyant qu'elle demeurait dans le cabinet, il prit la résolution d'y entrer. Quand il voulut l'exécuter, quel trouble n'eut-il point ! Quelle crainte de lui déplaire ! Quelle peur de faire changer ce visage où il y avait tant de douceur, et de le voir devenir plein de sévérité et de colère !

Il trouva qu'il y avait eu de la folie, non pas à venir voir Madame de Clèves sans en être vu, mais à penser de s'en faire voir ; il vit tout ce qu'il n'avait point encore envisagé. Il lui parut de l'extravagance dans sa hardiesse[4] de venir surprendre, au milieu de la nuit, une personne à qui il n'avait encore jamais parlé de son amour. Il pensa qu'il ne devait pas prétendre qu'elle le voulût écouter, et qu'elle aurait une juste colère du péril où il l'exposait par les accidents qui pourraient arriver. Tout son courage l'abandonna, et il fut prêt plusieurs fois à prendre la résolution de s'en retourner[5] sans se faire voir. Poussé néanmoins par le désir de lui parler, et rassuré par les espérances que lui donnait tout ce qu'il avait vu, il avança quelques pas, mais avec tant de trouble qu'une écharpe qu'il avait s'embarrassa dans la fenêtre, en sorte qu'il fit du bruit. Madame de Clèves tourna la tête, et, soit qu'elle eût l'esprit rempli de ce prince, ou qu'il fût dans un lieu où la lumière donnait assez pour qu'elle le pût distinguer, elle crut le reconnaître et sans balancer ni se retourner du côté où il était, elle entra dans le lieu où étaient ses femmes.

---

1. Pièce où l'on se retire. **2.** Il ne maîtrise qu'avec peine sa vive émotion.
3. Sécurité. **4.** Audace. **5.** S'en aller.

Corrigé commenté

Introduction | Développement | Conclusion

[amorce de l'introduction] *La Princesse de Clèves* (1678) est le premier roman d'analyse psychologique. L'autrice, Madame de Lafayette, explore avec finesse les émotions de ses personnages*. Roman classique par excellence, il resserre l'action autour de l'amour de la princesse de Clèves, mariée au prince de Clèves, pour le duc de Nemours. Ce roman illustre un goût pour la mesure et respecte les bonnes manières : la princesse de Clèves, vertueuse, ne cédera jamais à son amour pour le duc de Nemours. [présentation de l'extrait] Dans l'extrait à étudier, le duc de Nemours vient espionner la princesse de Clèves qui s'est retirée dans une de ses propriétés à Coulommiers. [problématique] On peut se demander en quoi cette scène marque paradoxalement le rapprochement et l'impossible amour entre les deux personnages.

Rappelez-vous que l'introduction a une forme d'entonnoir : allez du général au particulier.

Une bonne problématique repose sur un paradoxe, une tension, une opposition.

[annonce du plan] Nous verrons d'abord que cet extrait accorde une grande importance à la vue. Nous étudierons ensuite les sentiments des deux personnages.

Sautez une ligne après l'introduction.

[annonce de l'idée directrice de la partie 1] Madame de Lafayette accorde dans cet extrait une grande importance à la vue et en particulier aux regards. [annonce de la première sous-partie] Tout d'abord, le cadre spatio-temporel crée une atmosphère en clair-obscur. Le lexique des couleurs départage les amants. Les « lumières » intérieures du cabinet et le « flambeau » tenu par la princesse de Clèves s'opposent à l'ombre de la « nuit ». La lumière éclaire l'espace intime de la princesse de Clèves tandis que le duc de Nemours est caché dans l'ombre. L'espace semble scindé en deux et oppose les personnages. De plus, Madame de Clèves apparaît à travers une « fenêtre » qui sert de cadre à sa description. Tout se passe comme si le duc de Nemours observait le portrait de son amante. La fenêtre apparaît à la fois comme un moyen d'observation et une marque de séparation entre les deux amants. [transition] Cette scène de voyeurisme en clair-obscur repose aussi sur un jeu de regards.

*L'analyse des **champs lexicaux*** a une pertinence dans la mesure où vous en tirez des effets de sens et où vous expliquez pourquoi l'auteur a fait ce choix.*

*Les **connecteurs logiques** permettent de structurer votre paragraphe. Ils sont toujours les bienvenus.*

[annonce de la deuxième sous-partie] Madame de Lafayette place le thème de la vue au centre de l'extrait. En effet, on observe toute une chaîne de regards : l'espion est censé suivre le duc de Nemours, qui observe la princesse de Clèves, qui contemple le tableau du siège de Metz. Enfin, le lecteur est lui aussi en position de voyeur. Madame de Lafayette choisit le point de vue* interne au duc de Nemours et le lecteur épouse le regard de celui qui cherche à voir « sans être vu ». Le verbe « voir », plusieurs fois répété, ponctue l'extrait. Ce jeu de regards participe d'une théâtralisation de la scène dans laquelle le duc de Nemours serait le spectateur et la princesse de Clèves, évoluant sous les feux de la rampe, l'actrice. Les rubans et le tableau peuvent apparaître comme autant d'accessoires scéniques. [transition] Ce jeu sur les regards est renforcé par la nature même de ce que voit le duc de Nemours.

Allez à la ligne après chaque sous-partie et faites un alinéa.

*Il est toujours pertinent de **faire référence au lecteur**.*

[annonce de la dernière sous-partie] L'extrait brosse le portrait intime d'une femme dénudée. Le duc de Nemours observe la femme qu'il aime, mais transgresse un interdit puisqu'il vient la surprendre « au milieu de la nuit » dans son « cabinet », c'est-à-dire un bureau

*Utilisez un **vocabulaire précis** et nuancé : « brosser le portrait » est une expression plus riche que « faire le portrait ».*

où on pouvait se reposer, lire, travailler. Les imparfaits de description dépeignent une femme à moitié nue : « il faisait chaud et elle n'avait rien, sur sa tête et sur sa gorge, que ses cheveux confusément rattachés ». Le lexique du désordre des cheveux ne présente pas la princesse de Clèves en tenue de Cour. La mention du « lit » suggère un certain érotisme. Il faut aussi savoir que le terme « gorge », au XVIIe siècle, signifiait « poitrine ». Cette scène extrêmement sensuelle est une exception au sein de ce roman où dominent la vertu (la chasteté) et la pudeur. **[transition entre les parties 1 et 2]** Cette scène qui repose sur un jeu de regards est l'occasion pour Madame de Lafayette d'explorer les sentiments amoureux des deux personnages.

Sautez une ligne entre chaque grande partie et faites un alinéa en début de paragraphe.

[annonce de l'idée directrice de la partie 2] L'autrice se livre ici à une étude approfondie du cœur. **[annonce de la première sous-partie]** Tout d'abord, le duc de Nemours incarne un idéal courtois et chevaleresque hérité du Moyen Âge. Les « palissades » à franchir soulignent son courage. L'atmosphère est aussi celle d'un conte, avec une princesse qui apparaît dans un monde féerique, protégée par des palissades. En outre, les sentiments du duc de Nemours apparaissent sur le mode hyperbolique* : « le plus beau lieu du monde », « admirait », « c'est ce qui n'a jamais été goûté ni imaginé par nul autre amant ». La prétérition « on ne peut exprimer ce que sentit Monsieur de Nemours » insiste aussi sur le caractère inégalable de ses émotions. Enfin, l'hésitation qu'il éprouve à aller parler à la princesse de Clèves met en évidence une forme de retenue qui vise à respecter la femme aimée. **[transition]** Si le point de vue* interne permet de rendre compte de l'intensité des sentiments amoureux du duc de Nemours, ce sont les objets qui trahissent ceux de la princesse de Clèves.

Toute référence à l'**histoire** et à la **culture** est bienvenue dès lors qu'elle est justifiée. Vous pouvez aussi insérer une citation.

[annonce de la deuxième sous-partie] Le sentiment amoureux de la princesse de Clèves s'extériorise grâce à ses actions. En effet, les verbes conjugués au passé simple marquent les différentes actions de la princesse de Clèves qui trahissent son amour : « elle en choisit quelques-uns [des rubans] », « elle se mit à regarder ce portrait ». La princesse de Clèves n'apparaît pas totalement vertueuse puisque le narrateur souligne le mensonge de cette dernière qui a feint de ne pas savoir à

Variez l'analyse des **procédés** : champs lexicaux*, choix des temps verbaux, ponctuation, tonalité, etc.

qui appartenait la canne des Indes. Quoi qu'il en soit, on observe un décalage entre les deux personnages : le duc de Nemours observe directement la femme qu'il aime tandis que l'amour de la princesse de Clèves pour le duc de Nemours est médiatisé par des objets. [transition] Elle ne contemple le duc de Nemours que de façon indirecte, ce qui peut déjà annoncer le dénouement.

[annonce de la dernière sous-partie] Cet extrait annonce le fait que la princesse de Clèves ne cédera jamais aux avances du duc de Nemours. En effet, elle semble se satisfaire de cette relation amoureuse non réelle. La princesse de Clèves apparaît bien comme une héroïne classique (au sens de « conforme à l'esthétique du classicisme ») parce qu'elle place la raison au-dessus des passions. Même à la mort de son mari, la princesse de Clèves ne cédera pas à son désir et demeurera vertueuse. L'extrait suggère déjà que cet amour ne sera pas consommé. À la fin de l'extrait, alors que le duc de Nemours s'apprête à « lui parler », Madame de Clèves ne voit en lui qu'une sorte d'apparition fantomatique et fantasmée comme l'indique le modalisateur d'incertitude « crut » dans l'expression « elle crut le reconnaître ». Madame de Clèves retourne auprès de ses femmes. La relation demeurera dans l'ordre du virtuel et de la rêverie.

Donnez la **définition** d'un terme important.

[rappel de la problématique] Nous avons donc vu en quoi cette scène marque à la fois le rapprochement et l'impossible amour entre les deux personnages. [rappel des grandes idées développées] Cette scène de voyeurisme repose sur tout un jeu de regards puisque le duc de Nemours espionne à la dérobée la princesse de Clèves qui est elle-même plongée dans la rêverie contemplative du tableau le représentant. Cette scène conduite sous le point de vue* interne au duc de Nemours permet de révéler l'intensité du sentiment amoureux des deux personnages. Toutefois, la princesse de Clèves, fidèle aux valeurs classiques, se satisfait de cette seule relation indirecte avec le duc de Nemours. [ouverture vers la suite du roman] Cette scène est capitale dans la mesure où le prince de Clèves pensera, grâce au témoignage de l'espion resté bloqué à l'entrée de la propriété, que le duc de Nemours a rejoint la princesse de Clèves. Fou de jalousie, il mourra de chagrin.

Sautez une ligne avant la conclusion et faites un alinéa.

Construisez bien votre **interrogative indirecte** (sans inversion du sujet ni point d'interrogation).

Ouvrez sur la suite du roman ou sur une autre œuvre qui aborde la même thématique.

CHAPITRE 2 La contraction de texte et l'essai

Contracter un texte dans le cadre de l'épreuve du bac, consiste à proposer un **résumé** d'un texte **argumentatif contemporain** en **reformulant** les **intentions** de son auteur et la succession de ses **idées**.
Cet exercice est suivi d'un **essai** qui demande une **réflexion personnelle** organisée portant sur le thème (ou la question) traité par le texte en lien avec l'œuvre et le parcours étudiés dans le cadre de l'objet d'étude « La littérature d'idées du XVIe au XVIIIe siècle. »
Ces deux exercices **successifs** demandent de faire preuve de **rigueur** et de bien connaître les textes étudiés durant l'année dans le cadre de l'objet d'étude « La littérature d'idées du XVIe au XVIIIe siècle ».

1 La contraction de texte

Cet exercice vous permet d'apprendre à reformuler la **pensée d'autrui.** Il vous sera très **utile** tout au long de vos études et de votre vie professionnelle pour faire des résumés et des fiches de synthèse.

A Qu'est-ce que la contraction de texte ?

Définition

- **Un exercice de reformulation.** Contracter un texte consiste à résumer d'une façon claire le texte d'un auteur en respectant ses **idées** et sa **structure**. Cet exercice de réécriture obéit à des contraintes précises qui nécessitent un **entraînement** régulier tout au long de l'année.
- **La restitution des idées essentielles du texte.** Votre résumé ne devra mentionner que les **idées principales** du texte. Ne faites figurer ni les exemples illustratifs, ni les digressions de l'auteur.

Un exercice répondant à des règles précises

Dans votre résumé, vous devez respecter scrupuleusement les points suivants :

- **l'énonciation du texte** *(voir p. 211)* : utilisez le **même système d'énonciation** et les **mêmes temps verbaux** que ceux du texte d'origine. Par exemple, si le texte à résumer utilise le *je* et le présent de l'indicatif, votre résumé devra faire de même.

- **le thème et la thèse de l'auteur :** restituez **objectivement** et clairement la **pensée** et les **intentions** de l'auteur sans prendre parti. Vous ne devez en aucun cas ni donner votre avis ni ajouter de commentaire personnel.
- **le mouvement du texte :** respectez **l'ordre des idées** du texte et marquez les **enchaînements logiques** entre ces idées en utilisant des **mots de liaison** (*mais, de plus, par conséquent*, etc.).
- **le nombre de mots demandé :** votre texte devra comporter **250** mots environ, avec une marge autorisée de plus ou moins 10 %.

Conseil

Indiquez bien votre **décompte de mots** à la fin de votre copie sous peine d'être sanctionné par votre correcteur. Vos mots seront systématiquement recomptés.

B Les attentes des correcteurs

La contraction de texte valide les **compétences** acquises durant toute votre scolarité.

Compétence	Mise en œuvre
Maîtrise de la langue et de l'expression	– Reformuler de manière concise et pertinente. – Construire correctement ses phrases. – Bien orthographier. – Utiliser un vocabulaire précis et approprié. – Respecter l'énonciation du texte.
Aptitude à lire, analyser et interpréter un texte	– Dégager le thème et la thèse défendue. – Analyser le sens, la spécificité et le genre du texte. – Dégager la structure du texte. – Éviter les contresens.
Construire une réflexion argumentée	– Rendre compte de l'organisation globale du texte. – Distinguer les idées des exemples. – Repérer les enchaînements logiques. – Repérer les transitions entre les parties.

C Comprendre le texte et identifier la structure

Comprendre le texte

- **Identifier le texte.** Repérer **l'auteur** du texte, le **titre** du livre ou du journal d'où provient l'extrait et la **date** de publication. Ces éléments peuvent vous donner les premières indications sur la nature du texte, son contexte et l'intention de l'auteur.

Rappel

La contraction de texte porte sur un texte relevant d'une **forme moderne et contemporaine de la littérature d'idées.**

- **Déterminer le thème et la thèse du texte.** Lisez le texte une première fois sans prendre de notes pour en dégager le **thème** puis la **thèse** défendue. Résumez le **thème** en un mot puis la **thèse** en une phrase. Notez-les en haut de votre brouillon, ils vous serviront ainsi de **fil conducteur** pour votre résumé.
- **Rechercher le système d'énonciation, le temps des verbes et la tonalité employés.** Vous devrez **obligatoirement** les reprendre.

Dégager la structure du texte

- **Identifier la structure du texte.** Faites une deuxième lecture et repérez les **différentes parties** du texte. Dégagez l'**idée principale** de chaque partie et résumez-la en un **mot** ou une **expression** dans la marge. Vous obtenez ainsi le **plan** du texte que vous devrez respecter dans votre résumé.
- **Les mots-clés et les connecteurs logiques.** À l'intérieur de chaque partie, soulignez les **mots-clés** et les **passages-clés** (qui doivent être courts). Encadrez les **connecteurs logiques** qui marquent l'enchaînement des idées que vous devrez restituer dans votre résumé. Vous pouvez aussi utiliser des **symboles** (=, →, ≠, //) pour mettre en valeur les liens entre ces idées.
- **Isoler les éléments illustratifs.** Mettez entre **parenthèses** les exemples, les digressions, les répétitions et les citations. Ceux-ci ne doivent jamais figurer dans votre résumé. Distinguez les exemples qui n'ont qu'un rôle d'illustration de ceux qui font progresser réellement l'argumentation.

Rédiger et résumer le texte

- **Reformuler les idées principales.** Reportez au brouillon les **idées-clés** en respectant leur **ordre** dans le texte. Exposez chaque idée avec vos **propres mots** et reproduisez à l'identique la **structure** du texte. Dans votre résumé, vous pouvez regrouper plusieurs paragraphes entre eux, mais vous n'avez pas le droit d'en créer plus.

- **Vérifier le système d'énonciation** *(voir p. 211)*. Reproduisez le système d'énonciation ainsi que le **registre de langue** et la **tonalité*** du texte.

- **Travailler les enchaînements.** Insérez des **connecteurs logiques** pour lier les différentes parties de votre résumé.
- **Synthétiser les idées.** Privilégiez les **formules courtes** : utilisez des adverbes, des adjectifs et des noms plutôt que des subordonnées.
- **Compter les mots et les noter.** Calculez bien le **nombre de mots**. Si vous dépassez le nombre de mots autorisés, ne supprimez pas des idées, mais **reformulez** de façon plus synthétique afin de ne pas changer le sens du texte. À chaque modification, **mettez à jour** le nombre total de mots et relisez-vous pour vérifier la cohérence de votre texte.

> **Conseils pour le comptage des mots**
>
> • Tous les mots comptent, y compris les mots **élidés** (avec apostrophe) et **composés.**
> *Ex.* : « L'enfant s'est amusé à la lecture de ce chef-d'œuvre. » = 13 mots
>
> • Il vaut mieux écrire *premièrement* (1 mot) plutôt que *tout d'abord* (3 mots).
>
> • Utilisez les deux-points (qui ne comptent pour « rien ») plutôt que *c'est-à-dire* (4 mots).

Relire son résumé

- **Une contraction fluide et facilement compréhensible.** Relisez votre résumé dont les idées doivent s'**enchaîner** clairement. Votre correcteur doit pouvoir retrouver les **idées** et la **structure** du texte de départ sans la connaître au préalable.
- **Une relecture orthographique.** Corrigez vos **fautes** et veillez à bien **ponctuer** votre texte.
- **Recompter les mots.** Recomptez les mots et vérifiez que vous avez bien respecté la **marge** autorisée.
- **Recopier le résumé.** Recopiez votre résumé au propre sur votre feuille d'examen. N'oubliez pas d'inscrire le **nombre total** de mots à la fin de votre copie, ainsi que les **références** du texte (auteur, titre, date).

Les 5 règles de la contraction de texte

1. Reformuler les **idées principales** sans recopier les expressions, les phrases ou les citations du texte.
2. Respecter l'**énonciation** (personnes utilisées, temps, tonalité).
3. Reproduire l'**ordre des idées** du texte sous forme de deux ou trois paragraphes.
4. Ne pas faire figurer les **exemples**, mais reformuler si nécessaire l'idée qu'ils illustrent.
5. N'ajouter aucune idée ni commentaire **personnel**.

2 L'essai

A Qu'est-ce qu'un essai ?

L'essai est un **développement argumentatif personnel** et **structuré**. Il porte sur le **thème** ou la **question** du **texte** que vous avez **contracté**, en lien avec l'œuvre et le parcours étudiés durant l'année dans le cadre de l'objet d'étude « La littérature d'idées du XVIe au XVIIIe siècle ».

Votre argumentation doit donc s'appuyer sur la connaissance de l'œuvre, les textes étudiés pendant l'année et votre **culture personnelle**.

B Les attentes des correcteurs

L'essai valide les **compétences** acquises durant toute votre scolarité.

Compétence	Mise en œuvre
Maîtrise de la langue et de l'expression	– Construire correctement les phrases. – Bien orthographier. – Utiliser un vocabulaire précis et approprié.
Mobiliser sa culture littéraire	– Faire des liens entre la question et l'œuvre étudiée pendant l'année. – S'appuyer sur des textes du parcours pour justifier ses arguments. – Enrichir son raisonnement avec des exemples tirés de sa culture personnelle.
Construire une réflexion argumentée	Organiser un plan (introduction + développement + conclusion) avec des transitions.

C Analyser le sujet

Identifier l'œuvre et le parcours associé

Le sujet de l'essai est en lien direct avec l'**objet d'étude** « La littérature d'idées du XVIe au XVIIIe siècle ».

- **Se remémorer l'œuvre lue.** Listez les **thématiques** de l'œuvre et ses **enjeux**.
- **Contextualiser l'œuvre dans son parcours.** Rappelez-vous l'**intitulé** du parcours. Listez les **textes** étudiés en classe en complément de l'œuvre, susceptibles d'appuyer votre argumentation ainsi que les **compléments artistiques**.
- **Mobiliser vos connaissances personnelles.** Faites appel à vos **lectures personnelles** (livres, articles de presse, sites spécialisés, etc.) et à votre **culture générale** (films, œuvres artistiques, etc.) pour trouver des exemples qui nourriront vos arguments.

Conseil

Consacrez une feuille de brouillon à l'analyse complète du sujet que vous aurez réécrit au préalable en évidence en haut de la feuille.

Comprendre et définir les termes du sujet

- **Les différentes formes de sujet.** Le sujet se présente généralement sous la forme d'une **question directe** en lien avec le texte que vous venez de résumer.

  Ex. : À votre avis, le livre a-t-il toujours une place centrale dans la société ?

  Le sujet peut aussi, plus rarement, être une **citation.** Il sera alors accompagné d'une consigne destinée à vous guider.

  Ex. : Voltaire a écrit que « la lecture agrandit l'âme ». Pensez-vous que le livre joue toujours ce rôle dans la société actuelle ?

- **Analyser la question.**

  – **Définir les mots-clés.** Déterminez leur **sens** mais aussi ce qu'ils **sous-entendent** en les mettant en relation avec vos connaissances du parcours et votre culture générale.

  – **Chercher les liens d'opposition ou de correspondance.** Repérez les **relations** que tissent entre eux les différents mots-clés pour expliquer le sujet.

  Ex. : Le livre a-t-il toujours une place centrale dans la société actuelle ?
  « Le livre » = tout type d'ouvrage papier et numérique.
  « toujours » = le rapport à autrefois est sous-entendu : le livre était autrefois la source principale de savoir et de divertissement.
  « la société actuelle » = une société numérique et médiatique où se sont développées d'autres sources de savoir (Internet), de divertissement et de fiction (cinéma, séries, jeux, etc.) qui entrent en concurrence avec le livre.

> **Attention !**
> Bien **analyser** le sujet permet d'éviter le **hors-sujet.**

  – **Déterminer la problématique.** La question posée par le sujet contient votre problématique qui doit être définie dans votre introduction. C'est le fil conducteur de votre essai.

  Ex. : Le livre, quel que soit son format, est-il encore valorisé comme il l'était dans les siècles précédents puisqu'il est aujourd'hui concurrencé par les moyens numériques et médiatiques ?

D Organiser l'essai

Rassembler ses idées au brouillon

Il est **inutile** d'écrire la totalité de votre devoir au brouillon. Celui-ci vous permet de **structurer vos idées. Organisez votre brouillon en plusieurs parties** (chaque page de brouillon correspond à une partie).

Brouillon Page 1	L'analyse du sujet
Brouillon Page 2	L'élaboration du plan : – La liste des idées issues du travail en classe (cours, œuvre, textes de l'objet d'étude, prolongements artistiques) puis des idées personnelles. – Le classement des idées dans un tableau : première colonne consacrée aux arguments, seconde colonne aux exemples.
Brouillon Page 3	L'introduction et la conclusion rédigées

Bâtir un plan

Deux types de plan sont possibles.

- **Le plan dialectique.** Vous pouvez avoir recours à ce type de plan si votre sujet pose une question telle que : « Pensez-vous que...? » ou s'il comporte une citation.

Partie 1	Les arguments abondant dans le sens du sujet : *Certes...*
Partie 2	Les contre-arguments permettant de nuancer (ou de nier) les arguments de la première partie : *Mais...*
Partie 3 (facultative)	Une réflexion tirant les enseignements des deux précédentes parties et ouvrant sur un nouveau questionnement : *Parce que...* ou *Donc...*

- **Le plan thématique.** Celui-ci permet de classer ses idées par **thème** ou par **grand domaine d'idées.** Vous pouvez avoir recours à ce type de plan si votre sujet pose une question telle que *:* « Quelles sont les caractéristiques de...? » ou « À quoi sert...? ».

  Vous devez déterminer les **deux** ou **trois grandes parties du plan**. Si vos arguments et vos exemples sont assez nombreux, vous pouvez faire des sous-parties mais ce n'est pas obligatoire.

> **Attention !**
> Ne décidez jamais d'un type de plan ***a priori.*** C'est votre **problématique** qui doit déterminer le **type de plan** à adopter.

E Rédiger l'essai

L'essai comporte trois parties : l'introduction, le développement et la conclusion.

Ne recopiez pas les **titres des parties.** Faites un paragraphe pour l'introduction, entre deux et six paragraphes pour le développement, un paragraphe pour la conclusion.

Sautez une ligne après l'introduction, entre chaque grande partie et avant la conclusion.

Chaque **paragraphe** doit être précédé d'un **alinéa**.

> **Conseil**
> Relire votre copie **après la rédaction de chaque paragraphe** vous permettra de corriger et d'éviter les fautes d'orthographe.

L'introduction

L'introduction est la **vitrine** de votre essai. Soignez-la pour inciter le correcteur à **poursuivre** sa lecture. À la fin de l'introduction, il sait déjà si vous avez compris le sujet. Rédigez-la intégralement au brouillon.

L'introduction est un paragraphe d'une **dizaine de lignes** qui respecte **trois étapes** allant du **général** au **particulier** : l'introduction a une forme d'entonnoir.

étape 1 **L'amorce** est une phrase générale introduisant le thème. Construisez-la à partir d'une citation d'un auteur, d'une référence littéraire ou artistique, etc.

étape 2 **Le rappel de la question posée :** rappelez la question posée et **reformulez-la** en vous appuyant sur votre analyse du sujet afin de montrer au correcteur que vous avez compris les enjeux.

étape 3 **L'annonce du plan.** Annoncez les **grandes parties** de votre essai sans mentionner les sous-parties.

Le développement

Le développement représente le **cœur** de votre essai. Il est composé de plusieurs **paragraphes**, éventuellement de **sous-parties.** Chaque paragraphe développe un **argument** répondant à la question posée et s'appuie sur un ou plusieurs exemples qui doivent toujours être **reliés** au sujet et **expliqués.** Pour structurer votre argumentation, utilisez des **connecteurs logiques** (*en premier lieu, toutefois, de plus*, etc.).

> **Conseil**
>
> La **transition** dresse un **bilan** de ce qui vient d'être dit et annonce la **suite.** Faites une **transition** à la fin de chaque **partie.**

La conclusion

La conclusion forme un **paragraphe** d'une dizaine de lignes **qui termine** l'essai et laisse au correcteur la dernière impression. Elle s'organise en **trois étapes.**

étape 1 **Le rappel de la question posée** énoncée dans l'introduction.

étape 2 **Le rappel des grandes parties du développement.** En quelques lignes, dressez un bilan de votre essai en reprenant les étapes importantes de votre raisonnement permettant de répondre à la question.

étape 3 **L'ouverture.** La conclusion ouvre votre raisonnement sur une **perspective** plus large (question en lien avec le sujet, une œuvre artistique, etc.).

AUTO-ÉVALUATION

Cochez les cases de cette fiche pour vous assurer que votre devoir réunit bien tous les ingrédients d'une contraction de texte et d'un essai réussis.

	Oui	Non
Présentation et expression		
1) La copie est lisible et propre.		
2) L'expression est correcte.		
3) La copie a été relue et les fautes ont été corrigées.		
Contraction de texte		
1) Le résumé est reformulé sans paraphrase.		
2) Le thème et la thèse du texte sont expliqués.		
3) Toutes les idées-clés sont mentionnées.		
4) L'ordre des idées du texte est respecté.		
5) Les exemples du texte ne sont pas repris.		
6) L'énonciation et la tonalité du texte sont respectées.		
7) Aucun commentaire personnel n'a été ajouté.		
8) Les paragraphes commencent par des alinéas.		
9) Le nombre de mots est mentionné à la fin du résumé.		
Essai		
1) L'introduction est construite en 3 étapes.		
2) Le développement suit un plan logique.		
3) Chaque paragraphe contient au moins un argument et un exemple.		
4) Tous les arguments et exemples répondent à la question posée par le sujet.		
5) Les exemples sont développés et justifiés.		
6) Les idées s'enchaînent grâce à des connecteurs logiques.		
7) La conclusion comporte 3 étapes.		
8) Les parties sont bien démarquées (sauts de ligne) et chaque paragraphe commence par un alinéa.		
TOTAL	**.../20**	

SUJET DU BAC CORRIGÉ

Contraction de texte et essai	20 pts	*Objet d'étude :* La littérature d'idées du XVIe au XVIIIe siècle *Œuvre :* Montaigne, *Essais*, « Des cannibales », I, 31 *Parcours :* Notre monde vient d'en trouver un autre	4 h

1. Vous proposerez une contraction du texte de Claude Lévi-Strauss extrait de *Race et Histoire* (1952) en 250 mots environ, avec une marge autorisée de plus ou moins 10 %, soit entre 225 et 275 mots. **(10 points)**

2. Dans un essai organisé, répondez à la question suivante : À votre avis, la littérature et les arts en général peuvent-ils aider à lutter contre le racisme ? **(10 points)**

Ce texte de Claude Lévi-Strauss a été écrit à la demande de l'Unesco[1] qui a publié une série de brochures sur le thème du racisme.

Il semble que la diversité des cultures soit rarement apparue aux hommes pour ce qu'elle est : un phénomène naturel, résultant des rapports directs ou indirects entre les sociétés ; ils y ont plutôt vu une sorte de monstruosité ou de scandale ; dans ces matières, le progrès de la connaissance n'a pas tellement consisté à dissiper cette illusion au profit d'une vue plus exacte qu'à l'accepter ou à trouver le moyen de s'y résigner.

L'attitude la plus ancienne, et qui repose sans doute sur des fondements psychologiques solides puisqu'elle tend à réapparaître chez chacun de nous quand nous sommes placés dans une situation inattendue, consiste à répudier[2] purement et simplement les formes culturelles morales, religieuses, sociales, esthétiques, qui sont les plus éloignées de celles auxquelles nous nous identifions. « Habitudes de sauvages », « cela n'est pas de chez nous », « on ne devrait pas permettre cela », etc., autant de réactions grossières qui traduisent ce même frisson, cette même répulsion, en présence de manières de vivre, de croire ou de penser qui nous sont étrangères. Ainsi l'Antiquité confondait-elle tout ce qui ne participait pas de la culture grecque (puis gréco-romaine) sous le même nom de barbare ; la civilisation occidentale a ensuite utilisé le terme de « sauvage » dans le même sens. Or derrière ces épithètes[3] se dissimule un même jugement : il est probable que le mot barbare se réfère étymologiquement à la confusion et à l'inarticulation du chant des oiseaux, opposées à la valeur signifiante du langage humain ; et sauvage, qui veut dire « de la forêt », évoque aussi un genre de vie animale, par opposition à la culture humaine. Dans les deux cas, on refuse d'admettre le fait même de la diversité culturelle ; on préfère rejeter hors de la culture, dans la nature, tout ce qui ne se conforme pas à la norme sous laquelle on vit.

Ce point de vue naïf[4], mais profondément ancré chez la plupart des hommes, n'a pas besoin d'être discuté puisque cette brochure en constitue précisément la réfutation. Il suffira de remarquer ici qu'il recèle un paradoxe assez significatif.

(suite p. 34)

(suite)

Cette attitude de pensée, au nom de laquelle on rejette les « sauvages » (ou tous ceux qu'on choisit de considérer comme tels) hors de l'humanité, est justement l'attitude la plus marquante et la plus distinctive de ces sauvages mêmes. On sait, en effet, que la notion d'humanité, englobant, sans distinctions de race ou de civilisation, toutes les formes de l'espèce humaine, est d'apparition fort tardive et d'expansion limitée. Là même où elle semble avoir atteint son plus haut développement, il n'est nullement certain – l'histoire récente le prouve – qu'elle soit établie à l'abri des équivoques[5] ou des régressions[6]. Mais, pour de vastes fractions de l'espèce humaine et pendant des dizaines de millénaires, cette notion paraît être totalement absente. L'humanité cesse aux frontières de la tribu, du groupe linguistique, parfois même du village ; à tel point qu'un grand nombre de populations dites primitives se désignent d'un nom qui signifie les « hommes » (ou parfois – dirons-nous avec plus de discrétion – les « bons», les « excellents », les « complets »), impliquant ainsi que les autres tribus, groupes ou villages ne participent pas des vertus – ou même de la nature – humaines, mais sont tout au plus composés de « mauvais », de « méchants », de « singes de terre » ou « d'œufs de pou ». On va souvent jusqu'à priver l'étranger de ce dernier degré de réalité en en faisant un « fantôme » ou une « apparition ». Ainsi se réalisent de curieuses situations où deux interlocuteurs se donnent cruellement la réplique. Dans les Grandes Antilles[7], quelques années après la découverte de l'Amérique, pendant que les Espagnols envoyaient des commissions d'enquête pour rechercher si les indigènes possédaient ou non une âme, ces derniers s'employaient à immerger des blancs prisonniers afin de vérifier par une surveillance prolongée si leur cadavre était, ou non, sujet à la putréfaction[8]. [...]

En refusant l'humanité à ceux qui apparaissent comme les plus « sauvages » ou « barbares » de ses représentants, on ne fait que leur emprunter une de leurs attitudes typiques. Le barbare, c'est d'abord l'homme qui croit à la barbarie. [...]

Mais la simple proclamation de l'égalité naturelle entre tous les hommes et de la fraternité qui doit les unir, sans distinction de races ou de cultures, a quelque chose de décevant pour l'esprit parce qu'elle néglige une diversité de fait, qui s'impose à l'observation et dont il ne suffit pas de dire qu'elle n'affecte pas le fond du problème pour que l'on soit théoriquement et pratiquement autorisé à faire comme si on n'existait pas. Ainsi le préambule à la seconde déclaration de l'Unesco sur le problème des races remarque judicieusement que ce qui convainc l'homme de la rue que les races existent, c'est « l'évidence immédiate de ses sens quand il aperçoit ensemble un Africain, un Européen, un Asiatique et un Indien américain ».

Les grandes déclarations des droits de l'homme ont, elles aussi, cette force et cette faiblesse d'énoncer un idéal souvent oublieux du fait que l'homme ne réalise pas sa nature dans une humanité abstraite, mais dans des cultures traditionnelles où les changements les plus révolutionnaires laissent subsister des pans entiers et s'expliquent eux-mêmes en fonction d'une situation strictement définie dans le temps et dans l'espace. Pris entre la double tentation

(suite p. 35)

(suite)

de condamner des expériences qui le heurtent affectivement, et de nier des différences qu'il ne comprend pas intellectuellement, l'homme moderne s'est livré à cent spéculations[9] philosophiques et sociologiques pour établir de vains compromis entre ces pôles contradictoires, et rendre compte de la diversité des cultures tout en cherchant à supprimer ce qu'elle conserve pour lui de scandaleux et de choquant.

Claude Lévi-Strauss, chapitre 3 « L'ethnocentrisme », *Race et Histoire*, © UNESCO, 1952. (1 008 mots)

---

1. Organisation des Nations unies pour l'éducation, la science et la culture créée en 1945.
2. Rejeter. **3.** Appellations. **4.** Irréfléchi. **5.** Interprétations ambiguës. **6.** Reculs. **7.** Cuba, Haïti et république Dominicaine, Porto Rico, Jamaïque. **8.** Décomposition. **9.** Raisonnements.

Contraction de texte : Corrigé commenté

La plupart des hommes voient la diversité culturelle comme une anomalie et non comme un fait naturel. Cette fausse croyance n'a pas disparu avec le progrès.

← Vous pouvez reprendre les **mots-clés** du texte qui annoncent le thème et pour lesquels il n'existe pas de synonymes satisfaisants.

Spontanément, nous rejetons ceux qui ne se comportent pas comme nous, nous les insultons et les considérons comme des barbares ou des sauvages. Par leur origine, ces deux mots signifient qu'il y a un manque de culture et donc d'humanité. Ce texte s'élève justement contre ce préjugé courant. En effet, considérer autrui comme un sauvage, c'est être soi-même un sauvage. Le concept d'humanité, qui concerne tous les individus malgré leurs différences, n'est pas très répandu. En général, on ne parle d'humanité que pour les individus de son propre groupe et on désigne les étrangers par des noms péjoratifs ou qui rappellent les animaux, voire qui signifient que l'autre n'existe pas vraiment. C'est pour cela que les échanges peuvent être violents, comme lorsque les colons et les Amérindiens ont fait des expériences cruelles pour tester si l'autre était bien humain. Ainsi, le barbare est celui qui pense que les barbares existent.

← Pensez à respecter l'**énonciation** : ici l'auteur prend la parole et commente le texte qu'il est en train d'écrire.

← Utilisez des **connecteurs logiques** pour relier les idées.

← Ici, ce n'est pas un exemple illustratif mais une étape de l'argumentation qui montre que toutes les civilisations partagent cette conception de la barbarie.

Cependant, dire que tous les humains sont identiques va à l'encontre de ce qu'on observe partout. Cette diversité figure même dans les textes des Nations unies. Les discours humanistes oublient que l'humanité est composée de

← Vous n'avez pas le droit de citer le texte.

nombreuses cultures différentes à des époques et dans des lieux variés. L'homme ne comprend pas toutes ces différences, ce qui parfois le révolte, alors il a cherché dans les sciences humaines des solutions pour accepter cette diversité culturelle.

Résumé en 266 mots du texte de Lévi-Strauss, extrait de *Race et Histoire*, 1952.

N'oubliez pas d'inscrire le **nombre de mots** à la fin de votre résumé ! Précisez l'auteur, le titre et la date de publication.

Essai : Corrigé commenté

Introduction | Développement | Conclusion

[Accroche] Dans *Le racisme expliqué à ma fille*, Tahar Ben Jelloun écrit qu'« on est toujours l'étranger de quelqu'un ». Son livre, qui appartient à la littérature d'idées, prend position explicitement contre le racisme. Cependant toutes les formes d'art et de littérature peuvent servir à délivrer des messages de tolérance. **[Problématique]** Mais est-ce vraiment utile et efficace pour lutter contre le racisme ? **[Annonce du plan]** Nous verrons que l'art permet une ouverture d'esprit mais qu'il peut également refléter les préjugés de son époque et qu'il est donc nécessaire que la diversité soit aussi du côté des artistes et pas seulement des sujets.

Vous pouvez utiliser une **citation** en phrase d'accroche.

Sautez une ligne après l'introduction.

[Phrase d'annonce] L'art permet de lutter contre l'intolérance et d'ouvrir les esprits. **[Développement – idée 1]** L'argumentation directe s'y prête particulièrement, à l'exemple de Montaigne dans « Des cannibales » lorsqu'il critique les Occidentaux lors de la colonisation et donne de la barbarie une définition proche de celle de Lévi-Strauss dans *Race et Histoire* : « chacun appelle barbarie ce qui n'est pas de son usage ». Des auteurs des Lumières critiqueront aussi l'esclavage comme Montesquieu, avec ironie, dans *De l'esprit des lois*. D'autres formes d'art peuvent également être utiles pour dénoncer, comme le tableau de Norman Rockwell, « The problem we all live with » (1964), qui montre Ruby Bridges, la première enfant noire à être allée dans une

Utilisez l'**œuvre** associée au parcours.

Si besoin, faites référence au texte que vous venez de résumer.

Utilisez des **connecteurs logiques** pour relier les idées.

N'hésitez pas à faire appel à vos **connaissances** dans toutes les matières.

école blanche, encadrée de deux policiers la protégeant des attaques racistes. Ce tableau, qui illustre un épisode historique, permet de sensibiliser les consciences. [Idée 2] Cependant, la fiction peut aussi servir à lutter contre l'intolérance. L'argumentation indirecte permet de s'adresser aux émotions et pas uniquement à la raison, si bien que le message peut être plus efficace. C'est le cas avec *La Case de l'oncle Tom* (1852) de Harriet Beecher-Stowe qui, d'après les historiens, aida à changer la vision de l'esclavage aux États-Unis au XIXe siècle, avant la guerre de Sécession. [Transition] Mais bien qu'il existe des œuvres qui luttent contre le racisme, il existe aussi des livres et des œuvres qui alimentent l'intolérance.

[Phrase d'annonce] L'art est toujours le reflet de son époque, donc il peut aussi véhiculer des préjugés et des stéréotypes. [Développement – idée 1] On peut ainsi le constater dans l'art publicitaire du début du XXe siècle que l'on juge aujourd'hui choquant en raison de l'image donnée des femmes ou des personnes de couleur, comme c'est le cas pour la marque de produits chocolatés *Banania*. Dès 1948, Léopold Sédar Senghor affirmait dans *Hosties noires* (1948) vouloir « déchirer les rires Banania sur tous les murs de France ». Par ailleurs, l'album de Hergé *Tintin au Congo* (1931) est souvent critiqué pour ses représentations racistes. En Grande-Bretagne, il est même publié avec une préface qui avertit le lecteur. De même, l'article « Juif » du *Dictionnaire philosophique* de Voltaire (1764) considéré pourtant comme un modèle de tolérance, apparaît comme antisémite pour un lecteur contemporain. Ainsi, certaines rééditions de l'ouvrage ont été publiées sans cet article. [Idée 2] Pourtant, la censure n'est pas toujours la bonne solution pour les textes anciens : il est préférable d'éduquer le lecteur en rappelant le contexte, non pour l'excuser mais pour l'expliquer. Aujourd'hui, la situation est un peu différente puisqu'en France, le racisme et l'antisémitisme ne sont plus considérés comme des opinions mais comme des délits punis par la loi. [Transition] Mais

Placez les **titres** des articles entre guillemets. Pensez aux autres œuvres et textes vus en cours de français.

ce changement n'empêche pas les préjugés et les stéréotypes, surtout dans les représentations de l'étranger.

[Phrase d'annonce] Plus que les arts qui mettent en scène les étrangers, c'est certainement l'émergence et la diffusion d'artistes étrangers qui permettent le mieux aux mentalités d'évoluer et aux esprits de s'ouvrir. [Développement – idée 1] Ainsi, la parole d'Aimé Césaire dans son essai *Discours sur le colonialisme* (1950) résonne plus efficacement auprès du lecteur car l'auteur martiniquais est particulièrement légitime pour condamner cette idéologie d'exploitation des peuples et des territoires. Des témoignages comme l'autobiographie de Maya Angelou, *Je sais pourquoi chante l'oiseau en cage* (1969), donnent des exemples concrets de lutte contre les discriminations. [Idée 2] Mais c'est aussi en fréquentant des œuvres de fiction, en ayant un contact avec l'imaginaire des autres cultures que l'homme apprend à faire preuve de tolérance. De multiples actions telles que la traduction et l'édition des œuvres étrangères de toutes nationalités, l'étude de romans francophones d'Afrique ou des Antilles, l'organisation de rencontres avec des artistes étrangers, etc. permettent de faire vivre la diversité culturelle et de faire dialoguer les peuples grâce à l'art.

Apprenez les **titres** exacts des œuvres ainsi que leur date de publication.

Sautez une ligne avant la conclusion.

[Rappel du sujet] Nous avons vu que l'art peut aider à instaurer un esprit de tolérance et à lutter contre les discriminations [Réponse au sujet] que ce soit par l'argumentation ou indirectement par la fiction. Mais l'art peut faire passer des messages variés, parfois même des idées racistes parce qu'il est essentiellement le miroir de la société, d'une époque. C'est pour cette raison qu'il est nécessaire d'encourager la lecture et la connaissance d'œuvres issues de cultures différentes pour que l'art permette une plus grande tolérance. [Ouverture] Les voyages ouvrent l'esprit, mais les voyages immobiles que permet la lecture peuvent être tout aussi bénéfiques et enrichissants.

L'épreuve orale

CHAPITRE 3

L'**épreuve orale** est composée de **deux parties** qui s'enchaînent.

La **première partie** comprend un **exposé** qui porte sur un des textes ayant fait l'objet d'une étude approfondie pendant l'année ainsi qu'une **question de grammaire**.

La **seconde partie** est consacrée à un **entretien** sur l'**œuvre choisie** par le candidat parmi toutes celles étudiées en classe ou proposées par l'enseignant au titre des lectures cursives obligatoires.

1 Comprendre l'exercice

A Le déroulement de l'épreuve

Organisation de l'épreuve

L'examen oral dure **20 minutes**. Il est précédé d'un temps de **préparation** de **30 minutes**.

L'examen lui-même est divisé en **deux parties**.

- **Première partie de l'épreuve.** Vous devez faire un **exposé** sur un texte du descriptif (vingt lignes environ) que votre professeur a transmis à l'avance à votre examinateur. Celui-ci choisit un texte dans cette liste et vous en demande une explication. Il indique également sur le bordereau la question de grammaire à traiter, qui porte sur une phrase ou segment de phrase extrait du texte. Cette partie est notée sur **12 points** et dure environ **12 minutes**.
- **Seconde partie de l'épreuve.** Après avoir brièvement **présenté** l'œuvre que vous avez choisie, vous répondez aux **questions** de l'examinateur. Ce moment prend la forme d'un **dialogue**. Cette partie est notée sur **8 points** et dure **8 minutes**.

> **À savoir**
>
> L'examinateur sait que cet oral est le **premier** auquel vous êtes confronté durant votre scolarité. Il agira avec neutralité et **bienveillance** et saura prendre en compte votre appréhension.

B Les finalités de l'épreuve orale

Évaluer la qualité de votre expression orale

L'épreuve orale a pour objectif de vérifier votre aisance à **communiquer** : vous devez savoir **organiser** votre propos, rebondir sur les **questions** posées, être capable de développer un **discours cohérent** et utiliser un **vocabulaire** littéraire précis. N'oubliez pas que c'est un dialogue et qu'il ne faut pas hésiter à prendre la parole.

Évaluer vos capacités de lecture, d'analyse et d'interprétation des textes

- **Les capacités de lecture.** Vous devez lire le texte choisi par l'examinateur à haute voix, de façon **fluide**, avec la bonne **intonation**, de façon à bien **interpréter** le texte et ses enjeux. Entraînez-vous régulièrement avant l'examen. La lecture est importante : elle témoigne souvent d'une bonne **compréhension** du texte. Vous ferez ainsi dès le début de l'entretien une impression favorable.
- **Les capacités d'analyse.** Vous devez être capable d'**expliquer** le texte et ses idées. Faites reposer votre analyse sur le travail vu en classe.
- **L'évaluation de votre sensibilité littéraire.** L'épreuve orale est l'occasion de valoriser votre **investissement** personnel, de montrer votre **curiosité** et votre intérêt pour la discipline. N'hésitez pas à évoquer les textes que vous avez aimés sans oublier d'**argumenter** vos choix. Vous pouvez faire appel également à vos **lectures personnelles** quand le lien se justifie.
- **Les capacités de réflexion.** Faites des **liens** avec d'autres œuvres artistiques, littéraires ou musicales et d'autres savoirs (histoire, sciences, etc.). Le texte doit être compris en lien avec l'œuvre et le parcours dans ce qu'il a de **singulier** et d'**original**.
  L'examinateur pourra aussi vous demander de tisser des liens avec **les enjeux contemporains**. Montrez en quoi et comment votre texte aborde des questions qui sont toujours d'actualité.

2 Se préparer à l'oral

A Le descriptif

L'épreuve repose essentiellement sur le **descriptif** remis en amont par votre enseignant à l'examinateur. À votre arrivée, l'examinateur en possède donc déjà un exemplaire, identique au vôtre.

Le **descriptif** est organisé en **quatre parties** qui correspondent aux quatre objets d'étude (théâtre, littérature d'idées, récit et roman, poésie).

- **Le descriptif propose pour chaque objet d'étude :**

– les **2 ou 3 explications** extraites de l'**œuvre intégrale** au programme ;

> **Rappel**
>
> Vous devez **choisir vous-même** l'œuvre sur laquelle vous serez interrogé lors de la **seconde partie** de l'épreuve. Vous devez la choisir « parmi celles qui ont été étudiées en classe ou proposées par l'enseignant au titre des lectures cursives obligatoires. » (*Bulletin officiel*, avril 2019)

– les **2 ou 3 extraits** étudiés dans le cadre du parcours ;
– l'**œuvre** proposée en **lecture cursive**.

- À la fin du descriptif, le candidat doit notifier l'**œuvre** qu'il a **choisie**. Cette partie est **individuelle**.

B Exemple de descriptif pour un objet d'étude

Objet d'étude 1 : textes ayant fait l'objet d'une étude détaillée	
Œuvre au programme	...
Extrait 1	...
Extrait 2	...
Parcours associé	
Extrait 1	...
Extrait 2	...
Lecture cursive proposée	...
Lecture(s) cursive(s)	...
Texte(s) complémentaire(s)	...

Le descriptif est **signé** par l'enseignant et porte le **cachet** de l'établissement. Il fait foi en cas de litige ou de contentieux.

À savoir

Pour votre épreuve orale, vous devez donc préparer entre 13 et 16 textes, en fonction de la liste établie par votre professeur et inscrite dans le descriptif.

C Les documents à fournir le jour de l'examen

Le jour de votre oral, vous devez apporter les **éléments suivants** :

- Le descriptif remis par votre enseignant. N'oubliez pas de renseigner la partie **individuelle** concernant l'œuvre choisie.
- Les textes qui ont fait l'objet d'une étude détaillée et sur lesquels vous êtes susceptible d'être interrogé. Ces textes doivent être **vierges** de toute annotation. Vous pourrez néanmoins écrire dessus pendant les 30 minutes de préparation.
- Votre convocation officielle.
- Votre carte d'identité ou passeport. Vérifiez que ce document est à jour !

Conseil

N'oubliez pas votre montre pour gérer votre temps de préparation, des surligneurs pour travailler votre texte et une petite bouteille d'eau. Choisissez également une tenue adaptée et propre !

L'usage du téléphone portable
n'est pas autorisé
dans la salle d'examen.

3 La première partie de l'épreuve (12 points)

A La lecture de l'extrait (2 points)

La préparation de l'épreuve

- **Se préparer régulièrement au cours de l'année.** N'hésitez pas à vous proposer quand les textes sont lus à haute voix en classe. **Entraînez-vous** également chez vous en vous enregistrant. Vous pouvez ainsi faire ce qu'on appelle des « brouillons d'oral » pour mettre toutes les chances de votre côté !
- **Effectuer une relecture complète des textes.** Relisez à **voix haute** l'ensemble des textes peu de temps avant votre épreuve. Cet exercice vous évitera de buter sur les mots difficiles et les phrases complexes.
- **Définir les mots difficiles.** Recherchez dans un dictionnaire le sens des mots **inconnus** et apprenez-les

La lecture le jour de l'épreuve

- **Présenter brièvement l'extrait** (auteur, date, genre, etc.). **Situez** le texte au sein de l'œuvre ou du parcours. Cette présentation doit être rapide, claire et efficace.
- **Lire le texte d'une façon expressive.** Lisez le texte en **articulant** et en parlant distinctement. Votre voix doit être audible et posée, et la lecture doit être correcte. Cette lecture est importante : elle constitue le premier lien avec votre examinateur. Elle peut aussi vous permettre de prendre confiance. La lecture doit avoir un **rythme** fluide et un **ton** juste et expressif. Évitez une lecture trop rapide ou surjouée. Prenez votre temps, montrez que vous avez compris le texte et insistez sur les **effets de style** et les **mots importants**.

> **À savoir**
>
> L'**extrait** sur lequel porte l'explication fait une **vingtaine de lignes** environ. Si le texte proposé par votre enseignant est plus long, l'examinateur peut n'en sélectionner qu'**une partie.**

B L'explication linéaire de texte (8 points)

Les attendus de l'explication linéaire

Vous devez **analyser le texte**. Expliquez et interprétez les **passages clés** du texte. Dégagez le **sens** du texte et ses enjeux. Relevez également les **procédés littéraires**. Comme pour l'épreuve écrite du commentaire, décrivez l'**effet produit** par le procédé cité. N'hésitez pas à relever l'effet produit sur l'**ensemble du texte** même si votre explication est linéaire. Vous reviendrez ensuite en arrière pour poursuivre votre explication. Par exemple, lorsque vous relevez un champ lexical*, montrez son déroulement jusqu'à son terme. Reprenez ensuite votre explication linéaire à l'endroit où vous vous étiez arrêté.

> **Attention !**
> Pour éviter la **paraphrase,** ne racontez pas le texte, mais **analysez** et **interprétez** les procédés utilisés.

> **Conseil**
> Pour que votre explication linéaire ne se réduise pas à un catalogue juxtaposant les remarques, faites des **liens** entre vos idées et utilisez des **connecteurs logiques.**

Le temps de préparation

- **Respecter les 30 minutes de préparation** dont vous disposez pour **l'explication linéaire** ainsi que la question de **grammaire**.
- **Le travail au brouillon.**
  – **Prenez des notes,** listez vos idées en les marquant par des tirets. Ne rédigez pas votre explication sous peine de perdre du temps. Face à l'examinateur, votre brouillon sert de support. Vous pourrez le consulter rapidement pour vérifier que vous avez exposé toutes vos idées.
  – **Soignez la problématique**. Écrivez-la dans une autre couleur, en rouge par exemple, afin qu'elle soit bien lisible. Elle vous servira de fil conducteur. Vous devez y faire régulièrement référence, notamment pendant le développement.
  – **Présentez clairement les étapes** de votre explication en donnant un titre à chaque partie du texte.
  – **Soulignez** dans le texte **les procédés et citations** et reportez le code couleur sur votre brouillon.
  – **Numérotez** vos pages de brouillon et n'écrivez qu'au **recto** afin de ne pas vous perdre.

> **À savoir**
> Vous passez votre oral **assis** face à votre examinateur. Durant votre passage, un **autre élève** est également présent dans la salle pour préparer son épreuve orale.

Les différentes parties

L'explication forme le **cœur** de cette première partie de l'épreuve. Elle doit être **linéaire**, c'est-à-dire qu'elle suit l'**ordre** du texte, ligne après ligne.

étape 1 **L'introduction** permet de **présenter** l'œuvre, le parcours, l'extrait, de formuler une problématique et un plan. Dans le cas d'une explication linéaire, spécifiez l'**organisation** du texte dans votre plan. Celui-ci doit rendre compte des **parties** ou mouvements du texte. Le texte compte en général deux à trois parties.

étape 2 **Le développement.** Annoncez les **différentes étapes** de votre explication et précisez bien le **changement** de partie. Vous pouvez marquer distinctement le passage entre deux parties par des **transitions** telles que : « après avoir vu *tel* élément, nous allons passer à notre deuxième partie et étudier *tel* autre élément ». Le développement doit répondre à la **problématique**.

étape 3 **La conclusion.** Rappelez la **problématique** puis reprenez de façon synthétique les **étapes** de votre explication et proposez une **ouverture** sur un autre texte ou une œuvre artistique.

Se préparer efficacement

Préparez **une fiche** de révision par **texte** selon le modèle suivant :

Objet d'étude : ... **Œuvre : ...** **Parcours associé :**	
Texte n° 1 :	
1) Situer le texte – dans l'œuvre – dans le parcours	
2) Introduction – La thématique, le genre, le mouvement littéraire – Éléments essentiels de la biographie de l'auteur – Principaux enjeux du texte – Question posée par l'extrait, problématiques possibles	
3) Idées principales du texte – Les différentes parties du texte – Les enjeux de chaque partie	
4) Procédés littéraires – les figures de style : ... – les champs lexicaux* : ... – les remarques sur le genre : ... – la ponctuation : ... – le temps des verbes et leur valeur : ... – les pronoms et l'énonciation : ...	***Effets produits*** ... ...

5) Citations – La phrase incontournable ou l'extrait court qui caractérise l'œuvre – 2 à 3 citations importantes
6) Ouverture(s) possible(s) Choix possibles : – un autre texte de l'œuvre / du parcours – un texte tiré d'un groupement de textes complémentaires – un prolongement artistique et culturel ...
7) Point(s) de grammaire identifié(s) en cours

C La question de grammaire (2 points)

Les attendus de la question de grammaire

La question de grammaire vise l'analyse syntaxique d'une phrase ou d'un segment de phrase extrait du texte expliqué. La question porte prioritairement sur un des trois points suivants qui sont au programme de la classe de première :
– les **subordonnées conjonctives** utilisées en fonction de **compléments circonstanciels** *(voir p. 255)* ;
– l'**interrogation** *(voir p. 254 et pp. 276-277)* ;
– l'expression de la **négation** *(voir pp. 275-276)*.

Les types de questions

La question de grammaire peut prendre la forme :
– d'une analyse logique et syntaxique ;

Ex. 1. : Faites l'analyse logique de cette phrase.
→ On attend l'identification des propositions, par exemple une principale et une subordonnée conjonctive utilisée en fonction de complément circonstanciel.

Ex. 2. : Étudiez la syntaxe dans cette phrase interrogative.
→ On attend notamment la nature et la fonction du pronom interrogatif ou l'identification d'un adverbe interrogatif comme « combien », « pourquoi ». L'examinateur attend également des remarques sur l'inversion sujet-verbe ou sur la ponctuation.

Ex. 3. : Étudiez la construction de la négation dans ce segment de phrase.

– d'une transposition.

Ex. 1. : Identifiez la proposition subordonnée conjonctive présente dans cette phrase puis transformez-la en complément circonstanciel.

Ex. 2. : Transformez cette interrogation directe en interrogation indirecte et expliquez les changements opérés.

Ex. 3. : Transformez cette phrase affirmative en phrase négative.

Se préparer efficacement

- **Des connaissances grammaticales déjà acquises.** La question de grammaire porte souvent sur un point grammatical que vous aurez déjà abordé au **collège** et **révisé** en seconde ou en première.
- **Un entraînement régulier.** Faites de rapides exercices de grammaire, avec un camarade par exemple, à partir des textes étudiés en classe.

4 La seconde partie de l'épreuve (8 points)

A La présentation de l'œuvre choisie

Le choix de l'œuvre

Le **choix** doit être fait parmi toutes les **œuvres étudiées en classe**, qu'il s'agisse des œuvres au programme ou de celles lues en cursive.
Le jour de l'examen, votre choix figure déjà dans la partie individuelle de votre descriptif.

Les attendus

- **Une présentation succincte de l'œuvre choisie :** présentez le titre, l'auteur, le mouvement littéraire, le résumé, le contexte d'écriture, le genre, les tonalités* principales, etc.
- **L'exposition des raisons** de votre choix.

Se préparer efficacement

- **Préparez cette partie en amont,** avant l'épreuve et **listez les arguments** qui font que vous avez choisi cette œuvre en particulier.

Les arguments du choix de l'œuvre
– la thématique abordée – le lien avec une question qui vous intéresse tout particulièrement – l'originalité du style (énonciation, procédés, adresse au lecteur, tonalités, etc.) – le lien avec des questions d'actualité – la découverte d'un auteur / d'un mouvement littéraire / d'un univers ...

- **Entraînez-vous** à présenter l'œuvre choisie à un camarade. Vous pouvez également vous **filmer**.

Conseil

Votre **argumentation** doit reposer sur une maîtrise des **savoirs littéraires.** Évitez les arguments banals tels que : « J'ai choisi cette œuvre parce que j'aime bien Baudelaire. » Préférez : « J'ai choisi cette œuvre parce que la forme du poème en prose me semble la plus appropriée pour renouveler le lyrisme et exprimer le "spleen" du poète. »

B L'entretien

L'épreuve

L'entretien prend la forme d'un **dialogue** entre l'examinateur et vous.
L'examinateur évalue votre **réflexion** et votre **capacité** à défendre votre choix. L'entretien peut éventuellement aborder les **activités** travaillées durant l'année, en particulier les textes complémentaires, les prolongements artistiques et culturels, les activités et projets réalisés.

Se préparer efficacement

- **Anticipez les questions** que l'examinateur peut vous poser. Par exemple :
  – Qu'est-ce que la lecture de cette œuvre a pu vous apporter ?
  – Dans dix ans, si vous ne deviez vous souvenir que d'un passage de l'œuvre, quel serait ce passage ?
  – Comment comprenez-vous le titre de cette œuvre ?
  – De quel personnage vous sentez-vous le plus proche ?
  – En quoi cette lecture vous permet-elle d'observer différemment le monde actuel ?
  – Auriez-vous en tête une citation de l'œuvre ?
- **Défendez vos goûts** par des arguments littéraires justifiés.
- **Révisez vos cours et vos fiches.**

AUTO-ÉVALUATION

Cochez les cases de cette fiche pour vous assurer de la réussite de votre épreuve orale.

Première partie	**Oui**	**Non**
Ma lecture du texte est :		
1) audible (capacité à faire entendre ma voix et à articuler) ;		
2) fluide sans être précipitée ;		
3) expressive sans être surjouée ;		
4) adressée à l'examinateur (je regarde l'examinateur).		
Explication linéaire		
1) Ma présentation générale est efficace.		
2) Mon introduction est cohérente (auteur, titre, date, histoire littéraire).		
3) La problématique que j'ai choisie rend compte des principaux enjeux du texte.		
4) J'annonce clairement mon plan à l'oral et je précise lorsque je change de partie.		
5) Mon explication s'appuie sur des citations précises du texte et j'évite la paraphrase.		
6) Mon explication repose sur plusieurs procédés littéraires qui sont à chaque fois interprétés.		
7) Ma conclusion est claire et synthétique.		
8) Je propose une ouverture à la fin de la conclusion.		
Question de grammaire		
1) J'identifie le type de question posée : conjugaison, analyse grammaticale, analyse logique, etc.		
2) Je sais répondre à la question.		
Seconde partie		
Présentation de l'œuvre choisie		
1) Je présente de façon synthétique l'œuvre choisie.		
2) Je donne 3 ou 4 arguments littéraires qui expliquent mon choix.		
Entretien		
1) Mes réponses sont développées (bonne aptitude au dialogue).		
2) Je comprends bien les questions posées.		
3) Je mobilise des savoirs littéraires et linguistiques précis.		
4) Je suis capable d'élargir la réflexion à d'autres domaines.		
TOTAL		**.../20**

Les objets d'étude

CHAPITRE 4

La poésie du XIXe au XXIe siècle

L'objet d'étude de la classe de première porte sur la poésie depuis l'avènement du mouvement romantique (début du XIXe siècle) jusqu'à nos jours.
Ne cessant de questionner son rapport au langage, le poète exprime avec une originalité toujours renouvelée sa **vision** du monde, son intériorité, son rapport à la **société** et ses **doutes**.
Le XIXe siècle est marqué par l'émergence d'une **poésie moderne** et le XXe siècle par l'éclosion de **diverses formes** poétiques.

1 La poésie romantique (1800-1850)

A Le romantisme

Un mouvement européen

- **Le romantisme** naît en **Allemagne** et en **Angleterre** à la fin du XVIIIe siècle. Il se diffuse ensuite en Europe durant toute la première moitié du XIXe siècle.
- **La Révolution française de 1789** explique en partie l'apparition du romantisme puisqu'elle bouscule l'ancien ordre du monde en France et en Europe. Elle fait souffler un vent de **liberté** et de contestations, mais, en France, le rêve s'émousse avec la période napoléonienne et la Restauration.
- **Le « mal du siècle »** caractérise les poètes et les artistes romantiques. Dans *René* (1802), François-René de Chateaubriand évoque le **« vague à l'âme »** qui étreint l'individu ne trouvant pas sa place dans un monde corrompu et désenchanté. Dans *La Confession d'un enfant du siècle* (1836), Alfred de Musset explique ce **« mal du siècle »** qui atteint sa génération sacrifiée et désespérée.

> **Mot-clé**
> **« Mal du siècle » :** malaise, solitude et **désenchantement** de la génération de 1830 qui fait l'amer constat que l'affirmation du moi et de la sensibilité est incompatible avec l'environnement social.

Un mouvement artistique

- **Un mouvement musical.** Les compositeurs romantiques (le Polonais **Chopin**, le Hongrois **Liszt** ou encore les Allemands **Schumann** et **Brahms**) cherchent à susciter l'émotion et à rendre compte des bouleversements de l'âme grâce au **piano** notamment qui remplace le clavecin. Le développement du ***lied*** et de l'**opéra** témoigne également de cette expression lyrique *(voir pp. 206-208)*.

Mot-clé

Lied : terme allemand pour désigner une **courte pièce musicale,** souvent un poème, chantée par une voix accompagnée d'un piano ou d'un ensemble instrumental.

- **Un mouvement pictural.**

– Les peintres romantiques délaissent les sujets classiques de l'Antiquité et préfèrent les **luttes sociales** et **révolutionnaires**, comme **Eugène Delacroix.** Sa peinture *La Liberté guidant le peuple* (1830), allégorie* de la Liberté, rend hommage à la révolution des Trois Glorieuses (27, 28 et 29 juillet) durant laquelle le peuple se révolte contre Charles X qui tente de restaurer l'Ancien Régime. Au centre de ce tableau parisien (on devine en arrière-plan la cathédrale Notre-Dame), une femme déterminée, coiffée du bonnet phrygien et brandissant d'une main le drapeau tricolore et de l'autre un fusil, mène, dans un nuage de poussière, le peuple à la Liberté. Elle symbolise la souveraineté du peuple et la lutte pour la République. À droite du tableau, un jeune garçon, brandissant des pistolets de cavalerie, encourage les insurgés. Il évoque le jeune Gavroche que nous retrouverons trente ans plus tard dans *Les Misérables* de Victor Hugo.

Eugène Delacroix, *La Liberté guidant le peuple*, 1830,
huile sur toile, 325 × 260 cm, Musée du Louvre, Paris.

– La mode est à l'**orientalisme** chez certains romantiques qui peignent le **bassin méditerranéen.** Des peintres comme Eugène **Delacroix**, Théodore **Chasseriau** et Jean-Auguste Dominique **Ingres** véhiculent l'image de guerriers héroïques et d'un **monde arabe** merveilleux et luxueux à travers leurs peintures de vie dans les harems.

– Les peintres romantiques s'emparent également des **atmosphères fantastiques**, souvent teintées de **mélancolie** et de **nostalgie**. William **Turner** (1775-1851) en Angleterre et Caspar David **Friedrich** en Allemagne peignent des **paysages étranges** qui traduisent leur intériorité. On y lit un profond sentiment de solitude baigné de doutes existentiels.

- **Un mouvement littéraire.** Le romantisme touche tous les genres* littéraires, mais le genre poétique s'avère le plus approprié à l'expression des sentiments.

> **Citation**
>
> « Poète, prends ton luth et me donne un baiser. » Alfred de Musset, *La Nuit de mai*, 1835.
> La Muse interpelle le poète et lui demande de la chanter. L'**amour** et la **musique** se trouvent au cœur de la création poétique.

B La poésie romantique

Une remise en cause du classicisme

Au début du XIXe siècle, les poètes remettent en cause les codifications et la **rigueur** du **classicisme**. Là où le classicisme prônait la raison, les auteurs romantiques tels que Alphonse de **Lamartine**, Gérard de **Nerval**, Alfred **Musset**, Victor **Hugo** ou Alfred de **Vigny** veulent exprimer leurs **émotions**.

> **Citation**
>
> « Qu'est-ce que ***Les Contemplations*** ? C'est ce qu'on pourrait appeler, si le mot n'avait quelque prétention, *les Mémoires d'une âme.* » Victor Hugo, préface des *Contemplations*, 1856. Le poète place ainsi son recueil poétique sous le signe des émotions et de la **subjectivité.**

Les *Méditations poétiques* d'Alphonse de Lamartine

- **Le succès des *Méditations poétiques*** (1820), premier recueil d'Alphonse de Lamartine, annonce le **renouveau** du genre poétique.
- **La tonalité* lyrique** se déploie. Le jeune poète, alors âgé d'une trentaine d'années, exalte ses **émotions** et exprime sa mélancolie, ses regrets, mais aussi ses moments de bonheur. La **nature** occupe une place centrale et tient le rôle de confidente du poète, comme dans le poème « Le Lac ».
- **Le terme *Méditations*,** dont on notera le pluriel, place le recueil sous le signe d'une réflexion sur la vie, la mort, l'amour. Alphonse de Lamartine tente d'accéder à une nouvelle **spiritualité**.

C Les grands thèmes de la poésie romantique

Repli sur soi ou engagement social ?

- **La question de la place du poète dans la société.** Les poètes, comme les peintres, s'interrogent : doivent-ils s'engager **politiquement** ou se tenir à l'**écart** des préoccupations contemporaines ?
- **Des aspirations contrastées.** Les poètes sont à la fois tournés sur eux-mêmes et tournés vers l'extérieur. Ils s'épanchent longuement sur leurs états d'âme, leurs émotions vécues, mais s'ouvrent aussi pleinement aux autres, s'engageant politiquement dans les **combats** sociaux et idéologiques de leur temps.

	Repli sur soi	Engagement social
Buts	– Célébration des sentiments – Expression exacerbée des passions – Recherche de l'évasion – Quête d'un idéal (poétique, amoureux)	Révolte contre les injustices politiques et sociales
Thèmes	Amour, solitude, mélancolie, souffrance	– Liberté – Exaltation des vertus de la jeunesse
Tonalités	Lyrique	– Polémique – Satirique
Figures du poète	Poète tourmenté, en proie au « mal du siècle »	Poète engagé dont la mission est de dénoncer la misère et les injustices

Citation

« Les plus désespérés sont les chants les plus beaux, / Et j'en sais d'immortels qui sont de purs sanglots. » Alfred de Musset, *La Nuit de mai*, 1835.

- **L'engagement dans la société.** Nombreux sont les grands poètes, (Chateaubriand, Lamartine, Vigny ou Hugo) engagés dans la **vie publique**. Ainsi, Alfred de Vigny, dans son poème intitulé « Wanda. Histoire russe » (*Les Destinées*, 1864) dénonce le pouvoir abusif de Nicolas Ier de Russie et prend la défense de tous les déportés condamnés aux travaux forcés en Sibérie. Tous ces poètes considèrent leur engagement social comme une **mission** de la plus haute importance. Le poète, même s'il dit *je*, est **militant**, il parle au nom de tous.

Les thématiques romantiques

- **La nature sauvage** est un des lieux de refuge privilégiés des poètes romantiques. Le **paysage romantique** est vu comme un **miroir de l'âme du poète :** en décrivant la nature, le poète exprime métaphoriquement* ses états d'âme. Dans son poème « Le Lac » (*Méditations poétiques*, 1820), Alphonse de Lamartine, alors éloigné de son amante, revient seul près d'un lac où il a vécu des moments heureux avec elle. Il médite sur la fuite du temps et dépeint son chagrin. La nature est personnifiée, humanisée. Des **correspondances** se tissent entre les sentiments du poète et le paysage décrit.

Caspar David Friedrich, *Paysage nordique, Printemps*, 1825,
huile sur toile, 35,3 × 49,1 cm, Hambourg, Kunsthalle.

- **La valorisation de l'imaginaire.** Les poètes créent des atmosphères **fantastiques** ou **oniriques** (qui relèvent du rêve). Aloysius **Bertrand**, dans son recueil *Gaspard de la Nuit* (1842), dépeint ainsi les « prestiges » de la nuit et plonge le lecteur dans un univers médiéval sombre où il rencontre l'inquiétant nain Scarbo, une ondine séductrice qui passe des pleurs au rire et une lune déroutante qui tire la langue « comme un pendu ».

> **Œuvre-clé**
>
> **« Un Rêve » :** poème d'Aloysius **Bertrand,** extrait de *Gaspard de la Nuit* (1842), qui témoigne du goût romantique pour l'univers nocturne et inquiétant et relate de trois rêves différents entrelacés.

- **Un goût pour l'ailleurs.** Les romantiques, souvent déçus par le temps présent, développent un goût prononcé pour l'**évasion** temporelle et géographique. Ils réhabilitent alors volontiers certaines époques oubliées comme le **Moyen Âge,** mais rêvent aussi d'ailleurs : la mode est à l'**exotisme** et à l'**orientalisme**. C'est l'époque où Victor Hugo publie *Les Orientales* (1829).
- **Le mélange des thématiques.** Certaines œuvres mêlent ces différentes thématiques. Par exemple, la poétesse Marceline **Desbordes-Valmore** dans son poème « Dors-tu ? » (*Les Pleurs,* 1833) entrelace les thèmes du rêve, de la nuit et de la nature pour exprimer sa douleur d'aimer dans ces vers qu'elle adresse à l'être aimé.

  Ex. : « Dors-tu ?
  Et toi ! dors-tu quand la nuit est si belle,
  Quand l'eau me cherche et me fuit comme toi ;
  Quand je te donne un cœur longtemps rebelle ?
  Dors-tu, ma vie ! ou rêves-tu de moi ? [...] »
  Marceline Desbordes-Valmore, « Dors-tu ? », *Les Pleurs*, 1833.

D Les nouvelles formes poétiques

Des formes anciennes remises au goût du jour

La reprise de formes anciennes tombées en désuétude répond à cet attrait pour la période médiévale. Les formes fixes du **rondeau**, de la **ballade**, de la **chanson**, de l'**ode*** héritées du Moyen Âge reviennent à la mode : *Odes et Ballades* (1826) de Victor Hugo, *Odelettes* (1832-1853) de Gérard de Nerval, « Ode » (*Méditations poétiques*, 1820) d'Alphonse de Lamartine, rondeaux d'Alfred de Musset, etc.

La naissance du poème en prose

- **Prose et poésie** ont longtemps été dissociées, voire **opposées**, la prose étant réservée aux genres romanesques, la forme versifiée au théâtre et à la poésie.
- **Avec *Gaspard de la Nuit,*** c'est Aloysius **Bertrand** qui, le premier, invente la forme du **poème en prose**. La mise en page recherchée (titres en lettres gothiques, poèmes en prose structurés en strophes*, utilisation de tirets, de blancs, d'astérisques, etc.) est au service de thèmes **médiévaux** et de sujets **fantastiques** et **énigmatiques**. Charles Baudelaire en premier lieu, puis Arthur Rimbaud et Francis Ponge s'en inspireront.

La naissance de nouvelles formes

Pour exprimer avec plus de justesse leur sensibilité, les poètes brisent la **régularité** du vers*. Ils s'opposent aux règles de versification* des auteurs classiques qui réclamaient de la régularité et de la symétrie. Par exemple, dans l'alexandrin* classique, ils déplacent la césure* qui se trouvait à l'hémistiche* (au milieu du vers). Ils délaissent le rythme classique* (en 6/6) pour préférer le rythme ternaire (en 4/4/4). Ce type d'alexandrin, ainsi rythmé, s'appelle le **trimètre romantique.** Victor Hugo est l'un des premiers à vouloir « disloquer » le système du vers.

Ex. : « Ayant levé la tête, / au fond des cieux funèbres,
→ 6/6, césure à l'hémistiche, alexandrin classique
Il vit un œil, / tout grand ouvert / dans les ténèbres »
→ 4/4/4, trimètre romantique.
Victor Hugo, « La Conscience », *La Légende des siècles*, 1859.

2 La poésie moderne au XIXe siècle (1850-1900)

Si la première moitié du XIXe siècle est marquée par la génération des poètes romantiques, la seconde voit l'émergence de la **poésie moderne** avec Charles Baudelaire, Arthur Rimbaud, Paul Verlaine ou Stéphane Mallarmé.

A Charles Baudelaire ou la naissance de la modernité

Par son esthétique travaillée et sa profonde réflexion sur les **fonctions** de l'art, l'œuvre de Baudelaire ouvre la voie de la **modernité**.

Charles Baudelaire (1821-1867)

Un héritier du romantisme

- **La reprise des thèmes romantiques.** L'aspiration au **voyage** et à l'**évasion** se retrouve dans « L'Invitation au voyage » (1857), l'orientalisme cher aux romantiques s'exprime dans « Parfum exotique » (1857) où le poète décrit Jeanne Duval, la femme aimée.
- **Charles Baudelaire s'inscrit dans la veine lyrique** des romantiques : il s'épanche sur son ennui, son **« spleen »** et exprime sa révolte. Mais son lyrisme est souvent plus tragique et plus **noir** que celui affiché par les romantiques.

La quête du beau

- **Les questions esthétiques** et les réflexions liées à tout ce qui touche au beau sont au cœur des préoccupations de Baudelaire. Le poète, malgré une brève implication lors de la Révolution de 1848, s'engage peu sur le terrain politique. Là où les romantiques étaient en quête du bien, notamment par leur engagement politique et social, Baudelaire est en **quête du beau**. Ce sont les **valeurs esthétiques** plus que morales qui intéressent le poète.

- ***Les Fleurs du Mal*** invitent le lecteur, que Baudelaire nomme son « semblable » et son « frère », à sentir ces « fleurs du mal », c'est-à-dire ces poèmes qui poussent sur le terreau du mal, de l'immoralité. Il existe pour le poète une forme de beauté dans la laideur. Baudelaire cherche ainsi à **« extraire la beauté du mal »**. Dans « Une Charogne », le poète décrit longuement l'être en putréfaction avant de le comparer à une femme.

> **Œuvre-clé**
>
> ***Les Fleurs du Mal* (1857) :** recueil de poèmes en vers de Baudelaire. Il fit scandale et fut condamné pour **« immoralité »**. Six de ses poèmes furent censurés.

La quête de l'idéal

- **L'accès à l'idéal** est au cœur de l'esthétique baudelairienne, comme elle l'est pour les romantiques. Cette aspiration à la **pureté** et à l'**idéal**, difficiles à atteindre, plonge le poète dans le **« spleen »**. *Les Fleurs du Mal* retracent le tourment du poète et ses tentatives pour échapper à sa mélancolie, à son « spleen » nourri particulièrement par l'angoisse du temps qui passe et par l'image de la femme dont Baudelaire nous dresse un portrait ambivalent, mi-ange, mi-démon.

> **Notion-clé**
>
> **« Spleen » :** mot anglais qui désigne à l'origine un organe, la rate. Dans l'Antiquité, la rate était l'organe qui contrôlait la bile noire, qui, sécrétée en trop grande quantité, déclenchait la mélancolie. Baudelaire reprend ce terme pour désigner son désespoir, sa profonde **mélancolie**, proche de la dépression.

Ex. : « [...] Ô femme dangereuse ! ô séduisants climats ! / Adorerai-je aussi ta neige et vos frimas, / Et saurai-je tirer de l'implacable hiver / Des plaisirs plus aigus que la glace et le fer ? »
Charles Baudelaire, « Ciel brouillé », *Les Fleurs du Mal*, 1857.

La femme est ici comparée à un paysage empreint de contrastes. Être d'eau et de feu, de plaisirs et de souffrances, elle fascine par son ambivalence.

- **Les tentatives pour trouver des voies d'accès à l'idéal** et échapper au « spleen » sont longuement décrites :
  - **les « paradis artificiels »** (le vin, les drogues) ;
  - **la poésie** qui transcende le monde réel ;
  - **l'amour** qui permet l'évasion et le rêve.

Ex. : « [...] Ô Mort, vieux capitaine, il est temps ! levons l'ancre !
Ce pays nous ennuie, ô Mort ! Appareillons !
Si le ciel et la mer sont noirs comme de l'encre,
Nos cœurs que tu connais sont remplis de rayons !

Verse-nous ton poison pour qu'il nous réconforte !
Nous voulons, tant ce feu nous brûle le cerveau,

Plonger au fond du gouffre, Enfer ou Ciel, qu'importe ?
Au fond de l'Inconnu pour trouver du *nouveau* ! »
Charles Baudelaire, « Le Voyage », *Les Fleurs du Mal*, 1857.

Ce poème qui clôt le recueil est une invitation vers un autre monde, un monde nouveau. Cette dernière « invitation au voyage » apparaît comme l'ultime réponse au « spleen ».

Un poète moderne

- **Un peintre de la vie moderne.** Dans ses « Tableaux parisiens », Baudelaire décrit la ville et la foule, tantôt attirante, tantôt repoussante ; il en montre la **dualité**. Ces poèmes renvoient à la vie de **dandy** que Baudelaire mène à Paris.

> **Mot-clé**
> **Dandy :** homme raffiné et non-conformiste qui cultive une **élégance** physique et morale.

- **Explorer la forme nouvelle du poème en prose.** Baudelaire s'inspire du **poème en prose** inventé par Aloysius Bertrand et en développe ses pouvoirs. Dans la dédicace à Arsène Houssaye, Baudelaire explique pourquoi il privilégie le poème en prose.

Ex. : « [...] Quel est celui de nous qui n'a pas, dans ses jours d'ambition, rêvé le miracle d'une prose poétique, musicale sans rythme et sans rime, assez souple et assez heurtée pour s'adapter aux mouvements lyriques de l'âme, aux ondulations de la rêverie, aux soubresauts de la conscience ? [...] »
Charles Baudelaire, *Les Petits poèmes en prose*, 1869.

- **Les correspondances.** L'originalité de Baudelaire tient aussi à son rapport particulier au monde. Pour lui, de nombreuses « correspondances » relient les éléments entre eux. Selon le principe de la **synesthésie** *(voir p. 59)*, il associe **divers sens** entre eux : « Les parfums, les couleurs et les sons se répondent. » Le poème « Correspondances » explique cette théorie.

Ex. : « La Nature est un temple où de vivants piliers
Laissent parfois sortir de confuses paroles ;
L'homme y passe à travers des forêts de symboles
Qui l'observent avec des regards familiers.

Comme de longs échos qui de loin se confondent
Dans une ténébreuse et profonde unité
Vaste comme la nuit et comme la clarté,
Les parfums, les couleurs et les sons se répondent.

Il est des parfums frais comme des chairs d'enfants,
Doux comme les hautbois, verts comme les prairies,
– Et d'autres, corrompus, riches et triomphants [...] »

Charles Baudelaire, « Correspondances », *Les Fleurs du Mal*, 1857.

B Le symbolisme

Percer les secrets du monde

- **Le refus d'un monde rationnel.** En réaction à la démarche scientifique et documentaire du réalisme et du naturalisme, les **symbolistes** sont convaincus que le **réel** n'est qu'une **illusion**, un secret à percer. Pour eux, l'art et la poésie en particulier permettent de décoder le monde.
- **L'art de la suggestion.** Grâce aux **symboles**, aux analogies, à la suggestion, à l'énigme, le langage permet d'atteindre une dimension supérieure, un monde secret. Les symbolistes cherchent à **suggérer** les sensations que nous procure le monde.
- **Les correspondances.** Les symbolistes établissent des **« correspondances »** ou analogies entre les divers éléments de la nature et les cinq sens (l'ouïe, la vue, le toucher, l'odorat, le goût). La poésie met en correspondance les différents éléments cachés. L'image créée par le poète suggère des correspondances, des sensations associées appelées **synesthésies** qu'on trouve déjà chez Charles Baudelaire *(voir p. 58)* et dont les symbolistes comme Stéphane Mallarmé s'inspireront.

> **Mot-clé**
>
> **Synesthésie :** à l'origine, phénomène neurologique consistant à associer deux sens ou plus. En littérature, la synesthésie désigne l'**alliance** de plusieurs **perceptions sensorielles.**

- **Le poète, « alchimiste du verbe ».** Pour les symbolistes, le **poète** est le seul à avoir accès à ce monde inconnu dont il peut **percer le secret** en créant des formes poétiques nouvelles comme le poème en prose ou le vers libre. Il est un **« alchimiste du verbe »** (Rimbaud).

Les procédés symbolistes

- **Une poésie suggestive.** Pour les symbolistes, la poésie ne doit pas être descriptive mais suggérer le **mystère** des choses et des êtres, au-delà des apparences.
- **Une poésie musicale** est nécessaire pour suggérer. Les poètes prêtent une attention particulière aux **sonorités** et au **rythme**. Paul **Verlaine**, dans son « Art poétique » (*Jadis et Naguère*, 1884), précise que la poésie doit être « De la musique avant toute chose ».
- **Un lexique rare.** Outre l'utilisation fréquente de la métaphore* et de la périphrase*, les symbolistes

> **À savoir**
>
> Des **poèmes symbolistes** ont été mis en **musique.** *Prélude à l'après-midi d'un faune* de **Debussy** s'inspire d'un poème de **Mallarmé.** Le compositeur est l'héritier de l'esthétique symboliste à laquelle il emprunte des thèmes et des atmosphères.

utilisent des **mots rares**, raffinés et des tournures de phrases parfois très complexes. La poésie de Stéphane Mallarmé est quelquefois même considérée comme difficile d'accès, voire hermétique. Seul le lecteur initié peut accéder au sens des poèmes et au mystère du monde.

- **L'invention du vers* libre.** Les symbolistes sont les premiers à inventer les **vers libres.** Ceux-ci permettent une plus grande fluidité dans le rythme. Les symbolistes développent également l'utilisation de **vers impairs** (pentasyllabes, heptasyllabes), qui étaient jusque-là très rares. Paul Verlaine préfère ainsi au traditionnel alexandrin* des vers de 5, 7 ou 9 syllabes.

C Les « poètes maudits »

Une expression inventée par Paul Verlaine

En 1884, Paul Verlaine, dans *Les Poètes maudits*, rédige un écrit consacré à six poètes qu'il considère comme « poètes maudits » : Tristan **Corbière**, Arthur **Rimbaud**, Stéphane **Mallarmé**, Auguste de Villiers **de l'Isle-Adam**, Marceline **Desbordes-Valmore** et Pauvre **Lelian**.

À savoir

Pauvre Lelian est l'**anagramme** de **Paul Verlaine.** Le poète est parvenu, en mélangeant les lettres de son nom, à se reconstruire une identité placée sous le signe du poète maudit.

Le mythe du poète maudit

Dès lors, l'**image** du poète victime, tantôt génie, tantôt paria, s'impose. Le poète maudit est :

- **un poète de talent, incompris** et vivant dans l'échec ;
- **un marginal** rejeté par la société ;
- **un être frappé de malédictions :** solitude, pauvreté, mélancolie, folie, etc. ;
- **un homme refusant les valeurs bourgeoises** de la société ;
- **un personnage à l'attitude provocante ;**
- **un poète trouvant refuge dans les addictions** (les drogues, l'alcool).

Paul Verlaine (1844-1896)

Arthur Rimbaud et Paul Verlaine, l'incarnation des poètes maudits

- **Arthur Rimbaud** symbolise l'adolescent révolté, contestataire, l'artiste **bohème** par excellence, vagabond, vivant de peu et prônant la liberté. Ses *Cahiers de Douai* (1870) rassemblent les poèmes écrits alors qu'il vient de fuguer du domicile maternel.

Arthur Rimbaud (1854-1891)

Ex. : « Je m'en allais, les poings dans mes poches crevées ;
Mon paletot aussi devenait idéal :
J'allais sous le ciel, Muse ! et j'étais ton féal ;
Oh ! là là ! que d'amours splendides j'ai rêvées !

Mon unique culotte avait un large trou.
– Petit-Poucet rêveur, j'égrenais dans ma course
Des rimes. Mon auberge était à la Grande-Ourse.
– Mes étoiles au ciel avaient un doux frou-frou [...] »

Arthur Rimbaud, « Ma Bohème », *Les Cahiers de Douai*, 1870.

Sa **relation tumultueuse** avec le poète Paul Verlaine, de dix ans son aîné, qui le blessera de deux coups de revolver, participe aussi à faire de lui un poète maudit et marginal.

- **Par extension, l'expression « poète maudit »** désigne aujourd'hui d'autres artistes comme Charles Baudelaire. Dans son sonnet « Le Guignon » (*Les Fleurs du Mal*, 1857), le poète évoque le travail des artistes dont le génie est souvent incompris de leur vivant.

3 Le surréalisme (1920-1950)

Le **surréalisme** est un mouvement né d'une volonté de rompre avec les valeurs qui ont conduit aux atrocités de la **Première Guerre mondiale**.

A Un nouveau regard sur le monde

Les surréalistes

En 1919, plusieurs poètes dont Louis **Aragon**, Philippe **Soupault** et Paul **Éluard** se regroupent autour d'André **Breton** pour fonder la revue *Littérature*. Ils baptisent alors leur mouvement « Surréalisme ». À l'origine, l'adjectif « surréaliste » est un néologisme* inventé par Guillaume **Apollinaire**.

Auteur-clé

André Breton (1896-1966) : chef de file du **surréalisme,** surnommé le « pape du surréalisme » pour son caractère autoritaire. Il en définit les principes en 1924 dans *Le Manifeste du surréalisme.*

La découverte de l'inconscient et l'éloge de l'imaginaire

- **L'influence de la psychanalyse.** André **Breton** a été influencé par Sigmund **Freud** et la découverte de l'**inconscient**, ses théories sur l'hypnose et son travail sur l'interprétation des rêves.

- **La révolte de l'imaginaire.** Les surréalistes prônent la **puissance de l'imagination** pour percer les mystères du fonctionnement de la **pensée** et de l'**inconscient**. Ainsi, dans le poème « La Courbe de tes yeux » (1926), Paul Éluard renouvelle la forme traditionnelle du blason (poème descriptif d'une partie du corps de la femme). L'**œil**, fondamental chez les surréalistes qui portent un nouveau regard sur le monde, symbolise ici la beauté de la femme et l'amour : « La courbe de tes yeux fait le tour de mon cœur ». L'œil de l'être aimé permet d'accéder au « surréel » et de voir le monde différemment. Le poète redécouvre la totalité du monde à travers l'œil de la femme aimée.

> **Mot-clé**
>
> **Surréalisme :** « automatisme psychique pur par lequel on se propose d'exprimer, soit verbalement, soit de toute autre manière, le fonctionnement réel de la pensée. Dictée de la pensée, en l'absence de tout contrôle exercé par la raison, en dehors de toute préoccupation esthétique ou morale. » André **Breton,** 1924.

B Les procédés du surréalisme

Les thèmes surréalistes

- **La révolution** est le mot d'ordre du surréalisme. Elle doit être **esthétique** (révolution du langage) et **politique**. Les surréalistes se rapprochent des **théories marxistes** et **communistes**, avec une volonté de transformer le monde. Plusieurs d'entre eux adhèrent au Parti communiste français, comme André Breton en 1927. Mais cet engagement politique crée des dissensions au sein du mouvement.
- **L'amour fou pour la femme aimée.** Les surréalistes donnent à voir une nouvelle perception de la femme aimée. Dans « L'Union libre » (*Clair de terre*, 1923), André Breton brosse le portrait de la femme aimée en jouant avec le principe de l'**association libre** (d'où le titre du poème). Le choix des images crée un effet de surprise et d'émerveillement.

  Ex. : « Ma femme à la chevelure de feu de bois / Aux pensées d'éclairs de chaleur / À la taille de sablier / Ma femme à la taille de loutre entre les dents du tigre [...] »
- **La quête de l'insolite.** Les artistes surréalistes tentent d'accéder au **surréel,** à ce qui se situe au-delà du réel. Ils partent en quête d'**inattendu** qu'ils cherchent dans l'univers du rêve, dans les rencontres hasardeuses, dans les objets insolites, mais aussi à travers l'amour.

  Ainsi, dans ***Les Mains libres*** (1937), recueil de **poèmes** de Paul **Éluard** et de **dessins** de **Man Ray**, les illustrations ne sont pas toujours en rapport direct avec les poèmes et reposent sur le hasard, laissant au lecteur le soin de relier les œuvres entre elles. Le titre du recueil symbolise la liberté de la création artistique.

Les techniques surréalistes

- **Des créations ludiques.** Le surréalisme, refusant les contraintes et les règles, utilise plusieurs techniques. Les œuvres sont souvent **ludiques** et font la part belle à l'inconscient et au hasard.

  – **L'écriture automatique.** Elle transcrit sans retenue les **associations d'idées, d'images et de métaphores***, se laissant guider par l'inconscient comme le font André Breton et Philippe Soupault en 1919 dans *Les Champs magnétiques*.

  Ex. : « Prisonniers des gouttes d'eau, nous ne sommes que des animaux perpétuels. »

  – **Le cadavre exquis** permet de faire surgir des **images surréalistes**.
  Il désigne un :
  « jeu de papier plié qui consiste à faire composer une phrase ou un dessin par plusieurs personnes, sans qu'aucune d'elles puisse tenir compte de la collaboration ou des collaborations précédentes. L'exemple, devenu classique, qui a donné son nom au jeu tient dans la première phrase obtenue de cette manière : *Le cadavre – exquis – boira – le vin – nouveau*. »
  André Breton et Paul Éluard, *Dictionnaire abrégé du surréalisme*, 1938.

- **Des créations collectives.** Le **surréalisme** regroupe des écrivains, des peintres, des photographes, des cinéastes, etc. tels que Louis **Aragon**, Robert **Desnos**, Paul **Éluard**, Jacques **Prévert**, Luis **Buñuel**, Salvador **Dali**, Giorgio **De Chirico**. Ces artistes participent **collectivement** à des séances de sommeil hypnotique et à des créations artistiques.
- **Des arts visuels variés :** calligrammes, collages, jeux surréalistes, etc.

4 Poésie de la Résistance et de la négritude (1930-1945)

A La poésie de la Résistance (1940-1945)

La poésie, témoin de l'histoire

Les deux guerres mondiales touchent les poètes.
Lors de la **Première Guerre mondiale,** Charles **Péguy** est tué d'une balle au front en 1914 et Guillaume **Apollinaire** est blessé en 1916. Il meurt de la grippe espagnole en 1918.

Les fonctions de la poésie de la Résistance

- **La poésie comme arme de résistance.** Durant la **Seconde Guerre mondiale,** sous l'occupation allemande, la presse et la littérature sont contrôlées par la censure nazie. La poésie est alors une **arme de résistance**. Le langage poétique, souvent **métaphorique***, permet la dénonciation indirecte de crimes.

- **La poésie comme témoignage.** Les poètes rendent compte des atrocités de la guerre et expriment ainsi leur révolte. Paul Éluard, dans « Comprenne qui voudra » (1944), choqué par une scène à laquelle il a assisté, évoque la maltraitance des femmes dont on tondait les cheveux lorsqu'elles étaient soupçonnées d'avoir eu une liaison avec un Allemand.

> **À savoir**
>
> Si la poésie touche essentiellement une élite jusqu'à la Seconde Guerre mondiale, la **poésie de la Résistance,** écrite pour tous, devient une poésie plus **populaire** qui rencontre alors un large public.

- **La poésie comme espace de réflexion.** Les poètes invitent le lecteur à s'interroger sur les atrocités et le **sens** ou l'**absurdité** de la guerre. **« La Rose et le Réséda »** (1943) de Louis **Aragon** est un appel à l'union dans la **Résistance** au-delà des convictions politiques et religieuses. Le poète célèbre la France et ses combattants. Le poème met en scène deux résistants, l'un chrétien, l'autre athée, arrêtés et fusillés.
- **La poésie comme message d'espoir.** La poésie permet aussi d'envoyer des messages de **paix**. Le poème **« Liberté »** de Paul **Éluard**, ode à la liberté contre l'occupation allemande, a été parachuté en milliers d'exemplaires par l'aviation britannique au-dessus de la France en 1942 pour redonner espoir à la population française.

Ex. : « Sur mes cahiers d'écolier
Sur mon pupitre et les arbres
Sur le sable sur la neige
J'écris ton nom

Sur toutes les pages lues
Sur toutes les pages blanches
Pierre sang papier ou cendre
J'écris ton nom

[...] Sur la santé revenue
Sur le risque disparu
Sur l'espoir sans souvenir
J'écris ton nom

Et par le pouvoir d'un mot
Je recommence ma vie
Je suis né pour te connaître
Pour te nommer
Liberté. »

Paul Éluard, « Liberté », in *Au rendez-vous allemand*,

> **À noter !**
>
> Les poètes distinguent bien l'**engagement littéraire** (l'acte d'écrire) de l'engagement personnel dans la Résistance.

B La poésie de la négritude

Définition

> **Citation**
> La **négritude** est « l'ensemble des valeurs culturelles de l'Afrique noire ». Léopold Sédar **Senghor**

La **« négritude »** est un mouvement littéraire et politique créé pendant l'entre-deux-guerres, en France. Ce mouvement rassemble des poètes francophones noirs. Léopold Sédar **Senghor**, poète sénégalais, fonde en 1934 avec le Martiniquais Aimé **Césaire** le journal *L'Étudiant noir*.
Le terme de « négritude » désigne l'ensemble des caractères culturels propres à la race noire. Les auteurs revendiquent cette appartenance culturelle. Ce mouvement se développe durant la période **anticolonialiste**.

Léopold Sédar Senghor et Aimé Césaire

- **Le métissage des cultures.** Léopold Sédar **Senghor** défend les **valeurs africaines** et prône également le **métissage** des cultures. Il chante, en français, les beautés de la femme noire « vêtue de [sa couleur] qui est vie ». Les titres de ses différents recueils évoquent cette « négritude » : *Chants d'ombre* (1945), *Hosties noires* (1948), *Éthiopiques* (1956), *Nocturnes* (1961).

Léopold Sédar Senghor (1906-2001)

- **La révolte de la colonisation.** Aimé **Césaire** (1913-2008) est un poète, dramaturge et homme politique qui dénonce les souffrances du peuple colonisé comme dans *Cahier d'un retour au pays natal* (1939). Il recourt à un langage inspiré du surréalisme, notamment dans son recueil poétique *Soleil cou coupé* (1947).

C Les poètes francophones

De nombreux poètes et poétesses francophones font résonner leur voix comme Andrée **Chédid** (poétesse française d'origine égypto-libanaise, 1920-2011) et Anne **Hébert** (poétesse québécoise, 1916-2000) qui proposent des poèmes empreints d'humanité et qui encouragent le lecteur à accepter l'autre avec ses différences.

5 La poésie après 1945

A La variété des formes poétiques

- **La diversité** caractérise la poésie de la seconde moitié du XXe siècle. Aucun mouvement clairement identifié, comme cela pouvait être le cas au XIXe siècle, ne semble réunir les auteurs.

- **Une variété thématique et formelle.** Les poètes, héritiers des symbolistes et de la poésie contemporaine, s'approprient les innovations formelles : poème en prose, vers* libres. Parallèlement, les **thématiques** et sources d'inspiration se **diversifient**. Quelques **convergences** semblent néanmoins exister entre auteurs.
- **Une poésie du quotidien.** Plusieurs poètes font du **quotidien** la matière première de leurs poèmes et du **réel** leur principale source d'inspiration. Leur poésie, loin d'être un moyen d'accès à un monde caché et mystérieux à la manière des symbolistes, rend compte du **concret**.

Jacques Prévert s'écarte du surréalisme, même s'il conserve un goût prononcé pour les **jeux de mots**, la dimension ludique, la **fantaisie**, le rapprochement incongru. Le lexique qu'il emploie est souvent **simple**. Refusant de ne s'adresser qu'à une élite, sa poésie est **populaire**. Jouant avec les mots, le poète propose des poèmes empreints **d'humour**. Dans le poème « Cortège », l'inversion de tous les compléments de nom et d'attribution crée un effet loufoque. Le lecteur redécouvre ainsi le réel sous un aspect ludique.

Jacques Prévert (1900-1977)

Ex. : « Un vieillard en or avec une montre en deuil
Une reine de peine avec un homme d'Angleterre
Et des travailleurs de la paix avec des gardiens de la mer
Un hussard de la farce avec un dindon de la mort
Un serpent à café avec un moulin à lunettes
Un chasseur de corde avec un danseur de têtes
Un maréchal d'écume avec une pipe en retraite
Un chiard en habit noir avec un gentleman au maillot
Un compositeur de potence avec un gibier de musique
Un ramasseur de conscience avec un directeur de mégots [...] »
Jacques Prévert, « Cortège », in *Paroles*, 1946, © Éditions Gallimard.

B Deux poètes après 1945

- **Francis Ponge** (1899-1988) s'oppose au lyrisme. Là où le symboliste Mallarmé accordait le primat aux « mots », Francis Ponge accorde de l'importance aux **« choses »**, c'est-à-dire aux objets concrets et modestes de notre monde. Dans son recueil le plus connu, *Le Parti pris des choses* (1942), il décrit avec précision et réalité des éléments du quotidien et place son recueil sous le signe de la **banalité**. Il reprend la forme du poème en prose et désigne ses œuvres par le néologisme* de « proêmes » en 1949.

> **Mot-clé**
> **Objeu :** néologisme* inventé par Francis **Ponge**. C'est la contraction des mots *objet* et *jeu*.

Ces descriptions sont néanmoins l'occasion d'explorer le langage, de jouer avec les sonorités des mots. Ces objets banals prennent alors un nouveau visage, poétique. Ainsi, le poème « L'Huître » (1942) traite d'un sujet bien prosaïque. Francis Ponge consacre tout un poème à ce mollusque devenu « monde opiniâtrement clos ». L'huître est élevée au rang d'œuvre d'art qui recèle précieusement en elle « tout un monde » !

- **Saint-John Perse** (1887-1975) s'éloigne du banal quotidien pour proposer un hymne à la nature. D'origine guadeloupéenne, il chante avec lyrisme la **nostalgie** de son enfance sur son île et raconte son union avec la nature. Ses œuvres, dont les recueils *Éloges* (1911) et *Exil* (1942), rappellent les grandes épopées et chantent la **beauté** de la **Terre**.

6 La poésie de la fin du XXe siècle à nos jours

A Un lyrisme renouvelé

Plusieurs poètes renouvellent le **lyrisme**.

- **Yves Bonnefoy** (1923-2016) reprend la tonalité **lyrique** traditionnelle, notamment dans son recueil *Du mouvement et de l'immobilité de Douve* (1953). Cette œuvre a une forme originale puisqu'elle mélange des textes écrits en prose et des poèmes versifiés. Dans « Vrai lieu », la poésie avec ses « mots de guérison » apparaît comme un **refuge** pour tous les hommes, en particulier les plus démunis. La poésie est comparée à une maison, le « vrai lieu » de l'expérience humaine qui accueille l'homme et le réchauffe.

> **Citation**
>
> « Un **poème** est un objet artistique de langue à **quatre dimensions** : pour la page (c'est-à-dire pour l'œil), pour l'oreille (ce que nous entendons), pour la voix (ce que nous prononçons) et pour une vision intérieure. » Jacques **Roubaud**

- **Jacques Roubaud** (né en 1932) dialogue avec le Moyen Âge. Ce poète est également professeur de mathématiques. Il appartient au groupe de l'**OuLiPo**, un atelier de **littérature expérimentale**.
Grand spécialiste de la poésie des troubadours, Jacques Roubaud reprend certaines **formes médiévales** comme la sextine (forme fixe de 6 strophes de 6 vers avec un schéma rythmique complexe) mais dans une poésie inspirée par sa propre vie. Dans son recueil *Quelque*

> **Mot-clé**
>
> **OuLiPo :** acronyme construit à partir du nom « Ouvroir de Littérature Potentielle ». C'est une association fondée en 1960 par un mathématicien, François Le Lionnais, et l'écrivain Raymond Queneau. L'OuLiPo regroupe des mathématiciens, des poètes comme Jacques Roubaud et Jacques Jouet, des romanciers qui imaginent et expérimentent des contraintes littéraires nouvelles. Les Oulipiens participent également à des ateliers d'écriture.

chose noir (1986), il évoque le décès de son épouse. Cette poésie se place entre **tradition** (échos à la forme de la sextine, reprise du *topos* du deuil) et **modernité** (subjectivité de l'expérience du deuil).

- **Philippe Jaccottet** (1925-2021) s'inscrit dans la tradition lyrique. Dans son recueil *L'Effraie et autres poésies* (1953), le poète revisite plusieurs thèmes comme ceux de l'amour, la nostalgie, la mort, le rapport au temps qui passe notamment dans le poème « Sois tranquille, cela viendra ! » *(voir p. 79)*. Son recueil évoque le rapace nocturne, la chouette-effraie, qui fait resurgir d'autres souvenirs d'oiseaux poétiques : « L'Albatros » de Baudelaire ou l'allégorie du pélican qu'on trouve sous la plume d'Alfred de Musset (*La Nuit de mai*, 1835).
- **Jean-Michel Maulpoix** (né en 1952) s'interroge sur le lyrisme. Professeur à l'université et critique littéraire, il a rédigé de nombreux essais qui traitent du lyrisme. Son site Internet : *www.maulpoix.net* est un relais de l'actualité poétique. Poète lui-même, il traite de thématiques qui lui sont chères comme le souvenir ou le voyage qui permettent de découvrir le monde de façon **sensible** (*Chutes de pluie fine*, 2002). Il se présente ainsi dans *L'Instinct du ciel* (2000), section III :

  « Je suis cet homme tout bossué de sacs et de valises qui va et vient dans sa propre vie. »

- **Vénus Khoury-Ghata** est une poétesse française d'origine libanaise qui a reçu le **prix Goncourt** de la poésie en 2011. Elle revient sur son pays en guerre, mais aussi sur la figure malheureuse de sa mère, sur les femmes en général, présentées héroïquement, sur la violence de son père à l'égard de son frère. Pour elle, la poésie ne tend pas à être un laboratoire de recherche formelle, mais doit se situer au plus proche de l'**humain**. La poétesse prend pour matière première ce qu'elle a vécu au cœur de l'enfance, au Liban.

Vénus Khoury-Ghata (née en1937)

B La poésie aujourd'hui

- Aujourd'hui, **les sites Internet** *poezibao.typepad.com* ou *poesies.net* proposent une actualité éditoriale de la poésie.
- **Des festivals** comme *Le Printemps des poètes*, manifestation francophone autour de la poésie se déroulant en France et au Québec, célèbrent la poésie.
- **Le slam, une poésie populaire.** La poésie s'invite également dans la chanson ou le slam. Des textes poétiques, souvent engagés, sont déclamés par des auteurs tels que **Grand Corps Malade** et **Abd al Malik**.

ŒUVRES, PARCOURS
ET PROLONGEMENTS ARTISTIQUES

1 *Cahier de Douai*, Arthur Rimbaud
Parcours : Émancipations créatrices

1 L'auteur

▲ Arthur Rimbaud.

■ **Arthur Rimbaud (1854-1891)** est né à Charleville (Ardennes) d'un père militaire et d'une mère paysanne qui l'élèvera seule, dans une **éducation stricte**. Rimbaud est un **élève brillant** remarqué par son professeur Georges Izambard.

■ À 15-16 ans, Rimbaud **fait trois fugues** : en août-septembre 1870 à Paris et **Douai**, en octobre à Charleville, Bruxelles et Douai. Enfin, il fugue en février-mars 1871 à Paris.

■ De retour, il cesse ses études puis part à Paris où il mène **une vie de bohème**. En 1871, il rencontre le poète **Verlaine** avec qui il noue une relation tumultueuse. Ils partent en Belgique et à Londres. Au moment où Rimbaud lui annonce qu'il veut le quitter, Verlaine le blesse d'un coup de revolver. Rimbaud termine l'écriture d'*Une saison en enfer*. En 1874, il revoit Verlaine et lui confie le manuscrit des *Illuminations*, recueil de poèmes en prose ou en vers libres.

■ En 1880, Rimbaud part en Éthiopie. Il n'écrira plus et aura composé tous ses poèmes **entre 15 et 20 ans**. Il meurt à 37 ans d'une tumeur cancéreuse au genou.

2 L'œuvre

A. Contexte et résumé

■ Le *Cahier de Douai*, également appelé *Cahiers de Douai*, *Recueil Demeny* constitue un ensemble de **vingt-deux poèmes** écrits sur des feuilles volantes, la plupart ayant été **rédigés pendant les fugues de Rimbaud**.

■ Rimbaud dépose ces feuilles au **poète-éditeur Demeny** lors de sa deuxième fugue à Douai. C'est à lui qu'il adresse aussi la lettre dite du « Voyant ».

À savoir

Quelques mois après avoir déposé ses poèmes à son ami Paul Demeny, Rimbaud lui envoie une lettre lui demandant de tous les brûler ! Le poète Darzens les achète en 1887 et les édite en 1891.

Structure et résumé

■ Les poèmes n'ont été constitués en recueil qu'*a posteriori*. Ils sont rangés par ordre chronologique.

■ **Premier cahier.** Il s'ouvre sur deux poèmes de la sensualité et de l'amour avec « Première Soirée » et « Sensation ». On y trouve plusieurs poèmes qui critiquent la société : « Le Forgeron », « À la Musique » et « Les Effarés ».

■ **Deuxième cahier.** Le thème du voyage ouvre le cahier avec « Rêvé pour l'hiver » et le clôt avec « Ma Bohème ». Quelques poèmes décrivent la fugue de Rimbaud et les cabarets, tandis que « Le Dormeur du Val » est une critique de la guerre.

L'œuvre en Bibliolycée

B. Enjeux

■ Le recueil embrasse des thèmes variés qui construisent la figure d'un poète vagabond. Le lyrisme rimbaldien est original. À l'écoute de ses sensations, il décrit également la misère. Ses poèmes s'ancrent fortement dans le réel.

■ Si le recueil est essentiellement composé de sonnets, Rimbaud se détache toutefois de la tradition littéraire en déstructurant les vers classiques. Certains thèmes traditionnels sont également parodiés, comme dans « Vénus Anadyomène ».

Citation

« On n'est pas sérieux quand on a dix-sept ans. » Cet alexandrin ouvre la première partie du poème « Roman » et place le poème sous le signe de l'adolescence et de la liberté.

3 Le parcours : « Émancipations créatrices »

A. Émancipations créatrices : en quête de liberté

■ L'émancipation désigne l'acte par lequel un mineur se dégage de l'autorité familiale. Les fugues du poète façonnent le mythe rimbaldien du jeune poète maudit. Plus généralement, s'émanciper signifie s'affranchir, se libérer. On notera l'utilisation du pluriel dans l'intitulé du parcours.

■ Le poète s'émancipe de la vie bourgeoise qu'il critique fortement, par exemple dans « À la Musique ». L'émancipation de sa vie familiale se traduit par l'importance du thème du voyage qui constitue un fil rouge dans le recueil.

■ Enfin, l'émancipation est aussi poétique. Rimbaud s'affranchit des règles classiques de versification, soit en ayant recours à certains thèmes (par exemple la description d'une serveuse « aux tétons énormes »), soit en déstructurant le rythme classique des alexandrins.

B. Œuvres-clés liées au parcours

La Prose du Transsibérien et de la petite Jehanne de France **de Blaise Cendrars (1913)**	Dans ce long poème, le narrateur âgé de 16 ans retrace un voyage en train de Moscou à Kharbine. Ce texte est à la fois une réflexion sur la jeunesse et l'amour, sur soi, mais aussi sur l'histoire. Les bruits du train sont rendus grâce à un travail sur les sonorités et rythmes des vers libres.
Cahier d'un retour au pays natal **d'Aimé Césaire (1939)**	Le « Cahier » désigne un long poème en vers libres qui marque le début de la négritude (voir p. 65). Le poète, revenu en Martinique, prend conscience des violences subies par les Noirs.
Paroles **de Jacques Prévert (1946)**	Le recueil rassemble une petite centaine de poèmes en prose et en vers libres, sous forme de dialogue. Le poète y dénonce la violence et la guerre (« Barbara ») mais aussi la religion (*« Pater Noster »*) et propose aussi une réflexion sur la poésie et l'art (« Promenade de Picasso »).

À retenir

■ Le recueil de Rimbaud met en scène le désir de liberté du poète qui se traduit par l'image d'un poète vagabond qui critique la société bourgeoise.

■ Les émancipations sont aussi poétiques. Rimbaud invente un lyrisme personnel qui participe de ce goût pour la liberté, y compris formelle.

4 Les prolongements artistiques et culturels

A. En peinture

> **À savoir**
> Comme la peinture se situe à gauche de la page et le texte à droite, le lecteur entre dans l'œuvre par l'image.

■ Après avoir écrit *La Prose du Transsibérien*, Blaise Cendrars demande à son amie Sonia Delaunay d'illustrer son poème. La peintre et le poète créent ainsi le premier « livre simultané » : le texte et l'illustration ne s'opposent plus mais dialoguent ensemble. Déplié, ce poème-tableau mesure deux mètres de haut !

■ Delaunay utilise des aplats de couleurs bien marquées (vert, rouge, orange, bleu) ainsi que des formes géométriques (arcs de cercles). Les peintures cherchent elles aussi à créer un effet de rythme qu'on retrouve sous la plume de Cendrars.

B. Au cinéma

■ *Moonrise Kingdom* (2012) est un film de Wes Anderson coécrit avec Roman Coppola. Il met en scène deux préadolescents, Sam et Suzy. Sam est orphelin et les parents avocats de Suzy la délaissent, centrés sur leurs affaires. À l'écart des autres, ils tombent amoureux et organisent leur fugue. Ces deux enfants attendrissants s'émancipent ainsi du monde morne des adultes.

■ L'esthétique du film traduit l'onirisme du monde de l'enfance grâce à tout un travail sur l'image : couleurs contrastées et savamment choisies, cadrages très géométriques.

■ La fugue et l'émancipation de Sam et Suzy coïncident avec un retour heureux à la nature et à la créativité : peinture pour Sam, lecture pour Suzy.

▲ Kara Hayward et Jared Gilman, *Moonrise Kingdom*, réalisé par Wes Anderson (2012).

2 *La Rage de l'expression* (de « Berges de la Loire » à « Le Mimosa » inclus), Francis Ponge

Parcours : Dans l'atelier du poète

1 L'auteur

▲ Francis Ponge.

■ Francis Ponge naît en 1899 dans une famille bourgeoise protestante. Il grandit à Avignon puis à Caen, dans un cadre très privilégié. Pendant la Première Guerre mondiale, il travaille dans un hôpital militaire. Une crise d'appendicite l'empêche de s'engager sur le front et il termine sa scolarité brillante : classe de rhétorique, hypokhâgne à Louis-le-Grand, études de droit et de philosophie à la Sorbonne. Cependant, incapable de prononcer un mot lors de son oral d'admission, il est recalé à l'École normale supérieure.

■ Au début des années 1920, il mène d'abord une vie de bohème et publie dans des revues, avant d'entrer au service fabrication des éditions Gallimard. Pendant les années 1930, il rejoint Hachette où son engagement de gauche s'affirme : il est responsable syndical de la CGT et il adhère au parti communiste. En 1931, il épouse Odette Chabanel avec qui il a une fille, Armande, née en 1935.

■ Au tout début de la Seconde Guerre mondiale, il écrit *Le Parti pris des choses* (publié en 1942) avant d'être mobilisé pour travailler dans l'administration. En 1942, il entre dans la Résistance. Agent de liaison pour la zone sud puis directeur des pages littéraires du journal résistant *Action*, il fréquente Paul Éluard, Albert Camus et Louis Aragon. Il s'éloigne du communisme en 1946.

■ Après la guerre, son activité littéraire l'occupe à plein temps : il écrit, collabore avec des peintres, donne de nombreuses conférences, enseigne à Columbia University (New York) et reçoit le Grand Prix de poésie de l'Académie française en 1984. Il meurt en 1988.

À savoir
La Rage de l'expression n'est pas un recueil de poèmes mais une œuvre poétique et sur la poésie.

2 L'œuvre

A. Contexte et structure

■ *La Rage de l'expression* est publié en 1952 à Lausanne, puis réédité en 1976 en France. Le titre fait référence à ce besoin de « rendre compte d'une chose » tout en refusant le « ronron poétique » (« Berges de la Loire »).

■ Cette œuvre rassemble divers textes écrits entre 1938 et 1944 qui ont pour point commun de montrer le travail de l'écriture à l'œuvre ; le poète part à la « conquête de [son] mode d'expression » (« Le Mimosa »). Chaque partie est une recherche poétique sur le thème annoncé par le titre, sauf pour « Berges de la Loire » qui ouvre l'œuvre.

Structure

- **Berges de la Loire.** Daté du 24 mai 1941 à Roanne. Court manifeste poétique.
- **La Guêpe.** Commencé à Paris en août 1938, terminé à Fronville en août 1943. Dédicacé à Jean-Paul Sartre et Simone de Beauvoir. Se termine par une adresse au lecteur.
- **Notes prises pour un oiseau.** Daté de mars-septembre 1938 à Paris. Dédicacé au peintre Eugène Ébiche.
- **L'Œillet.** Commencé à Roanne en 1941, terminé à Paris en août 1944. Dédicacé à l'écrivain Georges Limbour.
- **Le Mimosa.** Daté de 1941 à Roanne. Se termine sur les étapes de réécriture jusqu'au poème achevé.
- Deux autres parties complètent le recueil mais elles ne sont pas au programme : « Le Carnet du bois de pin » et « La Mounine ».

B. Enjeux

- Recueil aux multiples formes, *La Rage de l'expression* ressemble davantage à un journal d'écriture qu'à un recueil poétique. Ponge y mêle ses réflexions sur l'écriture, ses recherches (dans le Littré, notamment), des brouillons de poèmes, des échanges de lettres, des poèmes en vers ou en prose.
- La forme poétique est un moyen, non une fin. Ponge ne « [se] préten[d] pas poète », il cherche à « rendre compte d'une chose (dans l'espoir que l'esprit y gagne, fasse à son propos quelque pas nouveau) ». Il revendique une démarche quasi scientifique et a recours à l'étymologie, la zoologie, la botanique…

Citation

« Ne pas publier seulement la formule à laquelle on a pu croire avoir abouti, mais publier l'histoire complète de sa recherche, le journal de son exploration. »

3 Le parcours : « Dans l'atelier du poète »

A. Une œuvre en construction

- L'intitulé du parcours évoque l'artisanat : Ponge se présente comme un artisan du mot, loin du mythe du poète « inspiré ». *La Rage de l'expression* illustre ce vers de l'*Art poétique* de Boileau (1674) : « Vingt fois sur le métier remettez votre ouvrage. » *Dans l'atelier du poète* est aussi le titre d'un recueil de René Char publié en 1996 (posthume).
- Ponge recherche l'amélioration continue, son écriture est marquée par la « rectification continuelle ». Il utilise des accolades pour se laisser le choix entre plusieurs formules, revient sur les états antérieurs du texte pour réécrire et proposer des « Variantes », refuse l'achèvement.
- Le poète partage ses états d'âme face à l'écriture, certains textes sont datés (parfois avec l'heure) comme dans un journal intime. Il y consigne des projets, commente ce qu'il est en train d'écrire, s'adresse à lui-même, partage ses doutes.

B. Textes-clés liées au parcours

Lettre du voyant **d'Arthur Rimbaud (1871)**	Comme Ponge, Rimbaud utilise la lettre (à Paul Demeny) pour commenter son écriture poétique et se regarder penser : « j'assiste à l'éclosion de ma pensée : je la regarde, je l'écoute ».
« Bon dieu de bon dieu » de Raymond Queneau (1948)	Publié dans *Instant fatal*, ce court poème est un art poétique original qui met en scène l'artiste et sa difficulté d'écrire. Comme chez Ponge, le poème échappe toujours au poète : « la vache / il a foutu le camp ».
La Fabrique du pré **de Francis Ponge (1971)**	Cette œuvre a été publiée avec une reproduction des brouillons manuscrits et annotés dans leur état brut. Le titre, « fabrique », renforce l'idée que l'écriture poétique de Ponge relève de l'artisanat.

À retenir

- *La Rage de l'expression* est un journal d'écriture poétique qui mélange les formes et les genres.
- Assistant aux coulisses de la création poétique, le lecteur devient spectateur de l'artiste au travail.

4 Les prolongements artistiques et culturels

A. En peinture

- Le lieu « atelier » est souvent associé aux peintres. Le recueil s'ouvre d'ailleurs sur une métaphore picturale : « Chaque fois que [mon regard] aura *séché* sur une expression, le replonger dans l'eau du fleuve. »
- Catharina van Hemessen, une peintre de la Renaissance, est la toute première artiste occidentale à faire son *Autoportrait* dans son atelier (1548). Elle se représente à son chevalet en train de peindre cette même toile, dans un effet de mise en abyme. Elle inscrit ces mots sur la toile : « Moi, Catharina van Hemessen, me suis peinte en 1548 à l'âge de 20 ans. »

Mot-clé
Mise en abyme : le fait d'incruster, dans une image, la même image en plus petit.

B. En chanson

- « Il me manque une chanson » d'Anne Sylvestre est parue sur l'album *J'ai de bonnes nouvelles* en 1977. L'autrice s'y met en scène à sa table de travail, confrontée à la difficulté d'écrire : « Mais bouffant le même crayon / Posée devant la même planche ».
- Le dernier couplet est un art poétique insolite. Comme Raymond Queneau dans sa recette (« Prenez un mot / prenez-en deux / faites-les cuir' comme des œufs »), Anne Sylvestre confie au public la responsabilité de la création poétique : « Je vous donne tout, pêle-mêle / Les mots, le cœur, la ritournelle / Et c'est vous qui vous la ferez ».

▲ Catharina van Hemessen (1528-après 1567), *Autoportrait au chevalet* (1548), Kunstmuseum, Bâle.

3 *Mes forêts*, Hélène Dorion
Parcours : La poésie, la nature, l'intime

1 L'autrice

▲ Hélène Dorion.

■ Hélène Dorion, née en 1958 dans la ville de Québec, a d'abord suivi des études de philosophie avant de se tourner vers les Lettres. Elle publie ses premiers poèmes dans des revues pendant ses études. Son premier recueil, *L'Intervalle prolongé*, paraît en 1983.

■ Elle enseigne la littérature puis mène rapidement une activité littéraire très variée. Elle est critique littéraire, membre de revues et d'émissions culturelles radiophoniques, directrice éditoriale, membre de jurys littéraires, chroniqueuse littéraire, elle conçoit des anthologies, donne des lectures publiques... Elle collabore aussi avec des compositeurs et des chanteurs à des concerts littéraires, et, enfin, elle est photographe.

■ Son œuvre est riche et emprunte à plusieurs genres. On lui doit une vingtaine de recueils poétiques, mais aussi des livres d'artistes, des romans, un album jeunesse, des essais et même le livret d'un opéra sur Marguerite Yourcenar.

■ Hélène Dorion a reçu de nombreux prix dont le Prix Mallarmé (2005), le Prix européen Léopold-Senghor (2011) et le Prix Athanase-David (2019).

À savoir

Mes forêts est un recueil en vers libres, sans ponctuation et presque toujours sans majuscules.

2 L'œuvre

A. Contexte et structure

■ Hélène Dorion a terminé d'écrire *Mes forêts* pendant la pandémie de 2020 et l'a fait publier en 2021. Pour elle, cette période a interrogé notre place sur Terre et notre vulnérabilité face à la nature. La poésie lui sert à poser ces questions dans une approche métaphorique.

■ Le recueil est structuré en plusieurs parties qui donnent l'impression d'accompagner l'autrice dans des forêts réelles puis intérieures et mythiques.

Structure

- ***Mes forêts.*** Unique poème, rythmé par l'anaphore « Mes forêts ». Chaque partie s'achève par un poème de cette forme qui sert donc de refrain au recueil et qui est précédé d'une page blanche.
- **L'écorce incertaine.** Vingt-cinq poèmes brefs dont les titres explorent méthodiquement les lieux (« La branche », « Le tronc », « L'humus »).
- **Une chute de galets.** Long poème à la disposition typographique originale et centré sur « le bruit du monde / l'écoulement du temps ».
- **L'onde du chaos.** La poétesse cherche refuge dans les forêts face aux désastres de la modernité et à sa tristesse : « Il fait un temps de bourrasques et de cicatrices ».
- **Le bruissement du temps.** Cette cosmogonie (voir p. 77) se déroule en trois temps : « Avant l'aube », « Avant l'horizon » et « Avant la nuit ».

B. Enjeux

■ Le lecteur chemine avec la poétesse et s'enfonce dans une forêt qui se fait de plus en plus métaphorique, au fil des saisons et même du Temps, du big bang jusqu'aux écrans de « facebookinstagramtwitter » (« Une chute de galets »).

■ Hélène Dorion fait de la forêt l'image du monde. La forêt rassemble les contraires : c'est un lieu mouvant mais immobile, bruyant mais silencieux, lumineux mais obscur, menaçant mais réconfortant. La poétesse partage autant son espace extérieur qu'intérieur.

Mot-clé

Cosmogonie : étymologiquement, création du monde. Ici, c'est l'ensemble des récits mythiques qui racontent l'origine du monde.

3 Le parcours : « La poésie, la nature, l'intime »

A. La poétesse, témoin intime du monde

■ Le recueil *Mes forêts* fait se rencontrer la nature dans ce qu'elle a d'universel et l'intimité de la poétesse qui dit « je », comme le montre le choix du déterminant possessif pluriel du titre repris dans tous les refrains, *mes* forêts, plutôt que *la* forêt. Par son langage poétique, elle agit sur la nature, comme la nature agit sur elle : « la forêt défriche en moi tant d'années ».

■ Les poèmes rendent compte de la menace qui pèse sur la nature. Pour Hélène Dorion, le discours écologique a besoin de poésie pour dénoncer comment l'homme a mis « tout un siècle à défaire le paysage ». Ce thème est surtout présent dans « L'onde du chaos ».

■ L'autrice affirme que la poésie sert à déplacer le regard. Par son écriture poétique, elle invite le lecteur à voir la nature différemment, dans ses moindres détails et dans les impressions. Ainsi, elle espère changer notre rapport au monde comme l'expérience des forêts change son rapport à elle-même.

B. Œuvres-clés liées au parcours

***Méditations poétiques* de Lamartine (1820)**	C'est le premier recueil de Lamartine qui renouvelle le lyrisme du XIXe siècle et ouvre la voie au romantisme. Les élans de la nature et ceux de l'âme du poète se mêlent. « Le Lac » est son poème le plus célèbre.
***Le Cœur innombrable* d'Anna de Noailles (1901)**	Dans ce premier recueil, la poétesse d'origine roumaine dépeint avec beaucoup de lyrisme son lien avec la nature, jusqu'à s'y confondre : « Avoir l'âme qui rêve, au bord du monde assise… »
***Amers* de Saint-John Perse (1957)**	Le poète, qui a grandi en Guadeloupe, ne fait qu'un avec la mer. Il écrit une « poésie pour accompagner la marche d'une récitation en l'honneur de la mer ».

À retenir

■ *Mes forêts* explore autant un espace extérieur (les forêts canadiennes où vit l'autrice) qu'un espace intérieur.

■ La poésie invite à changer notre vision du monde et à réparer notre lien avec la nature.

4 Les prolongements artistiques et culturels

A. En musique

■ À la fin du recueil, Hélène Dorion mentionne l'existence d'une liste de pièces musicales qui l'ont accompagnée durant l'écriture de *Mes forêts* (Spotify, *Hélène Dorion – Mes forêts*). Ces vingt-neuf titres sont des morceaux de musique classique contemporaine ou de musique d'ambiance, comme Angus MacRae.

Citation-clé

« son tumulte résonne / jusque dans les pierres / c'est le bruit du monde / l'écoulement du temps – / écoute l'instant fragile et pur » (tiré du poème « Une chute de galets »).

■ Depuis 2006, la soprano soliste Isabelle Sabrié s'est installée près de la forêt amazonienne dont elle enregistre les sons à partir desquels elle compose des opéras et des pièces musicales. Elle a inventé l'harmonie rythmico-spatiale.

B. En architecture

■ Le Colombien Simón Vélez dit de son architecture qu'elle est « végétarienne ». Avec ses constructions en bambou, il recherche une harmonie parfaite avec la nature, prenant en compte le territoire et l'environnement de ses constructions. Ses créations témoignent d'un lien retrouvé avec le vivant.

■ Son œuvre la plus frappante est l'Église « sans nom » ou « sans religion » édifiée en 1999 et qui invite à la méditation en se reconnectant à la nature.

▲ L'Église sans nom réalisée en bambou par l'architecte Simon Vélez (Carthagène, Colombie).

SUJET DU BAC

Commentaire 20 pts | *Objet d'étude :* La poésie du XIXe au XXIe siècle | 4 h

Vous ferez le commentaire de ce poème de Philippe Jaccottet en vous aidant du parcours de lecture suivant :

1. En quoi ce poème est-il une réflexion sur la mort et le temps qui passe ?

2. À quoi tiennent l'originalité et la modernité de ce sonnet ?

Sois tranquille, cela viendra ! Tu te rapproches,
tu brûles ! Car le mot qui sera à la fin
du poème, plus que le premier sera proche
de ta mort, qui ne s'arrête pas en chemin.

Ne crois pas qu'elle aille s'endormir sous des branches
ou reprendre souffle pendant que tu écris.
Même quand tu bois à la bouche qui étanche
la pire soif, la douce bouche avec ses cris

doux, même quand tu serres avec force le nœud
de vos quatre bras pour être bien immobiles
dans la brûlante obscurité de vos cheveux,

elle vient, Dieu sait par quels détours, vers vous deux,
de très loin ou déjà tout près, mais sois tranquille,
elle vient : d'un à l'autre mot tu es plus vieux.

Philippe Jaccottet, « Sois tranquille... »,
in *L'Effraie et autres poésies* © Éditions Gallimard, 1954.

→ *Corrigé p. 80*

CORRIGÉ

Corrigé du sujet de la p. 79.

Travail préparatoire

Analyse du texte

Le poème de Philippe Jaccottet est associé à l'objet d'étude suivant : « La poésie du XIXe au XXIe siècle ». Nous verrons dans quelle mesure ce poème s'inscrit à la fois dans une tradition poétique mais aussi dans la modernité.

Rappel

Le **commentaire** de texte est toujours en lien avec un des **objets d'étude du programme** à l'exclusion de l'objet d'étude « La littérature d'idées du XVIe au XVIIIe siècle ».

Travail au brouillon

Faites un tableau de deux colonnes pour lister les éléments du poème qui s'inscrivent dans la tradition poétique et ceux qui relèvent de la modernité.

Poésie traditionnelle	Poésie moderne
– Le sonnet* – La tonalité* lyrique – Le thème de la mort et de la fuite du temps – Les enjambements* – Les anaphores*	– L'absence de majuscule en début de vers – L'énonciation* originale : emploi du *tu* – L'originalité du titre du recueil : *L'Effraie et autres poésies* – La multiplicité des enjambements* qui déconstruit les vers*

Explication du titre du recueil

Le jour du bac, à l'écrit, une note de vocabulaire expliquera chaque terme difficile comme « L'Effraie ». Une effraie désigne un type de chouette. Le mot fait penser au verbe « effrayer » et connote « l'effroi ».

Une réécriture de Baudelaire

Ce poème est une réécriture du sonnet* « Recueillement » extrait des *Fleurs du Mal* (1857) de Charles Baudelaire :

« Sois sage, ô ma Douleur, et tiens-toi plus tranquille.
Tu réclamais le Soir ; il descend ; le voici :
Une atmosphère obscure enveloppe la ville,
Aux uns portant la paix, aux autres le souci. [...] »

Cette information n'est pas indispensable pour réussir votre commentaire de texte. Elle peut cependant vous aider à appréhender la démarche de l'auteur et à comprendre son inscription dans la tradition poétique.

Plan détaillé

Introduction

[amorce de l'introduction] La thématique de la fuite du temps constitue un *topos* poétique, c'est-à-dire un lieu commun, un cliché littéraire. On retrouve cette thématique dès la Renaissance avec, par exemple, certains poèmes de Ronsard. Philippe Jaccottet s'inscrit donc dans toute une tradition poétique. **[présentation de l'œuvre]** Le poème à étudier intitulé « Sois tranquille » est tiré du recueil *L'Effraie* paru en 1954. C'est une réécriture du poème de Baudelaire intitulé « Recueillement ». **[problématique]** Il semble donc intéressant d'étudier par quels procédés Philippe Jaccottet donne à lire un poème inscrit à la fois dans la tradition et la modernité. **[annonce du plan en 2 parties]** Nous verrons d'abord que Philippe Jaccottet mène une réflexion sur la mort et le temps qui passe conformément à la tradition poétique. Ceci nous amènera à montrer en quoi ce poème n'en demeure pas moins original et moderne.

1. Une réflexion sur la mort et le temps qui passe

a) Une allégorie de la mort

– La mort est présentée sous forme d'allégorie*. Elle est désignée par le pronom personnel sujet « elle » et devient le personnage principal du sonnet.

– La mort est inexorable : elle ne peut pas ne pas venir. Cette fatalité est marquée par le futur à valeur prophétique « cela viendra ! ».

> **Rappel**
> Pensez à tirer du sens des **procédés littéraires** que vous aurez identifiés !

– Elle est personnifiée en marcheuse, comme en témoignent plusieurs verbes de mouvement : « elle vient », « Tu te rapproches ».

– La négation insiste sur son dynamisme : « [elle] ne s'arrête pas en chemin ».

– L'anaphore* « elle vient » accentue le mouvement de la mort qui apparaît donc sous la plume de Philippe Jaccottet comme une créature toujours mobile.

– L'arrivée de la mort est paradoxalement à la fois certaine et imprévisible. Son cheminement semble en effet aléatoire : « Dieu sait par quels détours ».

b) Un poème lyrique sous la forme de memento mori

– Philippe Jaccottet utilise une tonalité* lyrique pour exprimer cette impuissance face à la mort.

– L'énonciation* du poème est intéressante à étudier. Le *je* lyrique du poète s'adresse directement au lecteur qui est donc pleinement impliqué : « Sois tranquille, cela viendra ! ». Le lyrisme* prend ici une dimension universelle et parle à tous.

– Le poème reprend la forme traditionnelle de *memento mori* : « souviens-toi que tu es mortel. »

– Le premier vers du poème est à lire de façon ironique : « Sois tranquille, cela viendra ! » En effet, Philippe Jaccottet ne cherche pas tant à nous rassurer qu'à nous inquiéter.

c) L'amour ne permet pas d'échapper à la mort

– Philippe Jaccottet cherche des issues à la mort et des moyens pour y échapper. L'amour, principe de vie, apparaît comme la première possibilité pour se soustraire à cette angoisse de la mort.

– Philippe Jaccottet développe cette thématique amoureuse en évoquant des plaisirs charnels comme les baisers (« quand tu bois à la bouche ») ou l'enlacement amoureux (« quand tu serres avec force le nœud / de vos quatre bras »).

– L'image du « nœud » est pourtant très ambivalente : elle désigne l'enlacement des bras amoureux, mais connote* aussi la mort (nœud des pendus).

– L'évocation de l'amour, au centre du poème (second quatrain et premier tercet), est encadrée par l'allusion à la mort qui encercle donc l'amour. La mort emprisonne l'amour.

– Malgré la force de la passion, l'amour ne permet pas d'échapper à la mort.

2. Un poème original et moderne

a) Une déconstruction de la métrique traditionnelle

– La modernité tient d'abord au rythme du sonnet* et aux nombreux effets de rupture : les rejets* et autres enjambements* participent de cette instabilité (« la fin / du poème »).

– La suite des rejets* donne le sentiment que le poème avance. Le rejet « avec ses cris / doux », situé au milieu du poème, est très important parce qu'il se joue à plusieurs niveaux :

- au niveau du vers (rejet vers 8-9) ;
- au niveau du quatrain (rejet entre le quatrain et le tercet) ;
- au niveau de la fin des deux quatrains (rejet entre la première partie du sonnet composé de 2 quatrains et la seconde composée de 2 tercets).

– Le rythme du poème est donc très instable : on compte 5 phrases de plus en plus longues. La dernière parcourt 8 vers sur les 14 vers qui composent le sonnet. Cette dernière phrase, très longue, ne permet pas au lecteur de reprendre son souffle au cours de sa lecture et mime cette instabilité. À l'image de cette longue phrase, le temps ne s'arrête pas.

b) L'utilisation d'une image originale : l'effraie

– Dès le titre du recueil, Philippe Jaccottet utilise l'image étonnante et moderne de la chouette pour signifier la mort.

– L'effraie est aussi appelée « dame blanche », autre nom donné à l'allégorie* de la mort.

– Le terme « effraie » donne à entendre le mot « effroi ». L'auteur joue avec la musique des mots et associe la « dame blanche » à l'angoisse de la mort.

– Cette image est ancrée dans le réel et donne une vision concrète, voire quotidienne, de la mort.

– Au sein du poème, plusieurs éléments sont des références discrètes à l'oiseau de nuit mentionné dans le titre du recueil :

- les « cris » au vers 8 ;
- l'atmosphère nocturne avec la « brûlante obscurité » ;
- le lieu d'habitation de la chouette avec la mention des « branches ».

c) Une réflexion sur l'écriture

– Rien ne semble résister à la mort.

– Dans la tradition, la poésie a souvent ce pouvoir d'arrêter le temps qui passe en célébrant l'instant figé, pris sur le vif. On peut penser au vers de Lamartine : « Ô temps ! suspends ton vol [...] » dans son poème « Le Lac ».

– Le sonnet* de Philippe Jaccottet est à la fois un poème sur le temps qui passe et sur la poésie elle-même. Le champ lexical* de l'écriture est présent avec « fin du poème » ou « mot ».

– Cependant, loin de fixer et d'arrêter le temps, les mots de l'auteur apparaissent plutôt comme les marqueurs de cette fuite du temps.

– Philippe Jaccottet renverse ici délibérément le *topos* de la poésie qui aurait comme pouvoir d'arrêter le temps.

Conclusion

– L'auteur s'inscrit dans une tradition poétique : il reprend la forme traditionnelle du sonnet* pour évoquer un *topos* poétique : la fuite du temps. Ce poème fait aussi référence à d'autres poèmes de Pierre de Ronsard, Alphonse de Lamartine et Charles Baudelaire.

> **Rappel**
> Vous devez répondre à la **problématique.**

– Philippe Jaccottet propose cependant une vision singulière et moderne : la mort est personnifiée par la chouette effraie, et le poète travaille à déconstruire la musique et la versification traditionnelle pour mieux mimer l'effroi.

CHAPITRE 5

La littérature d'idées du XVIe au XVIIIe siècle

La littérature d'idées regroupe des textes de **genres*** et de **tonalités*** variés. Ces textes portent sur les **questions fondamentales** que l'homme se pose. Ils défendent tous une **thèse**, des valeurs humanistes et mettent en lumière les vices et les **défauts** de la société. Leur lecture permet de développer votre culture et d'aiguiser votre **esprit critique**.
Chaque texte s'inscrit dans un **contexte** culturel, idéologique et social (humaniste au XVIe siècle, classique au XVIIe siècle, porté par les Lumières au XVIIIe siècle) et témoigne des **questions éthiques** et **esthétiques** de l'époque. Vous devez cependant aborder chaque texte dans sa **singularité** et en présenter sa **richesse**.

1 La littérature d'idées du XVIe siècle

A L'élargissement du monde

La Renaissance est accompagnée et portée par une série de **changements majeurs** de tous ordres et par une ouverture géographique au monde.

L'ouverture des Européens au « Nouveau Monde »

En 1492, Christophe **Colomb**, cherchant à atteindre les Indes, accoste en Amérique et ouvre ainsi l'Europe sur l'océan Atlantique. En 1497, Vasco de **Gama** accomplit son premier voyage en Inde en contournant l'Afrique. En 1520, Fernand de **Magellan** entreprend le premier tour du monde. Il contourne l'Amérique par le sud et traverse l'océan Pacifique.

Une représentation du monde qui s'affirme

Les horizons s'élargissent aux dimensions du monde. Les premiers **atlas** mondiaux apparaissent.

La colonisation des territoires hors d'Europe

À partir du XVIe siècle, les Européens **colonisent** des territoires hors d'Europe : ils exploitent les populations, les évangélisent par la force et pillent leurs richesses qu'ils ramènent en Europe. Les Européens développent la **traite des Noirs** : des esclaves africains sont amenés en Amérique pour travailler dans les exploitations. Dès le XVIe siècle se pose alors la question du rapport à l'autre.

B Les inventions scientifiques et techniques

À partir du XVIe siècle, les savants renouvellent les connaissances dans tous les domaines. Les **avancées scientifiques** et les **inventions** sont considérables : invention du mousquet, du thermomètre, de la montre mécanique, innovations en mécanique, en architecture, en hydraulique, en mathématiques, etc.

Les savants refusent les enseignements soumis à une vision religieuse du monde. Ils élaborent leurs nouvelles théories scientifiques en vérifiant leurs hypothèses à partir d'**expérimentations**. L'**observation** et l'**expérience** se généralisent.

- **En astronomie,** Nicolas **Copernic** au XVIe siècle puis **Galilée** au XVIIe siècle remettent en cause la théorie de Ptolémée (IIe siècle après J.-C.) selon laquelle la Terre est au centre du monde (géocentrisme). Ils défendent la thèse de l'**héliocentrisme** (le Soleil est placé au centre de l'Univers).
- **En médecine,** les dissections d'André **Vésale** et les travaux d'Ambroise **Paré,** premier chirurgien du roi Charles IX, permettent une avancée majeure en **anatomie** malgré la résistance et l'hostilité de l'Église et de la faculté de médecine qui restent attachées à des enseignements traditionnels.

C La Renaissance : un mouvement européen (XVe et XVIe siècles)

L'entrée dans la modernité

La Renaissance marque la fin du Moyen Âge et l'entrée dans la **modernité**. La **Renaissance** désigne un vaste mouvement **culturel et artistique européen** qui traverse le XVe et le XVIe siècle. L'**Italie** est le berceau de ce renouveau culturel qui se propage dans toute l'Europe.

En France, la Renaissance se déroule sous le règne de **François Ier**. Ce roi moderne impose le français comme **langue officielle** dans l'administration et le droit (ordonnance de Villers-Cotterêts, 1539) et s'entoure d'une Cour d'artistes et d'humanistes.

Ce mouvement culturel se définit comme une **rupture avec le Moyen Âge** et un **« renouveau »** dans la forme et dans le fond de tous les arts, en opposition avec l'art gothique.

François Ier (1494-1547), roi de France en 1515

L'imprimerie : une révolution

L'imprimerie à caractères mobiles est inventée par Johannes **Gutenberg** vers 1450. Les livres, les textes sacrés et les idées nouvelles circulent désormais très facilement dans toute l'Europe et sont accessibles à un plus grand nombre.

Johannes Gutenberg dans un atelier d'imprimerie. Gravure, 1881.

D L'humanisme

La redécouverte de l'Antiquité

Les humanistes sont à l'origine d'un profond bouleversement culturel à la suite de la **redécouverte** des auteurs de l'**Antiquité**. Les érudits qui fuient **Constantinople** à la chute de l'Empire byzantin (1453) emportent avec eux des textes **gréco-latins** qu'ils **retraduisent** et corrigent. Ils suppriment les interprétations des hommes d'Église et restent le plus fidèle possible aux textes d'origine. Les humanistes s'appuient sur ces auteurs antiques et prônent le retour à ces textes sources retraduits pour exalter les **qualités** et la **dignité de l'homme**. L'**humanisme** désigne cette volonté des hommes de la Renaissance de se tourner vers les **textes de l'Antiquité** pour redonner une place centrale à l'homme.

L'homme au centre des savoirs

Les humanistes placent l'homme au cœur de leurs **préoccupations** et retrouvent **foi** en lui, contrairement aux penseurs du Moyen Âge qui ne définissaient l'homme que par sa relation à Dieu. Les humanistes restent croyants mais questionnent la place de la **religion** et proposent une nouvelle **vision de l'homme**.

Les caractéristiques de l'humanisme

■ **Le rôle central de l'éducation.** L'homme nouveau doit être éduqué et capable d'une **réflexion propre**.

– **Des savoirs diversifiés.** Contrairement au **Moyen Âge** où les savoirs étaient **figés** et transmis sans pédagogie, les humanistes souhaitent **diversifier** et **personnaliser** les enseignements selon les penchants naturels des élèves.

– **Un homme complet.** L'humaniste est un homme **complet** qui se préoccupe d'une éducation **harmonieuse** de l'**esprit** mais également du **corps**. Celui-ci, méprisé au Moyen Âge, est revalorisé. Une bonne éducation repose tout autant sur les connaissances intellectuelles que sur les aptitudes manuelles et physiques.

> **Citation**
>
> Pour les humanistes, l'éducation doit former **« un esprit sain dans un corps sain »** (Juvénal, poète latin du Ier siècle après J.-C.)

■ **Défendre un idéal politique.** Les humanistes repensent la politique et le rôle du **souverain** et du **pouvoir**. Les œuvres de pédagogie humaniste ont d'ailleurs pour but principal de former le **roi**. Seule une bonne éducation donnée au roi permettra au peuple d'accéder au bonheur. L'homme nouveau qui aspire au **bonheur** a un idéal politique fondé sur le **pacifisme**.

Ex. : « C'est [...] ce que dit Platon au livre V de *La République* : les États seront heureux quand les rois philosopheront ou quand les philosophes règneront. »
Rabelais, *Gargantua*, chapitre 43, v. 1534/35.

Pour Rabelais, le bon **roi chrétien** doit être **pacifique** et se garder d'une guerre de conquêtes. C'est une critique masquée de François Ier qui, à l'époque, participe à des guerres de conquête très meurtrières contre Charles Quint.

■ **Des utopies pour une vie meilleure.**

– **Des modèles utopiques.** Les humanistes inventent des **modèles de vie en société** utopiques qui répondent à l'idéal humaniste. « Utopie » vient du grec *utopia* et signifie « en aucun lieu ». L'utopie désigne un **pays imaginaire** où un **gouvernement idéal** et sans défauts règne sur une société heureuse. La description d'une cité utopique permet aux auteurs de faire une **critique** implicite de la société bien réelle dans laquelle ils vivent.

– **L'utopie de l'abbaye de Thélème** (*Gargantua*, v. 1534/35). Le bon roi Gargantua récompense Frère Jean des Entommeures pour ses actions. Frère Jean construit alors une abbaye à son idée : l'abbaye de Thélème. Les Thélémites y vivent dans une totale **liberté** comme l'indique leur maxime : « Fais ce que voudras. » Chaque Thélémite reçoit une éducation humaniste qui exerce l'esprit et le corps. L'harmonie est permanente au sein de l'abbaye. Les Thélémites sont naturellement poussés vers les actions vertueuses. C'est de l'absence totale de contraintes que naît « la vertu » selon Rabelais parce que l'homme libre a « par nature » une inclination au bien. Cette description propose un idéal de vie en communauté. Cette utopie cache aussi une **critique des ordres monastiques** de l'époque puisque l'ordre des Thélémites est construit « au rebours de tous les autres » et que les trois vœux traditionnels de pauvreté, chasteté et obéissance ne sont pas respectés au sein de l'abbaye.

Des débats religieux.

– **Les guerres de Religion.** Le XVIe siècle est marqué par les guerres de Religion entre **catholiques** et **protestants**. Martin **Luther** fonde le protestantisme, propagé en France par Jean **Calvin**.

Le mariage à Paris de Marguerite de Valois, sœur du roi catholique Charles IX, et d'Henri de Navarre, chef du parti protestant, donne lieu au massacre de 2 000 protestants à Paris (**massacre de la Saint-Barthélemy** le 24 août 1572) et de plusieurs milliers d'autres ailleurs en France. En 1598, l'édit de Nantes met fin aux guerres de Religion en reconnaissant les protestants et en leur accordant droits, égalité et sécurité.

Martin Luther (1483-1546)
Portrait par Lucas Cranach, 1529.

– **La dénonciation des violences.** Les humanistes condamnent la violence des guerres de Religion. Pierre de **Ronsard** dans *Discours et misères de ce temps* (1562) en décrit les horreurs. Agrippa d'**Aubigné**, blessé lors d'une bataille, écrit *Les Tragiques* (1616), poème dans lequel il raconte les guerres de Religion en dénonçant les persécutions des protestants. Il compare ainsi la France à une mère dont les deux jumeaux (« besson ») se battent, l'un plus fort et hargneux représentant le catholicisme, l'autre le protestantisme.

Jean Calvin (1509-1564)

Ex. : « Je veux peindre la France une mère affligée,
Qui est, entre ses bras, de deux enfants chargée.
Le plus fort, orgueilleux, empoigne les deux bouts
Des tétins nourriciers ; puis, à force de coups
D'ongles, de poings, de pieds, il brise le partage
Dont nature donnait à son besson l'usage ;
Ce voleur acharné, cet Esaü malheureux,
Fait dégât du doux lait qui doit nourrir les deux,
Si que, pour arracher à son frère la vie,
Il méprise la sienne et n'en a plus d'envie. [...] »
Agrippa d'Aubigné, « Misères », *Les Tragiques*, Livre 1, 1616.

E Deux visages de l'humanisme : Rabelais et Montaigne

L'humanisme, porteur d'**optimisme**, pensant pouvoir expliquer et dominer le monde, devient progressivement plus **pessimiste** avec la violence et l'insécurité des guerres de Religion. Le versant optimiste est incarné par **Rabelais**, et le second, plus sombre, plus critique, par **Montaigne**.

Rabelais (1494-1553) ou l'humanisme optimiste

Voir p. 122.

Montaigne (1533-1592) ou l'humanisme désenchanté

- **Le projet de « se peindre ».** Dans ses *Essais* (1580), Montaigne nous livre au jour le jour ses **réflexions**, son expérience, ses idées personnelles, ses anecdotes et ses emprunts aux auteurs de l'Antiquité, sans prétendre nous donner une leçon. « Je suis moi-même la matière de mon livre », écrit-il. Son projet est donc de « se peindre », de brosser son **portrait**.

Michel Eyquem de Montaigne (1533-1592)

- **Les *Essais* sont une œuvre en « mouvement »,** sans cesse complétée, **nuancée** et éditée trois fois par l'auteur lui-même. Comme le titre l'indique, son œuvre se fonde sur l'**expérimentation**. Montaigne revendique une **liberté de ton**.

  Ex. : « Je veux qu'on m'y voie en ma façon simple, naturelle et ordinaire, sans contention et artifice : car c'est moi que je peins. Mes défauts s'y liront au vif, et ma forme naïve, autant que la révérence publique me l'a permis. »
  Montaigne, *Avant-propos* des *Essais*, 1580.

- **Des thèmes chers aux humanistes.** Montaigne reprend les thèmes de prédilection des humanistes.

  – **L'éducation.** Instruire consiste à former le « jugement ».

  – **L'amitié.** L'essayiste brosse le portrait élogieux de son ami Estienne de **La Boétie** et tente de définir ce qu'est l'amitié.

  Ex. : « Si on me presse de dire pourquoi je l'aimais, je sens que cela ne se peut exprimer qu'en répondant : "parce que c'était lui, parce que c'était moi" ».
  Montaigne, « De l'amitié », *Essais*, 1580.

  – **L'autre.** Dans le premier livre des *Essais*, Montaigne explique que, pour se former, il faut « frotter et limer notre cervelle contre celle d'autrui ». Dans « Des cannibales », il réfléchit à la perception de l'autre et à la relativité des cultures. Humaniste curieux, Montaigne s'intéresse aux mœurs de ces **nouveaux peuples**. Il interroge les coutumes et en particulier celle de l'**anthropophagie**. Il développe dans ce chapitre l'idée du relativisme.

Ex. : « Je trouve qu'il n'y a rien de barbare et de sauvage en cette nation, à ce qu'on m'en a rapporté, sinon que chacun appelle barbarie ce qui n'est pas de son usage. »
Montaigne, « Des cannibales », *Essais*, livre I, chapitre 31, 1580.

– **L'esclavage.** Montaigne fut parmi les premiers à dénoncer l'utilisation de la torture et l'extermination des Indiens d'Amérique et leur esclavage.

– **Des thèmes philosophiques** : le stoïcisme (dans le chapitre « Que philosopher c'est apprendre à mourir »), la douleur, la mort. Montaigne s'intéresse aussi à la doctrine philosophique du scepticisme selon laquelle l'esprit humain ne peut atteindre aucune vérité générale. Montaigne doute et se refuse à des affirmations dans ce monde qui change perpétuellement, il préfère se demander : « Que sais-je ? »

– **L'écriture elle-même.** Dans son livre III, Montaigne précise : « J'ajoute, mais je ne corrige pas. » L'auteur ajoute des éléments d'édition en édition, sans effacer le texte précédent. Son écriture est « à sauts et à gambades », elle est dictée par la liberté.

Ex. : « Je m'égare, mais plutôt par licence que par mégarde. Mes fantaisies se suivent, mais parfois c'est de loin ; et se regardent, mais d'une vue oblique. »
Montaigne, « De la vanité », *Essais*, livre III, chapitre 9, 1580.

2 La littérature d'idées du XVIIe siècle

A Le « Grand Siècle »

Un monarque de droit divin

Le XVIIe siècle est marqué par la montée de l'**absolutisme royal** sous Louis XIII et par l'apogée de Louis XIV. Celui-ci instaure une **monarchie absolue** de **droit divin** et supprime la liberté de la presse. Sous son règne, marqué également par les guerres en Europe, la France acquiert une **prééminence européenne** économique, politique et militaire.

Portrait de Louis XVI (1638-1715) de Hyacinthe Rigaud, 1701.

On parle alors du **« Grand Siècle »** ou du « siècle de Louis XIV » pour désigner le XVIIe siècle. Le roi met en place un **État centralisé** dirigé depuis son château de **Versailles**.
La fin de son règne est ternie par l'**exode** des protestants persécutés, par des **revers** militaires mais aussi par de grandes **famines**.

Baroque et classicisme en littérature

Deux courants opposés traversent le XVIIe siècle : le **baroque** et le **classicisme**. Au début du siècle, les auteurs baroques représentent un monde **instable**, mais le classicisme triomphe lors de la seconde partie du siècle. Le classicisme répond à un idéal d'**ordre** et de **règles**, à l'image de la monarchie absolue, et **symbolise** le siècle de Louis XIV. Le classicisme privilégie l'**harmonie**, la hiérarchie, la **discipline** et la transparence.

B La place des moralistes

Définition

Le moraliste étudie les **mœurs**, c'est-à-dire les habitudes d'un individu ou d'une société. Les moralistes classiques s'opposent aux excès du mouvement baroque et lui préfèrent un idéal de **mesure** et d'**harmonie**. Ils décrivent et analysent les mœurs de leurs contemporains, notamment des gens de la **Cour** en dénonçant leurs **travers**.

> **Mot-clé**
>
> **Moraliste :** « Auteur qui écrit, qui traite de la morale. » Première définition tirée du dictionnaire d'Antoine Furetière (1690). Par extension, le terme désigne un **écrivain** qui peint les **mœurs.**

Peindre les caractères

Les moralistes développent l'art du **portrait**, souvent critique ou satirique. Les intellectuels, ne pouvant critiquer le régime en place de Louis XIV, s'attaquent aux individus. Plusieurs genres se développent : la **satire*** et les **caractères**.

- **Les *Satires* (1666) de Boileau.** L'auteur reprend le genre de la satire en s'inspirant du poète latin Juvénal afin de se moquer d'une personne ou d'un défaut de la société. Ses **attaques virulentes** à l'égard de ses contemporains (contre le surintendant Fouquet par exemple) alimentent les débats et les querelles dans les salons mondains.
- ***Les Caractères* (1688) de La Bruyère.** Ce recueil, inspiré des *Caractères* d'un auteur grec antique, Théophraste, dresse un tableau critique et humoristique de la société du XVIIe siècle à travers des portraits. L'auteur y décrit d'une façon vive et piquante les hypocrites, les ridicules, les faux dévots, les riches, la mode

vestimentaire de l'époque, les manies, la Cour, etc. Il parvient à mettre en lumière les gestes et les **détails significatifs**. La Bruyère crée ainsi des **types**. Chaque portrait est **singulier** et **universel.** Par exemple, dans « Arrias », l'auteur dépeint d'une façon satirique* un bavard insupportable, antipathique et imbu de sa personne. L'hyperbole* inaugurale en est une parfaite illustration.

Ex. : « Arrias a tout lu, a tout vu, il veut le persuader ainsi ; c'est un homme universel, et il se donne pour tel : il aime mieux mentir que de se taire ou de paraître ignorer quelque chose. On parle, à la table d'un grand, d'une cour du Nord : il prend la parole, et l'ôte à ceux qui allaient dire ce qu'ils en savent ; il s'oriente dans cette région lointaine comme s'il en était originaire ; il discourt des mœurs de cette cour, des femmes du pays, de ses lois et de ses coutumes ; il récite des historiettes qui y sont arrivées ; il les trouve plaisantes, et il en rit le premier jusqu'à éclater. »
La Bruyère, « Arrias », *Les Caractères*, V, 1688.

Critiquer les mœurs

Louis XIV centralise tous les **pouvoirs** (législatif, exécutif et judiciaire). C'est en partie pour mieux surveiller la haute noblesse qu'il met en place la Cour. Les moralistes s'en prennent à ces hommes de pouvoir qui la peuplent.

François
de La Rochefoucauld
(1613-1680)

- **La critique des courtisans et des princes.** Dans ses *Maximes*, François de La Rochefoucauld dénonce avec pessimisme l'**amour propre** et l'**égoïsme** qui président à toutes nos actions. De l'amour propre découlent l'orgueil, la vanité, l'intérêt et toutes les passions en général.
L'auteur souligne le décalage entre l'**être** et le **paraître** des courtisans et des princes :

  « Le refus des louanges est un désir d'être loué deux fois. »
  « La clémence des princes n'est souvent qu'une politique pour gagner l'affection des peuples. »

- **La critique des faux dévots.** La Bruyère et Molière (*Le Tartuffe*, 1664) s'en prennent à l'hypocrisie des **faux dévots**, c'est-à-dire à ces hommes qui, sous couvert d'une foi profonde et sincère, commettent de viles actions.
- **La critique de l'apparence et de la mode vestimentaire.** Dans « De la mode », La Bruyère brosse le portrait satirique d'Iphis, excessivement préoccupé par son apparence.

Ex. : « Iphis voit à l'église un soulier d'une nouvelle mode ; il regarde le sien et en rougit ; il ne se croit plus habillé. Il était venu à la messe pour s'y montrer et il se cache ; le voilà retenu par le pied dans sa chambre tout le reste du jour. »
La Bruyère, « Iphis », *Les Caractères*, XIII, 1688.

C L'art de plaire et d'instruire

Les auteurs utilisent les genres de l'**argumentation indirecte** *(voir p. 189)* puisqu'ils ont recours à des récits fictionnels. Ils cherchent par ailleurs à la fois à **plaire** et à **instruire** le lecteur. Ainsi, les contes et les fables sont très prisés.

La fable

La fable se développe avec Jean de **La Fontaine** qui reprend les fables antiques d'**Ésope** et de **Phèdre** et les adapte à son époque. La Fontaine parle de ses *Fables* (1668) comme d'« Une ample comédie à cent actes divers, / Et dont la scène est l'Univers » (V, 1). Les récits brefs, ironiques* et vifs, mettant en scène des animaux, divertissent le lecteur et délivrent une **morale** qui pousse à la réflexion. Ces récits imaginaires font écho aux réalités sociales et politiques du Grand Siècle. Le lion, par exemple, représente le roi Louis XIV. Dans « Les Animaux malades de la peste », La Fontaine dénonce l'absolutisme royal comme l'indique explicitement la morale.

Illustration de la fable « La Cigogne et le Renard »

Ex. : « Selon que vous serez puissant ou misérable,
Les jugements de cour vous rendront blanc ou noir. »
Jean de La Fontaine, « Les Animaux malades de la peste », *Fables*, livre VII, 1668.

Le conte

Comme les fables, les **contes** sont de brefs récits qui délivrent une **morale**. Charles **Perrault** développe ce genre qui s'inspire de **légendes populaires** souvent transmises à l'oral.

Charles Perrault (1628-1703)

Ex. : « Il n'est pas malaisé de voir
Que le but de ce conte est qu'un enfant apprenne
Qu'il vaut mieux s'exposer à la plus rude peine
Que de manquer à son devoir ;

Que la vertu peut être infortunée,
Mais qu'elle est toujours couronnée ;

Que contre un fol amour et ses fougueux transports
La raison la plus forte est une faible digue,
Et qu'il n'est point de si riches trésors
Dont un amant ne soit prodigue ; [...] »
Charles Perrault, « Peau d'âne », 1694, *Contes de ma mère l'Oye*, 1697.

D Les querelles esthétiques

Le « goût » au XVIIe siècle

- **Respecter le bon goût** est un impératif chez les penseurs classiques. Conformément à l'idéal de l'**honnête homme**, le bon écrivain doit être un homme de « goût » qui allie la **perfection** au **naturel**.
- ***Nihil nimis.*** Blaise Pascal fait sa devise d'une expression du poète latin Horace : *nihil nimis*, « rien de trop ». L'équilibre, la **modération**, la mesure et l'harmonie permettent d'atteindre cet idéal classique.

  Ex. : « Il faut se renfermer, le plus qu'il est possible, dans le simple naturel, ne pas faire grand ce qui est petit, ni petit ce qui est grand. Ce n'est pas assez qu'une chose soit belle, il faut qu'elle soit propre au sujet, qu'il n'y ait ni rien de trop ni rien de manque. »
  Blaise Pascal, *Pensées*, 1670.

La querelle des Anciens et des Modernes

La querelle des Anciens et des Modernes, appelée également **querelle des Classiques et des Modernes**, est un **débat** qui anime le monde littéraire et culturel de la fin du XVIIe siècle.

	Les Anciens	Les Modernes
Auteurs	– Boileau – La Bruyère – La Fontaine – Racine – Fénelon	– Perrault – Charpentier – Fontenelle
Rapport aux Anciens	Culte des Anciens (Antiquité grecque et latine).	Renoncer à imiter les auteurs antiques qui peuvent être dépassés : « ils sont grands, il est vrai, mais hommes comme nous. » (Charles Perrault, *Le Siècle de Louis le Grand*)
Thèmes à valoriser	– Respecter les règles du théâtre classique héritées d'Aristote dans sa *Poétique*. – Reprendre les thèmes de l'Antiquité comme dans *Phèdre* de Racine.	– Choisir des formes et des sujets nouveaux. – Avoir foi dans le progrès et les techniques modernes.
Voie à suivre	Imiter les Anciens, sans perdre non plus l'idée d'originalité (La Fontaine : « Mon imitation n'est point un esclavage. » *Épître à Huet*)	Adhérer au progrès et innover.

3 La littérature d'idées du XVIIIe siècle

Le XVIIIe siècle est le « **siècle des Lumières** ». Il s'inscrit dans la continuité du XVIIe siècle : les classiques, comme Descartes, plaçaient déjà la **raison** au centre de leurs préoccupations.

A Rappels historiques : un siècle de progrès

- **Des changements en Europe.** L'**Angleterre** est devenue une **monarchie parlementaire** dans laquelle le pouvoir du roi est tempéré. **Frédéric II**, à la tête du Royaume de Prusse, ami de Voltaire, se veut un **monarque éclairé** et s'entoure d'une Cour d'intellectuels. Les idées et les savoirs se diffusent grâce aux **voyages** des penseurs et savants européens.
- **La montée des valeurs libérales en France.** La France traverse une **crise** grave durant laquelle la **monarchie** est fortement **contestée**. De mauvaises récoltes engendrent une crise économique importante. L'État connaît également de grandes difficultés financières alors que les tentatives de réforme pour mieux répartir l'impôt échouent. En 1789, le roi Louis XVI convoque les états généraux, point de départ de la **Révolution française**. La Déclaration des droits de l'homme et du citoyen est votée en 1789. Les **valeurs libérales** triomphent : souveraineté de la nation, liberté, propriété, égalité en droit.
- **Des découvertes et des inventions scientifiques et techniques.**
  – De nombreuses **inventions** marquent l'histoire des sciences et techniques comme le microscope, le télégraphe, etc.
  – Par leurs **travaux**, les scientifiques contribuent à la diffusion des sciences. Émilie du **Châtelet** (1706-1749) traduit en français les *Principes mathématiques de la philosophie naturelle* d'Isaac Newton. Cette femme de lettres et mathématicienne incarne l'esprit des Lumières. Amante de Voltaire pendant quinze ans, elle rédige le *Discours sur le bonheur* (1779) après leur rupture.

B Le siècle des Lumières

La métaphore des « Lumières »

Mouvement européen intellectuel et culturel porté par des **philosophes**, les **Lumières** touchent l'Allemagne, l'Angleterre, l'Italie, la Hollande et la France. Les philosophes dénoncent l'**obscurantisme**, c'est-à-dire l'opposition au progrès et au savoir, et s'appuient sur les « lumières » de la **raison**. Ces philosophes combattent l'**intolérance** religieuse, l'**absolutisme**

> **Citation**
> « Le prochain siècle sera de jour en jour plus éclairé ; en comparaison tous les siècles précédents ne seront que ténèbres. » Le philosophe Pierre **Bayle**, dès 1697, annonce le siècle des Lumières.

politique et l'**ignorance** par la diffusion des **savoirs**. **Éclairés par leur raison**, ils partent en quête de la **vérité**. Ce mouvement intellectuel prépare la Révolution française de 1789.

La diffusion des idées des Lumières

À partir de 1750, la diffusion des idées des Lumières s'accélère dans toute l'Europe grâce aux livres, mais aussi grâce aux **clubs**, aux **académies** et aux **salons**. Ces salons sont souvent tenus par des femmes comme Julie de **Lespinasse** (1732-1776) ou Madame **Geoffrin** qui soutient financièrement l'*Encyclopédie*. Les **cafés** tels que *Le Procope* à Paris forment également un autre lieu de circulation des idées. Les intellectuels de tous pays y débattent et échangent. Les philosophes sont aussi des **voyageurs**. Ils visitent les **villes** comme Paris, Amsterdam, Londres, Genève, Venise, etc., lieux de diffusion des savoirs.

Le salon de Madame Geoffrin en 1812.

L'*Encyclopédie*, l'œuvre emblématique des Lumières

L'*Encyclopédie ou Dictionnaire raisonné des sciences, des arts et des métiers* (1751-1772) est une œuvre monumentale rédigée sous la direction de Denis **Diderot** et Jean le Rond d'**Alembert**. Cent cinquante savants, philosophes et spécialistes de toutes les disciplines y participent. Elle comporte 71 000 articles, 17 volumes de textes et 11 de planches. Elle répertorie l'ensemble des savoirs de l'époque. Son objectif est de lutter contre les **préjugés** et de rendre le savoir accessible à tous pour que triomphent la **raison** et le **progrès**. Elle propose une réflexion sur la foi, le pouvoir (lutte contre l'absolutisme, les inégalités, la guerre) et la société. Les premiers volumes sont condamnés par la censure.

C Des philosophes engagés

Le combat contre le fanatisme religieux

Les philosophes, s'ils ne remettent pas en cause la foi, dénoncent les **fanatismes** et luttent contre les **injustices**. **Voltaire** en particulier s'attaque au catholicisme qu'il nomme « l'infâme », le « fantôme hideux », « cet hydre abominable qui empeste et qui tue » et en dénonce les dérives dans son conte philosophique *L'Ingénu* (1767). En 1763, Voltaire prend la défense de Jean **Calas**, commerçant protestant toulousain accusé, à tort, d'avoir assassiné son fils pour l'empêcher de devenir catholique. Voltaire parvient à faire reconnaître l'injustice et à réhabiliter le père trois ans après sa mort en 1765.

La lutte contre la torture

Les philosophes luttent contre la torture, cette pratique courante et légale pour faire avouer un présumé coupable et qu'on appelle « la question ». Voltaire la dénonce dans son *Dictionnaire philosophique* (1764).

La lutte contre l'esclavage

Le **commerce triangulaire** entre l'Afrique, l'Amérique et l'Europe connaît son apogée au XVIIIe siècle. Nantes et Bordeaux sont les premiers ports négriers de France. Mais, parallèlement, les premières sociétés anti-esclavagistes voient le jour aux États-Unis, en Angleterre et en France. Les philosophes comme **Voltaire** dans *Candide ou l'Optimisme* (1759) ou **Montesquieu** dans *De l'esprit des lois* (1748) s'érigent contre l'esclavage. Montesquieu estime ainsi qu'il est « aussi opposé au droit civil qu'au droit naturel ».

La cause des femmes

- **L'émancipation des femmes.** Les femmes souhaitent aussi accéder aux affaires politiques et sociales. Olympe de **Gouges** rédige durant la Révolution la *Déclaration des droits de la femme et de la citoyenne* (1791).

  Ex. : « Homme, es-tu capable d'être juste ? C'est une femme qui t'en fait la question ; tu ne lui ôteras pas du moins ce droit. Dis-moi ? Qui t'a donné le souverain empire d'opprimer mon sexe ? Ta force ? Tes talents ? Observe le créateur dans sa sagesse ; parcours la nature dans toute sa grandeur, dont tu sembles vouloir te rapprocher, et donne-moi, si tu l'oses, l'exemple de cet empire tyrannique. »
  Olympe de Gouges, *Déclaration des droits de la femme et de la citoyenne*, 1791.

- **Une cause portée par Voltaire.** Sur le plan social, **Voltaire** critique la **soumission** des femmes à travers l'institution du **mariage** dans un **pamphlet** de 1768. Il y donne la parole à la Maréchale de Grancey qui, offusquée à la lecture d'une phrase tirée des Épîtres de saint Paul, (« Femmes, soyez soumises à vos maris ») expose à l'abbé de Châteauneuf son profond désaccord. Le pamphlet prend la forme d'un vif plaidoyer en faveur de l'**émancipation féminine**.

Ex. : « Quand j'épousai M. de Grancey, nous nous promîmes d'être fidèles : je n'ai pas trop gardé ma parole, ni lui la sienne ; mais ni lui ni moi ne promîmes d'obéir. Sommes-nous donc des esclaves ? N'est-ce pas assez qu'un homme, après m'avoir épousée, ait le droit de me donner une maladie de neuf mois, qui quelquefois est mortelle ? N'est-ce pas assez que je mette au jour avec de très grandes douleurs un enfant qui pourra me plaider quand il sera majeur ? Ne suffit-il pas que je sois sujette tous les mois à des incommodités très désagréables pour une femme de qualité, et que, pour comble, la suppression d'une de ces douze maladies par an soit capable de me donner la mort sans qu'on vienne me dire encore : *Obéissez* ? »
Voltaire, « Femmes, soyez soumises à vos maris »,
Mélanges, pamphlets et œuvres polémiques, 1759-1768.

D Les formes littéraires privilégiées

Le conte philosophique

- **Genre privilégié de l'argumentation indirecte** *(voir p. 189)*, le conte philosophique se développe au siècle des Lumières. Comme le conte traditionnel, il raconte une histoire **fictive** dans le but de délivrer une **morale**. Le conte philosophique traite de questions morales et philosophiques.
- **Les contes de Voltaire.** Voltaire a rédigé plusieurs contes philosophiques : *Candide ou l'Optimisme* (1759), *Micromégas* (1752), *Zadig ou la Destinée* (1747). *La Princesse de Babylone* (1768) constitue un modèle du genre. Les mésaventures du berger Amazan et de la princesse de Babylone, Formosante, dans la contrée utopique des Gangarides, permettent à Voltaire de faire une satire* politique de la France ainsi qu'une critique de la religion catholique.

L'essai

Les philosophes des Lumières abordent des questions variées. Par exemple, Denis Diderot s'interroge sur la question du **bonheur** et traite la thématique du **luxe** à travers un court essai intitulé *Regrets sur ma vieille robe de chambre ou Avis à ceux qui ont plus de goût que de fortune* (1772). Il s'inspire d'une anecdote personnelle : Madame Geoffrin a profité de son absence pour refaire intégralement son appartement et changer son mobilier afin de le rénover. Elle jette ainsi sa vieille robe de chambre et la remplace par une nouvelle plus luxueuse. Dans cet essai, Denis Diderot déplore la perte de sa vieille robe de chambre. Cette anecdote est l'occasion pour lui de se livrer à une réflexion sur le luxe et sur la place qu'on accorde aux objets, aux tableaux et à l'art.

Ex. : « Mes amis, gardez vos vieux amis. Mes amis, craignez l'atteinte de la richesse. Que mon exemple vous instruise. La pauvreté a ses franchises ; l'opulence a sa gêne. »
Denis Diderot, *Regrets sur ma vieille robe de chambre ou Avis à ceux qui ont plus de goût que de fortune*, 1772.

Le roman

La Religieuse (1796) de Denis **Diderot** raconte l'histoire d'une jeune fille, Suzanne, fruit d'un amour illégitime, mise au couvent par ses parents. L'auteur fait une critique virulente des institutions religieuses et particulièrement des couvents, lieux de promiscuité, d'enfermement et d'aliénation.

Le roman épistolaire

Les *Lettres persanes* (1721) de **Montesquieu** rassemblent les lettres fictives de deux amis persans, Usbek et Rica, qui visitent la France et font part de leurs impressions à leurs amis en Perse. L'auteur adopte le point de vue faussement naïf de deux étrangers qui observent le pays d'un œil neuf. Ces lettres sont ainsi l'occasion de porter avec ironie* un regard incisif sur les vices de la société du temps et d'inviter le lecteur à la réflexion. Montesquieu s'en prend aux abus, aux préjugés, au roi, à la monarchie qui dégénère en despotisme, au pape, à l'esclavage, mais aussi à l'actualité parisienne ou à la mode.

Ex. : « Lettre XCIX. Rica à Rhedi. À Venise.

Je trouve les caprices de la mode, chez les Français, étonnants. Ils ont oublié comment ils étaient habillés cet été ; ils ignorent encore plus comment ils le seront cet hiver. Mais, surtout, on ne saurait croire combien il en coûte à un mari, pour mettre sa femme à la mode.

Que me servirait de te faire une description exacte de leur habillement et de leurs parures ? Une mode nouvelle viendrait détruire tout mon ouvrage, comme celui de leurs ouvriers ; et, avant que tu n'eusses reçu ma lettre, tout serait changé. […] »

De Paris, le 8 de la lune de Saphar, 1717.

Montesquieu, Lettre 99, *Lettres persanes*, 1721.

La naissance de l'autobiographie

Avec l'avènement de l'individu, la fin du XVIIIe siècle voit l'émergence d'un genre nouveau : l'**autobiographie**. Face aux attaques concernant sa vie privée, notamment de la part de Voltaire, Jean-Jacques **Rousseau** entreprend dans *Les Confessions* de se justifier et de retracer sa vie.

Jean-Jacques Rousseau (1712-1778)

Ex. : « Je forme une entreprise qui n'eut jamais d'exemple et dont l'exécution n'aura point d'imitateur. Je veux montrer à mes semblables un homme dans toute la vérité de la nature ; et cet homme ce sera moi. »

Jean-Jacques Rousseau, *Les Confessions*, 1765-1770.

ŒUVRES, PARCOURS
ET PROLONGEMENTS ARTISTIQUES

1 *GARGANTUA* (chapitres XI à XXIV), RABELAIS
PARCOURS : LA BONNE ÉDUCATION

1 L'auteur

▲ François Rabelais.

■ François Rabelais est né en 1483 ou en 1494 en Touraine. Fils d'avocat, il fait des études de droit avant d'entrer dans les ordres en 1510. Cependant, sa passion pour les textes de l'Antiquité grecque, qu'il traduit avec avidité, est vue d'un mauvais œil par l'ordre franciscain qui lui confisque ses livres !

■ Rabelais quitte la vie monastique (mais pas le clergé) en 1528. Il commence des études de médecine. En 1532, il s'installe à Lyon comme médecin et il évolue dans les cercles humanistes. La même année, il publie ses deux premières œuvres sous le pseudonyme anagrammatique d'Alcofribas Nasier. À cause de ses idées religieuses réformatrices, il est menacé lors de l'« affaire des Placards » en 1535 et fuit à Rome, protégé par le cardinal Jean du Bellay. Le pape Paul III l'autorise à exercer la médecine et l'absout du crime d'apostasie.

> **Mot-clé**
> **Apostasie :** le fait de renoncer publiquement à sa religion. À l'époque de Rabelais, c'est aussi le fait de renoncer à la vie religieuse sans y avoir été autorisé.

■ Rabelais enseigne l'anatomie et pratique les dissections, formellement interdites par l'Église. Il s'implique politiquement et continue à écrire malgré la censure catholique et royale. En 1550, il est aussi accusé d'impiété par le réformateur Calvin. Toujours protégé par Jean du Bellay, Rabelais obtient une place de curé près du Mans où il meurt en 1553.

2 L'œuvre

A. Contexte et résumé

■ *Gargantua* est publié vers 1534/35, presque trois ans après *Pantagruel* qui avait été mal accueilli par les cercles lettrés. Malheureusement, il en est de même pour *Gargantua* : les intellectuels désapprouvent le rire grossier et démesuré de Rabelais et ne reconnaissent pas le sérieux implicite de l'œuvre.

■ En 1543, la Sorbonne condamne publiquement *Pantagruel* et *Gargantua* et le Parlement les censure. Le *Tiers Livre* sera aussi censuré en 1546. Avec le *Quart Livre* (1552) et le *Cinquième Livre* (publication posthume), ces œuvres forment un cycle romanesque avec des personnages récurrents.

■ Le récit de *Gargantua* suit un ordre chronologique, de la naissance du héros, à la fondation de l'abbaye de Thélème.

L'œuvre en Bibliolycée

Résumé

Gargantua, fils de Grandgousier, naît un jour de banquet par l'oreille de sa mère Gargamelle et réclame aussitôt à boire. Éduqué selon des principes humanistes longuement détaillés, le géant aux goûts et aux habitudes démesurés se retrouve obligé de mener la guerre contre Picrochole (littéralement « bile amère ») après une dispute entre des bergers et des vendeurs de fouaces. Le récit se clôt sur l'épisode utopique de l'abbaye de Thélème, que Gargantua a offerte à Frère Jean des Entommeures pour le remercier de son soutien pendant la guerre.

B. Enjeux

■ Bien que livrant une œuvre inédite et qui fit date, Rabelais s'inspire de la littérature du Moyen Âge. La satire, le grotesque et l'outrance rappellent les fabliaux, les farces de foire et le carnaval ; la structure du récit fait écho aux épopées et certains motifs évoquent les romans de chevalerie et d'aventure.

■ Le style rabelaisien est unique, mêlant et parodiant toutes les tonalités* (épique, pathétique, lyrique, burlesque, etc.) avec un travail sur la langue d'une grande richesse (néologismes, patois, accumulations, jurons, jeux linguistiques divers et foisonnants).

■ *Gargantua* est une œuvre-phare de l'humanisme par sa réflexion philosophique sur l'éducation, la guerre, les superstitions religieuses et le bien-gouverner, car Gargantua est aussi un modèle de prince.

3 Le parcours : « La bonne éducation »

A. Une nouvelle éducation pour un homme nouveau

■ La « bonne éducation » humaniste. Au XVIe siècle, la pensée humaniste *(voir p. 86)* place l'homme au centre de ses préoccupations et s'interroge, de fait, sur la manière d'éduquer cet homme nouveau. Les humanistes renouent avec l'Antiquité qui devient leur modèle d'inspiration. L'humaniste est un homme cultivé dont le savoir embrasse des domaines très variés.

■ Le « merveilleux entendement » (intelligence) de Gargantua. Après l'échec de l'éducation par les précepteurs du chapitre XIII, l'éducation de Gargantua est confiée à Ponocrates, qui incarne une pédagogie moderne fondée sur l'observation, la lecture et l'analyse de la Bible, l'étude des sciences mais aussi la mise en pratique qui passe notamment par des activités physiques.

■ Critique des « mauvaises éducations ». L'expression « bonne éducation » laisse entendre qu'il existe une « mauvaise éducation ». Rabelais propose ainsi une éducation qui se place en contrepoint des méthodes scolastiques héritées du Moyen Âge. Dans la deuxième moitié du XVIe siècle, la « bonne éducation » de Montaigne consiste non pas à avoir une « tête bien pleine » mais plutôt « bien faite ». L'élève doit apprendre à former son propre jugement. Aux XVIIe et XVIIIe siècles se pose aussi la question de l'éducation des femmes.

■ Qui doit être éduqué ? Bien sûr, le personnage de Gargantua est le prétexte qui permet à Rabelais d'énoncer les principes humanistes d'une « bonne éducation ». C'est sans doute aussi le lecteur que Rabelais cherche à éduquer, l'invitant à « rompre l'os et sucer la substantifique moelle » (Prologue de *Gargantua*), afin de saisir le sens profond et les réflexions morales et philosophiques derrière une apparente légèreté du ton. Au XVIIe siècle, le classicisme cherche à la fois à plaire et instruire son lecteur, comme le fait La Fontaine avec ses fables *(voir p. 93)*.

B. Œuvres-clés liées au parcours

Pantagruel **de Rabelais (1532)**	Dans la lettre de Gargantua à son fils Pantagruel, écrite d'Utopie, Rabelais présente les principes d'une parfaite éducation humaniste. Idéale, cette éducation embrasse tous les domaines du savoir sous la forme d'une longue énumération* : sciences naturelles, biologie, étude des langues, étude de l'art militaire, etc.
Essais **de Montaigne (1595)**	Dans le chapitre intitulé « Sur l'éducation des enfants » (Livre I, chap. 26), Montaigne expose sa conception de la bonne éducation. Pour lui, il faut connaître les Anciens (la culture gréco-latine) pour mieux apprendre à penser par soi-même, de même que l'abeille butine les fleurs afin de créer ensuite son propre miel.
L'École des femmes **de Molière (1662)**	Dans cette comédie en cinq actes, Molière propose une réflexion sur l'éducation des femmes puisque Agnès, enfermée, doit rester « ingénue » et sotte afin de faire, selon Arnolphe, une bonne épouse. Cette comédie remet en cause ce type d'éducation et montre l'évolution d'Agnès qui s'affranchit progressivement de l'autorité abusive d'Arnolphe et de cette « mauvaise éducation ».
Émile ou De l'Éducation **de Rousseau (1762)**	Rousseau offre dans ce traité d'éducation une façon nouvelle de « former les hommes ». L'homme, bon par nature, est corrompu par la société. La bonne éducation doit préserver et respecter cette bonté naturelle.

À retenir

- En mettant l'homme au centre des préoccupations, les auteurs humanistes réfléchissent aussi à la manière dont il faut éduquer cet homme nouveau.
- La bonne éducation vient souvent critiquer, en filigrane, un ancien type d'éducation jugé mauvais.
- La bonne éducation concerne les personnages mais aussi les lecteurs invités à s'instruire et à penser par eux-mêmes.

4 Les prolongements artistiques et culturels

A. En gravure

■ Deux siècles plus tard, les œuvres de Rabelais seront illustrées par le célèbre graveur Gustave Doré.

■ La gravure *Merveilleux entendement de Gargantua* illustre le chapitre XIII dans lequel Gargantua est « formé par un théologien aux lettres latines ». On y voit le géant tout à son étude, penché sur un globe terrestre, mettant en évidence son appétit de savoir. Les différents hommes représentent les précepteurs de Gargantua, en particulier le maître de théologie Thubal Holoferne qui meurt de la vérole et est remplacé par « un autre vieux tousseux », Jobelin Bridé. Rabelais se moque de ces précepteurs qui symbolisent l'éducation de la Sorbonne.

■ Gargantua met par exemple un temps gigantesque (5 ans et 3 mois) à apprendre par cœur son alphabet et à le réciter dans les deux sens, ce qui est parfaitement inutile !

■ Rabelais critique l'enseignement de ces théologiens qui incarnent la « mauvaise éducation » fondée sur la seule mémorisation et non sur le sens critique.

Citation

« Car l'esprit n'est pas comme un vase qui a besoin d'être rempli ; c'est plutôt une substance qu'il s'agit seulement d'échauffer. » *Comment écouter*, Plutarque, 100. Cette citation met l'accent sur le refus du simple apprentissage, notamment par cœur, et sur l'importance de la réflexion et de la formation de l'esprit critique.

▲ **Gravure de Gustave Doré (1832-1883),**
***Merveilleux entendement de Gargantua*, 1873.**

B. En peinture

■ *L'école d'Athènes* est une fresque peinte par Raphaël (1483-1520) qui se trouve au Vatican.

■ Cette fresque symbolise la pensée humaniste qui puise son inspiration dans l'Antiquité. Dans un décor antique (un temple grec idéal), le peintre figure cinquante-huit personnages qui sont tous des savants et philosophes de l'École d'Athènes. On trouve notamment Platon, Aristote, Pythagore, Ptolémée, Averroès, Héraclite, etc.

■ Cette fresque figure elle aussi un programme idéal d'éducation humaniste tel celui décrit par Rabelais. La diversité du savoir est mise en avant puisque tous les domaines sont convoqués : la philosophie, les mathématiques, l'astronomie, la géographie, l'art militaire, la peinture...

■ Ce désir d'une éducation encyclopédique se retrouvera au XVIIIe siècle avec les philosophes des Lumières et se concrétisera par l'immense entreprise que constitue la rédaction de *L'Encyclopédie*.

2 *Les Caractères* (livre XI), La Bruyère
Parcours : Peindre les hommes, examiner la nature humaine

1 L'auteur

▲ Jean de La Bruyère.

■ Jean de La Bruyère naît en 1645 dans une famille de roturiers. Après son diplôme de droit en 1665, il refuse de prendre la suite de son père, avocat, et il achète un titre de noblesse avec l'argent d'un héritage.

■ Il entre au service de la maison de Bourbon, d'abord en tant que précepteur du petit-fils du Grand Condé, puis en tant que « gentilhomme ordinaire de M. le Duc ». Il aurait exercé en tant que bibliothécaire à Chantilly. Il a mené une vie très discrète et il est l'homme d'un seul livre, *Les Caractères*, édité pour la première fois en 1688. Il réussit à être élu à l'Académie française en 1693.

■ On ne sait quasiment rien de La Bruyère. Voici comment le décrit l'abbé d'Olivet, historien de l'Académie française : « un philosophe qui ne songeait qu'à vivre tranquille avec des amis et des livres ; [...] toujours disposé à une joie modeste et ingénieux à la faire naître ; poli dans ses manières et sage dans ses discours ; craignant toute sorte d'ambition, même celle de montrer de l'esprit » (1729). C'est là le portrait d'un honnête homme de l'âge classique.

■ Il meurt d'une attaque en 1696, alors qu'il avait entrepris l'écriture d'une nouvelle œuvre intitulée *Dialogues sur le quiétisme*.

2 L'œuvre

A. Contexte et structure

■ *Les Caractères* connaissent huit éditions différentes du vivant de leur auteur, qui augmente son texte à chaque fois : on compte 420 « remarques » en 1688 et 1 120 en 1694. Son œuvre est complétée et modifiée d'édition en édition, par touches successives, à la manière d'un Montaigne *(voir p. 89)*.

■ La Bruyère se place dans la continuité de la philosophie morale dont les sources remontent à Aristote et surtout aux *Caractères* de Théophraste. Il commence son œuvre par une traduction de ce texte grec, auquel il emprunte également son titre, et par un *Discours sur Théophraste*. La Bruyère se place en héritier, en même temps qu'il devient à son tour un modèle pour les moralistes.

À savoir

Théophraste, dont le nom signifie « divin parleur », était un philosophe antique du IVe siècle av. J.-C. qui a été l'élève d'Aristote.

Structure

■ Seize livres composent cette œuvre. Les quatre premiers traitent de l'homme naturel à travers ses goûts, ses passions, son « cœur » (IV).

■ Les livres V à X forment une étude de l'homme en société, comme dans « De la Cour » (VIII).

L'œuvre en Bibliolycée

- Le livre XI, « De l'Homme », qui est au programme, est le plus long avec 158 remarques. Il est consacré à l'examen de la nature humaine à travers une vingtaine de portraits. C'est sans doute le livre le plus connu de La Bruyère qui y intègre des réflexions sur les vices, la peur de la mort, la fausse modestie ou encore la jalousie.
- Les livres XII à XIV portent sur les usages mondains, dont la mode (XIII). Les deux derniers livres ont une tonalité plus religieuse.

B. Enjeux

■ *Les Caractères* sont une œuvre fragmentaire et variée. Les longueurs des textes vont de la simple phrase à plusieurs pages, et on retrouve toutes les formes de la littérature mondaine : dialogues, portraits, maximes à la manière de La Rochefoucauld... Cependant, La Bruyère refuse le terme de « maximes », chaque unité est pour lui une « remarque » (voir la préface). La variété de la forme témoigne de la variété du réel.

■ Le sous-titre de cette œuvre est *Les Mœurs de ce siècle*, ce qui rappelle bien la visée moraliste du tableau que brosse La Bruyère, fin observateur de la société des gens de Cour qui cherche à édifier ses contemporains. À ce sujet, le livre XI est vraiment une œuvre de moraliste : influencé par la religion chrétienne, La Bruyère y dresse le portrait d'individus plus ridicules et méprisables les uns que les autres et déplore les vices qui rongent le cœur humain.

3 Le parcours : « Peindre les hommes, examiner la nature humaine »

A. De la galerie de portraits à l'examen des passions

■ Le parcours invite à considérer La Bruyère comme un peintre de la nature humaine, mais également comme un philosophe qui tire des réflexions de ses observations (« examiner la nature »). Il affirme d'ailleurs dans sa préface faire un « portrait d'après nature » et invite le lecteur à « se connaître ». Il se place ainsi dans la tradition de la philosophie moraliste antique. Contrairement à Molière qui voulait corriger les mœurs en riant *(« castigat ridendo mores »)*, La Bruyère choisit plutôt le rire grave pour dénoncer les vices et défauts.

> **Citation**
> « [Le public] peut regarder avec loisir ce portrait que j'ai fait de lui d'après nature, et s'il se connaît quelques-uns des défauts que je touche, s'en corriger. » La Bruyère, « Préface », *Les Caractères*, 1688.

■ C'est dans les portraits que l'art de peindre de La Bruyère se voit le mieux. Chaque personnage au nom évocateur (Géronte le vieillard, Gnathon le goinfre) dépasse par la description sa condition d'homme pour devenir un type représentatif de la nature humaine en général.

> **Mot-clé**
> **Onomastique :** étude des noms propres et de leur sens. En littérature, les noms des personnages sont souvent signifiants. Ainsi, le nom du gourmand Gnathon vient d'un mot grec signifiant « mâchoire ».

■ La Bruyère mène aussi de nombreuses réflexions plus générales sur la nature humaine et l'examen des sentiments et du jeu social (85). Il a également recours à des maximes (63), à la manière de La Rochefoucauld.

B. Œuvres-clés liées au parcours

Les Peintures morales **de Pierre Le Moyne (1640)**	Prêtre et poète, Le Moyne mêle tradition morale et style mondain dans ses peintures car il est convaincu que les « charactères » (avec un H sous sa plume) sont plus édifiants s'ils sont présentés en action. On retrouve cette même idée de représenter l'homme d'après nature et de passer du portrait au type.
Réflexions ou sentences et maximes morales, **de La Rochefoucauld (1665)**	Avec un art affirmé de la formule brève et percutante, La Rochefoucauld brosse le tableau pessimiste d'une nature humaine marquée par la vanité et bien d'autres vices. L'œuvre s'ouvre ainsi sur cette phrase : « Nos vertus ne sont, le plus souvent, que des vices déguisés. »
Fables **de La Fontaine (1668-1694)**	Moraliste contemporain de La Bruyère, La Fontaine peint les hommes sous les traits d'animaux pour mieux rendre compte de leurs défauts.

À retenir

- *Les Caractères* cherchent à la fois à plaire (variété de formes et de tons utilisés) mais aussi à instruire le lecteur (objectif d'édification). Le livre XI se concentre sur les vices et les défauts de l'homme.
- La galerie de portraits permet d'élargir le propos pour distinguer des types et offrir un examen approfondi de la nature humaine.

4 Les prolongements artistiques et culturels

A. En peinture

Valentin de Boulogne est un peintre français qui a passé toute sa carrière à Rome où il s'est inspiré du Caravage et du clair-obscur. Peintre du quotidien, il représente souvent des scènes de taverne ou de cabaret, avec des vices comme la triche ou la boisson. Il peignait d'après modèle et on peut d'ailleurs reconnaître des visages identiques d'un tableau à l'autre. Sa peinture mêle réalisme et profondeur psychologique.

▲ Tableau de Valentin de Boulogne (1591-1632), *La Diseuse de bonne aventure*, 1628, Paris, Musée du Louvre.

B. Au cinéma

Bien que le film de Patrice Leconte, *Ridicule*, se déroule sous le règne de Louis XVI, la société dépeinte reste celle de l'Ancien Régime, avec ses vices et son hypocrisie généralisée. Les dialogues rendent compte du goût pour la conversation mondaine. L'apparence et l'art de plaire sont la seule manière de sortir victorieux de la comédie sociale.

3 Déclaration des droits de la femme et de la citoyenne, Olympe de Gouges

Parcours : Écrire et combattre pour l'égalité

1 L'autrice

▲ Olympe de Gouges.

■ Marie Gouze, future Olympe de Gouges, est née à Montauban en 1748. Mariée au boucher Pierre Gouze, sa mère, Anne-Olympe Mouisset, était la maîtresse du dramaturge Jean-Jacques Le Franc de Pompignan, père biologique d'Olympe de Gouges.

■ À 17 ans, Marie Gouze se marie à un traiteur de trente ans son aîné, qui meurt un an plus tard. Mère d'un fils et veuve, elle adopte alors le pseudonyme d'Olympe de Gouges.

■ Elle suit son amant Jacques Bietrix de Rozières à Paris en 1773 où elle mène une vie bourgeoise. Femme libre, elle a une réputation de courtisane. Elle fréquente l'opéra, le théâtre et les salons comme celui de la marquise de Montesson ou de Mme Helvetius. Elle fait également la connaissance de l'écrivain Louis-Sébastien Mercier. Elle monte sa troupe de théâtre et écrit plusieurs pièces entre 1784 et 1789, essayant de les faire jouer par la Comédie-Française.

■ Le 26 août 1789, l'Assemblée nationale vote l'abolition des privilèges et adopte la *Déclaration des droits de l'homme et du citoyen* dont Olympe de Gouges rédige le pendant féminin en 1791 : la *Déclaration des droits de la femme et la citoyenne*. Engagée, Olympe de Gouges avait écrit, dès novembre 1789, une *Lettre au peuple* dans laquelle elle propose des réformes sociales afin de porter assistance aux plus pauvres.

■ Olympe de Gouges dénonce aussi les violences commises pendant la Terreur (mars 1793-juillet 1794). En juillet 1793, elle fait placarder une affiche qui appelle les citoyens à choisir librement leur gouvernement. Cette affiche ne plaît pas aux Montagnards qui l'emprisonnent.

À savoir
Pour être au plus près des événements politiques, Olympe de Gouges déménage à Versailles en 1789 et assiste à l'ouverture des états généraux.

■ Elle est condamnée à la peine de mort et guillotinée le 3 novembre 1793.

2 L'œuvre

A. Contexte et structure

■ Olympe de Gouges est une révolutionnaire qui fait de son écriture un combat pour l'égalité, notamment entre les sexes.

■ Elle présente son projet de *Déclaration des droits de la femme et de la citoyenne* à la Convention, le 28 octobre 1791, demandant notamment l'adoption du droit de vote pour les femmes. Le projet est alors refusé, mais cette déclaration n'en demeure pas moins une étape fondamentale dans l'histoire de l'émancipation des femmes.

L'œuvre en Bibliolycée

■ La question de l'égalité juridique et politique entre les deux sexes est alors dans l'air du temps : au même moment, une loi fait du mariage un contrat civil et plus seulement un engagement sacré et religieux. Dans *Nécessité du divorce* (1790), Olympe de Gouges milite pour l'instauration du divorce. Le divorce par consentement mutuel sera adopté en 1792 mais aboli en 1816 pour n'être pleinement possible qu'en... 1975 !

Structure

Adresses : on trouve d'abord une adresse à la reine Marie-Antoinette, puis une adresse aux hommes en général : *« Homme, es-tu capable d'être juste ? »*

Déclaration des droits de la femme et de la citoyenne

***Le préambule :** il justifie la déclaration qui suit.

***Les 17 articles**

***Le postambule :** il appelle les femmes à lutter pour l'égalité des sexes. Notons que cette construction en miroir rend compte formellement de l'équilibre entre les sexes.

Forme du Contrat social de l'homme et de la femme : la déclaration propose un modèle de contrat suivi de commentaires à propos de ce *« bizarre écrit »* et d'une anecdote personnelle.

Le PS : brèves considérations sur de récents événements politiques.

*Parties du texte au programme.

B. Enjeux

■ Une œuvre de combat. Dès le préambule, de Gouges dénonce la tyrannie masculine et fait du « mépris des droits des femmes » la cause des « malheurs publics ». Elle revendique le statut de citoyenne et demande le droit de vote et d'éligibilité des femmes. Les différents articles dénoncent le pouvoir des pères et maris sur les femmes en s'appuyant sur des exemples ou cas possibles. L'autrice critique aussi le fait que les femmes subissent des lois écrites par les hommes.

■ Un pastiche critique de la *Déclaration des droits de l'homme et du citoyen*. De Gouges reprend les articles et remplace le mot « homme » par « la femme et l'homme », ce qui confère au texte une dimension polémique *(voir p. 201)* et parfois subtilement ironique.

■ Un appel aux femmes. L'apostrophe suivie de l'impératif (« Femme, réveille-toi ! ») invite les femmes au combat. L'autrice use de nombreux procédés rhétoriques : effets de rythmes, ponctuation expressive, questions rhétoriques...

Citation

« La femme a le droit de monter sur l'échafaud ; elle doit avoir également celui de monter à la Tribune. » Olympe de Gouges, *Déclaration des droits de la femme et de la citoyenne*, article x, 1791.

3 Le parcours : « Écrire et combattre pour l'égalité »

A. Écrire, est-ce combattre ?

■ Le parcours invite à s'interroger sur le lien entre écriture et combat : la plume peut-elle devenir une arme ? Écrire permet-il de changer la société ? La biographie d'Olympe de Gouges constitue un bel exemple quand on sait que l'affiche appelant les citoyens à choisir leur gouvernement la conduira à la guillotine. Pour elle, l'écriture semble ainsi être le prolongement d'actions révolutionnaires bien réelles.

■ Au siècle des Lumières, plusieurs penseurs luttent au nom de l'égalité. Olympe de Gouges s'engage ainsi pour l'égalité des sexes mais aussi contre l'esclavage dont Montesquieu estime qu'il est « aussi opposé au droit civil qu'au droit naturel » *(voir p. 97)*.

■ Écrire et combattre pour l'égalité, c'est chercher à toucher les lectrices et lecteurs pour mieux les mener à l'action. Les auteurs ont ainsi recours à des tonalités* (ironique ou pathétique) et à des stratégies diverses (proposition d'articles, conte philosophique, lettre…). Ainsi, dans la *Déclaration des droits de la femme*, le préambule tient à la fois de l'essai et du discours, par l'emploi de tournures oralisées. L'emphase marquée du postambule contraste aussi avec le vocabulaire juridique précis des articles de loi dont on perçoit discrètement l'ironie*. Le texte se clôt par une anecdote personnelle racontée cette fois sur un ton léger.

À savoir
L'Esclavage des nègres ou l'Heureux Naufrage est une pièce anti-esclavagiste écrite par Olympe de Gouges qui a suscité une violente polémique avec le parti des esclavagistes.

B. Œuvres-clés liées au parcours

***De l'esprit des lois* de Montesquieu (1748)**	Dans « De l'esclavage des Nègres » tiré de l'essai *De l'esprit des lois*, le philosophe des Lumières prend position contre l'esclavage. Grâce à l'ironie* et aux antiphrases*, Montesquieu feint de justifier l'esclavage pour mieux en montrer l'absurdité et le dénoncer.
***Le Tableau de Paris* de Mercier (1781-1788)**	Dans le chapitre 845 de son *Tableau de Paris*, cet ami d'Olympe de Gouges prend la défense des femmes qu'il encourage à écrire et blâme le comportement jaloux, manipulateur et dominateur des hommes.
***Traité sur la tolérance à l'occasion de la mort de Jean Calas* de Voltaire (1783)**	Le protestant toulousain Jean Calas est accusé, à tort, d'avoir assassiné son fils pour l'empêcher de devenir catholique. Voltaire prend alors sa défense dans une véritable œuvre de combat, *Traité sur la tolérance*, et dénonce l'erreur judiciaire. Malgré l'interdiction de l'ouvrage, Calas sera réhabilité trois ans plus tard.
***Le Couvent ou Les Vœux forcés* d'Olympe de Gouges (1791)**	Pour ce drame en trois actes, Olympe de Gouges s'inspire des débats sur l'utilité des couvents et sur la liberté des femmes qui ont eu lieu à l'Assemblée constituante. La pièce dénonce l'injustice faite à Julie, jeune orpheline forcée d'entrer au couvent.

À retenir

- La plume peut devenir une véritable arme pour des écrivains qui s'engagent au nom de l'égalité : égalité entre les sexes, égalité aux yeux de la justice, combat contre l'esclavage…
- Qu'ils aient recours à la fiction ou qu'ils dénoncent de façon directe les inégalités, les auteurs cherchent à la fois à persuader et à convaincre les lecteurs, de manière à changer les mœurs ou même les lois !

4 Les prolongements artistiques et culturels

A. En peinture

■ On imagine parfois que la Révolution a essentiellement été animée par des figures masculines. Pourtant, de nombreux tableaux rendent compte de l'importance des femmes pendant la période révolutionnaire.

■ Jean-Baptiste Lesueur a représenté à la gouache sur des cartons découpés une série de scènes de la Révolution. On y voit la présence des femmes. Si les femmes n'avaient aucune légitimité politique, elles étaient pourtant très présentes au sein des assemblées révolutionnaires.

■ D'autres femmes se réunissaient dans des clubs politiques, notamment celui de la « Société des citoyennes républicaines révolutionnaires de Paris ».

■ Dans ce groupe révolutionnaire exclusivement féminin, les citoyennes revendiquaient aussi le droit au port d'armes. Le gouvernement révolutionnaire demandera la dissolution de tous ces « clubs » en 1793.

Citation

« Tant que les femmes ne s'en mêlent pas, il n'y a pas de véritable révolution. » Mirabeau

▲ Gouache de Jean-Baptiste Lesueur (1749-1826), *Club patriotique de femmes*, vers 1793, Paris, Musée Carnavalet.

B. En musique

■ Joseph Bologne de Saint-George (1745-1799), dit « chevalier de Saint-George », est un esclave « mulâtre » (métis) né en Guadeloupe. Amené très jeune en métropole, il reçoit une éducation d'aristocrate. Il apprend les armes et est reconnu comme un des meilleurs escrimeurs de son temps.

■ Véritable homme des Lumières, il manie aussi bien l'épée que l'archet. Violoniste, chef d'orchestre connu, il a aussi composé des sonates, symphonies mais aussi des quatuors et concertos pour violon. On dit même que Mozart le jalousait.

■ Il a également été le professeur de clavecin de Marie-Antoinette qui a voulu le nommer directeur de l'Opéra Royal mais nommer un « mulâtre » provoque une polémique et deux chanteuses s'y opposent au prétexte de sa couleur de peau. Le chevalier de Saint-George rejoint alors la Société des Amis des Noirs, aux côtés de Condorcet. Il rencontre aussi Olympe de Gouges.

SUJET DU BAC

Contraction de texte et essai	20 pts	*Objet d'étude :* La littérature d'idées du XVIe au XVIIIe siècle *Œuvre : L'Ingénu* de Voltaire *Parcours :* Voltaire, esprit des Lumières	4 h

1. Vous proposerez une contraction du texte de Stéphane Hessel extrait de *Indignez-vous !* (2010) en 225 mots environ, avec une marge de plus ou moins 10 %, soit entre 202 et 248 mots. **(10 points)**

2. Dans un essai organisé, répondez à la question suivante : « Depuis les Lumières du XVIIIe siècle, pensez-vous que la littérature d'idées puisse lutter efficacement contre l'injustice ? » **(10 points)**

C'est vrai, les raisons de s'indigner peuvent paraître aujourd'hui moins nettes ou le monde trop complexe. Qui commande, qui décide ? Il n'est pas toujours facile de distinguer entre tous les courants qui nous gouvernent. Nous n'avons plus affaire à une petite élite dont nous comprenons clairement les agissements. C'est un vaste monde, dont nous sentons bien qu'il est interdépendant. Nous vivons dans une interconnectivité comme jamais encore il n'en a existé. Mais dans ce monde, il y a des choses insupportables. Pour le voir, il faut bien regarder, chercher. Je dis aux jeunes : cherchez un peu, vous allez trouver. La pire des attitudes est l'indifférence, dire « je n'y peux rien, je me débrouille ». En vous comportant ainsi, vous perdez l'une des composantes essentielles qui font l'humain. Une des composantes indispensables : la faculté d'indignation et l'engagement qui en est la conséquence.

On peut déjà identifier deux grands nouveaux défis :

1. La très grave injustice infligée à une beaucoup trop grande partie de l'humanité, privée des fondements nécessaires à une vie décente[1], et pas seulement dans des régions lointaines du monde comme l'Afrique, l'Asie, Haïti, mais plus près, dans les banlieues de nos plus grandes villes, là où l'isolement et la pauvreté nourrissent la haine et la révolte. L'écart entre les très pauvres et les très riches – une innovation des XXe et XXIe siècles – qui ne cesse de s'accroître est d'autant plus inacceptable qu'aujourd'hui pauvres et riches sont en contact, ils se connaissent, ils voient la même publicité pour toutes sortes de biens, de plaisirs que les premiers ne peuvent pas s'offrir tandis que les seconds les considèrent comme parfaitement naturels. Quand j'avais vingt ans, nous savions que Henry Ford – pionnier de l'industrie automobile américaine – avait établi une échelle des salaires acceptable, allant de 1 à 20. Aujourd'hui, elle va de 1 à 500 et l'écart ne cesse de s'accroître. C'est un défi que nous devons relever en nous indignant, en nous engageant.

2. Les violations des libertés et des droits fondamentaux. J'avais vingt-quatre ans quand Franklin Delano Roosevelt, président de la plus puissante nation de la planète, dont la contribution à la victoire de la Première Guerre

(suite p. 112)

(suite)

mondiale par les démocraties avait été décisive et qui, grâce au New Deal, avait réussi à ramener la prospérité[2] économique au pays, proclama, le 6 janvier 1941, les Quatre Libertés de l'Atlantique : liberté de confession[3], liberté d'expression, liberté de vivre à l'abri de la peur et liberté de vivre à l'abri du besoin, dont Roosevelt disait qu'elles étaient « aussi nécessaires à l'humanité que l'air, le soleil, le pain et le sel ». S'appuyant sur ce fondement moral, éthique et politique, il entra en guerre quelques mois plus tard contre l'Allemagne nazie. Les Quatre Libertés de l'Atlantique allaient servir de fondements à la Charte des Nations unies, adoptée à San Francisco le 24 juin 1945 et ratifiée le 24 octobre 1945, date de la création officielle de l'Organisation des nations unies (ONU). Pour la première fois de l'histoire des sociétés modernes, l'institution qui venait de naître faisait de la dignité[4] de la personne humaine un préalable à tout programme. À cet effet, l'ONU confia à une commission de douze juristes placée sous la présidence d'Eleanor Roosevelt, la veuve du président américain décédé le 12 avril 1945, le soin de rédiger la Déclaration universelle des droits de l'homme où fut repris dans le préambule le concept des Quatre Libertés de l'Atlantique. Ce travail dura de 1945 à 1948 ; pendant ces trois années décisives où la cohésion des nations victorieuses fonctionna activement. [...]

Je ne résiste pas à l'envie de citer l'article 15 de la Déclaration universelle des droits de l'homme : « Tout individu a droit à une nationalité » ; l'article 22 : « Toute personne, en tant que membre de la société, a droit à la Sécurité sociale ; elle est fondée à obtenir la satisfaction des droits économiques, sociaux et culturels indispensables à sa dignité et au libre développement de sa personnalité, grâce à l'effort national et à la coopération internationale, compte tenu de l'organisation et des ressources de chaque pays. » Et si cette déclaration a une portée déclarative, et non pas juridique, elle n'en a pas moins joué un rôle puissant depuis 1948 ; on a vu des peuples colonisés s'en saisir dans leur lutte d'indépendance ; elle a ensemencé[5] les esprits dans leur combat pour la liberté.

Je constate avec plaisir qu'au cours des dernières décennies se sont multipliés les organisations non gouvernementales, les mouvements sociaux comme Attac (Association pour la taxation des transactions financières), la FIDH (Fédération internationale des Droits de l'homme), Amnesty... qui sont agissants et performants. Il est évident que pour être efficace aujourd'hui, il faut agir en réseau, profiter de tous les moyens modernes de communication.

Aux jeunes, je dis : regardez autour de vous, vous y trouverez les thèmes qui justifient votre indignation – le traitement fait aux immigrés, aux sans-papiers, aux Roms. Vous trouverez des situations concrètes qui vous amènent à donner cours à une action citoyenne forte. Cherchez et vous trouverez !

Stéphane Hessel, extrait de *Indignez-vous !*, © Indigène éditions, Montpellier, octobre 2010 www.indigene-editions.fr

1. Convenable. **2.** Richesse. **3.** Religion. **4.** Respect. **5.** Enrichi.

→ *Corrigé p. 113*

CORRIGÉ

Corrigé du sujet de la p. 111.

1 Contraction de texte

Dans ce monde moderne compliqué et mondialisé où les responsabilités se diluent, il faut pourtant porter notre attention sur ce qui est intolérable. J'en appelle à la jeunesse : impliquez-vous, car en fermant les yeux vous vous déshumanisez. Au moins deux réalités nous menacent.

> **Rappel**
>
> Respectez l'**énonciation** du texte. Ici l'auteur s'exprime à la première personne du singulier.

D'une part, un très grand nombre d'êtres humains ne vit pas dignement, y compris dans nos métropoles où l'hostilité croît. La fracture sociale s'est beaucoup creusée depuis l'époque de ma jeunesse et elle se ressent d'autant plus que riches et démunis ont les mêmes désirs de consommation. Il faut que nous nous élevions contre cette injustice.

D'autre part, il y a les atteintes aux libertés et aux droits fondamentaux[1]. J'étais un jeune homme quand Roosevelt a déclaré comme fondamentales à l'humanité les quatre libertés sur lesquelles il s'est ensuite appuyé pour légitimer son intervention contre le nazisme et pour bâtir l'ONU qui a fait de la dignité une condition inaltérable. Bien que non contraignante légalement, la Déclaration universelle des droits de l'homme a inspiré les mouvements d'émancipation, notamment coloniaux. Je suis heureux de voir le nombre croissant d'actions citoyennes en faveur de la justice sociale et des droits de l'homme[2], qui doivent bien sûr aujourd'hui être concertées et médiatisées. Je veux m'adresser à la jeunesse : ouvrez les yeux et vous verrez une cause à défendre ! [3]

> **Rappels**
>
> • **1 :** Vous pouvez reprendre à l'identique les **mots-clés** du texte qui n'ont pas de synonymes comme « libertés » et « droits fondamentaux ».
>
> • **2 :** Ne redonnez pas les **exemples** du texte mais restituez l'**idée** qu'ils incarnent.
>
> • **3 :** L'**impératif** et la **ponctuation forte** sont des marqueurs énonciatifs importants que vous devez restituer.

Résumé en 239 mots du texte de Stéphane Hessel, extrait de *Indignez-vous !*, 2010.

2 Essai : « Depuis les Lumières du XVIIIe siècle, pensez-vous que la littérature d'idées puisse lutter efficacement contre l'injustice ? »

Travail préparatoire

Analyse du texte

Limitez-vous à la littérature d'idées, comme l'exige le sujet. Vous ne pourrez évoquer des romans ou des films uniquement si l'argumentation est indirecte.

Cherchez des synonymes à « lutter » tels que *combattre, résister, s'opposer*.

L'injustice est à prendre sous toutes ses formes : sociale, économique, juridique, etc.

Les Lumières sont explicitement mentionnées et le sujet est en rapport avec le parcours « Voltaire, esprit des Lumières » : le correcteur attend donc que vous fassiez référence à un ou plusieurs auteurs de cette époque. N'oubliez pas de rappeler dans votre introduction ce qu'est le mouvement des Lumières et en quoi ces auteurs ont été importants pour la littérature d'idées.

Plan détaillé du développement

1. La littérature, un moyen efficace pour sensibiliser les consciences

[idée 1] La littérature permet de faire évoluer les consciences et de sensibiliser à une cause, notamment depuis l'approche rationaliste des philosophes des Lumières qui se sont élevés contre des injustices. Par exemple, dans son *Traité sur la tolérance* (1763), Voltaire défend le protestant Jean Calas faussement accusé d'avoir tué son fils qui souhaitait se convertir au catholicisme. Voltaire prend ainsi parti contre le fanatisme religieux. Les historiens affirment même que les Lumières ont préparé les esprits à la Révolution et à l'abolition des privilèges. **[idée 2]** Les formes de l'argumentation sont variées. Elles peuvent être directes comme dans l'*Encyclopédie* (1751-1772) de Denis Diderot et Jean le Rond d'Alembert dont les articles proclament les valeurs des Lumières, dans l'essai *Discours sur l'origine et les fondements de l'inégalité parmi les hommes* (1755) de Jean-Jacques Rousseau ou dans la lettre ouverte d'Émile Zola *« J'accuse... ! »* publiée en 1898 dans le journal *L'Aurore* pour défendre le capitaine Dreyfus injustement condamné. Les formes de l'argumentation peuvent être également indirectes comme dans *Le Dernier Jour d'un condamné* (1829) de Victor Hugo qui réprouve la peine de mort ou les contes philosophiques de Voltaire (*L'Ingénu*, 1767 ; *Candide*, 1759).

> **Rappel**
>
> Utilisez vos **connaissances** littéraires pour organiser vos idées et faites référence à l'**œuvre** au **programme.**

2. La littérature, un moyen efficace pour appeler à l'action

La littérature d'idées permet de lutter efficacement contre l'injustice si elle s'accompagne d'actions concrètes ou si elle est un appel à l'action. Nous nous souvenons aujourd'hui des auteurs des Lumières et de ceux qui leur ont succédé essentiellement parce qu'ils ont agi pour lutter contre l'injustice. Voltaire s'est engagé contre le fanatisme religieux et a obtenu l'acquittement dans l'affaire Sirven. Victor Hugo était député. Il a mis ses talents d'écrivain au service de son action politique pour défendre des causes qui lui tenaient à cœur comme en témoigne son *Discours sur la misère* tenu à la tribune de l'Assemblée nationale législative le 9 juillet 1849. Stéphane Hessel était lui-même résistant durant la Seconde Guerre mondiale et n'appelle pas les jeunes gens seulement à s'indigner, mais aussi à s'engager concrètement pour défendre les opprimés tels que les immigrés, les sans-papiers ou les Roms.

> **Conseil**
>
> Mentionnez si possible le **texte** que vous avez **résumé** pour compléter votre analyse.

Le roman et le récit du Moyen Âge au XXIe siècle

CHAPITRE 6

Le programme de première invite à revenir aux **origines** du roman et à observer ses évolutions thématiques et formelles.
Le **roman** est un long **récit en prose** constitué de personnages*, d'une intrigue et d'un cadre spatio-temporel. Il relève de la **fiction** mais peut être nourri de **réel**. Le roman est un genre d'une incroyable **variété** : roman d'aventures, roman policier, roman de science-fiction, roman naturaliste, etc. Le roman est toujours le **miroir** d'une époque, d'un auteur et d'un contexte littéraire, historique et culturel.

1 Le récit médiéval du XIe au XVe siècle

A Panorama du Moyen Âge

Rappels historiques

Couvrant une période de dix siècles, le Moyen Âge commence à la chute de l'Empire romain en 476 et se termine à la prise de Constantinople (Byzance) par les Turcs en 1453. On distingue en général trois époques :
– **le haut Moyen Âge** (de la fin du Ve siècle au Xe siècle) marqué par les dynasties mérovingienne (avec Clovis) et carolingienne (Charlemagne étend les limites du royaume et diffuse le christianisme en Europe) ;
– **le Moyen Âge central** (de la fin du Xe siècle au XIIIe siècle) avec la dynastie des Capétiens (c'est le temps des châteaux forts et des croisades, les chevaliers partant pour délivrer Jérusalem, la Terre sainte, des infidèles, les musulmans) ;
– **le Moyen Âge tardif** (XIVe-XVe siècles) marqué par les mauvaises récoltes déclenchant des famines (1315-1317), la peste noire (1348-1358) et la guerre de Cent Ans (1337-1475) opposant les royaumes de France (dynastie des Capétiens) et d'Angleterre (dynastie des Plantagenêts).

> **À savoir**
> Le **XIIIe siècle** constitue l'**apogée** du Moyen Âge.

L'organisation sociale du monde médiéval

- **Une société d'ordres.** La société médiévale est très inégalitaire et repose sur **trois ordres** : le clergé, la noblesse et le tiers-état.

- **Le système féodal** organise le pays, divisé en plusieurs **fiefs** (les terres qui appartiennent à de grands seigneurs). Le **vassal** doit obéissance et service à son **suzerain** qui, en échange, lui assure protection. Chaque suzerain dépend lui-même d'un seigneur qui dépend du roi.

B La naissance du « roman » (XIe-XIIe siècles)

Des récits écrits en langue romane

- **Langue d'oïl et langue d'oc.** Au Moyen Âge, le **latin** est utilisé à l'écrit et pour les textes officiels. À l'oral, on distingue les dialectes (langues régionales) de la **langue d'oïl** (langue romane) parlés dans le **nord** de la France, des dialectes de la **langue d'oc** parlés dans le **sud**. C'est finalement la langue d'oïl qui s'affirme.
- **Naissance des écrits en langue romane.** Les premiers textes du Moyen Âge ne sont pas écrits mais transmis à l'**oral** par les trouvères et les troubadours qui les chantent ou les récitent. Les premiers textes écrits en langue romane (qu'on appelle aujourd'hui « ancien français ») sont des textes racontant la **vie de saints** (hagiographies) ou des **textes juridiques**.
  Les ***Serments de Strasbourg*** (842) sont le premier texte écrit en roman au IXe siècle pour être compris par le plus grand nombre. Ces serments scellent une alliance capitale entre Charles le Chauve et Louis le Germanique contre leur frère Lothaire Ier (tous trois étant les petits-fils de Charlemagne).
- **Les textes appelés « romans »** désignent au Moyen Âge les textes écrits en « roman », c'est-à-dire en langue romane. Le nom du genre dérive donc de la langue employée.

> **À savoir**
> **« Mettre en roman »** est une expression datant de 1150 qui signifie traduire des textes latins en **langue romane.**

La chanson de geste : *La Chanson de Roland*

La **chanson de geste** est un long **poème épique** relatant des exploits guerriers. ***La Chanson de Roland*** (1070), d'origine incertaine, est la plus ancienne des chansons de geste. Elle a été écrite dans un dialecte anglo-normand et comporte 4 002 décasyllabes. Elle s'inspire d'un **fait historique** du VIIIe siècle : le roi Charles, futur Charlemagne, en lutte contre les musulmans, franchit avec son armée les Pyrénées et assiège Saragosse. Mais il est rappelé en hâte en France et doit rentrer. Son arrière-garde, dont fait partie son neveu Roland, est surprise par des montagnards chrétiens et massacrée. *La Chanson de Roland* reprend et **embellit** les faits historiques pour célébrer les exploits de Roland, brave et généreux, partisan de la guerre jusqu'à la mort, et magnifier Charlemagne qui met toute son énergie à le venger après sa mort. *La Chanson de Roland* transforme une défaite en victoire. Elle prône les valeurs de la guerre sainte contre les musulmans et prend la forme d'une épopée qui célèbre les actions guerrières des héros dotés de hautes valeurs morales.

> ***Ex.*** : « Quand Roland voit qu'il y aura bataille, il se fait plus fier que lion ou léopard. Il s'adresse aux Français, il appelle Olivier : "[...] Pour son seigneur, on doit souffrir de grands maux et endurer le grand froid, le grand chaud ; on doit perdre du sang et de la chair. Frappe de ta lance et moi de Durandal, ma bonne épée que le roi me donna. Si je meurs, il pourra dire, celui qui l'aura, qu'elle fut à un noble vassal." » *La Chanson de Roland*, 1070.

C La littérature courtoise (XIIe-XIIIe siècles)

Les lais de Marie de France (XIIe siècle)

Les premiers romans apparaissent au XIIe siècle. Ils sont d'abord écrits en vers, comme les **lais**.

> **À savoir**
>
> Le **lai** est un **court poème** lyrique ou narratif. Il est souvent chanté.

Marie de France (XIIe siècle) est une poétesse française à la cour d'Henri II d'Angleterre et d'Aliénor d'Aquitaine. Pour composer ses lais (1160-1178), elle s'inspire de vieilles **légendes bretonnes**. Il nous reste une douzaine de ces lais formés d'octosyllabes* rimés et écrits en anglo-normand. Ces contes et ces légendes sont teintés de **merveilleux**. Dans *Le Lai du Laostic* (*rossignol* en français), une dame ne peut voir son amant qu'en allant à sa fenêtre, prétextant à son mari que c'est pour écouter le chant du laostic. Le mari, jaloux, fait attraper le laostic et lui brise cruellement le cou.

Les romans courtois

- **La courtoisie.** La **littérature courtoise** est destinée à un public de **Cour**, c'est-à-dire la résidence d'un souverain. La courtoisie est un **art de vivre** et d'**aimer** qui s'inscrit en réaction aux mœurs rudes de l'époque. Elle place l'**amour** au centre des préoccupations et prône une conduite élégante et polie à l'égard de la dame courtisée. Les poèmes et romans des XIIe et XIIIe siècles racontent les exploits des chevaliers et l'amour passionné pour leur dame.
- **La courtoisie à la Cour d'Aliénor d'Aquitaine (1122-1204).** Reine de France par son mariage avec Louis VII puis reine d'Angleterre par son mariage avec Henri II, **Aliénor d'Aquitaine** s'entoure d'une Cour fastueuse, cultivée et raffinée accueillant les **troubadours** et protégeant les poètes comme Chrétien de Troyes. Elle était elle-même la petite-fille du premier troubadour, Guillaume IX.

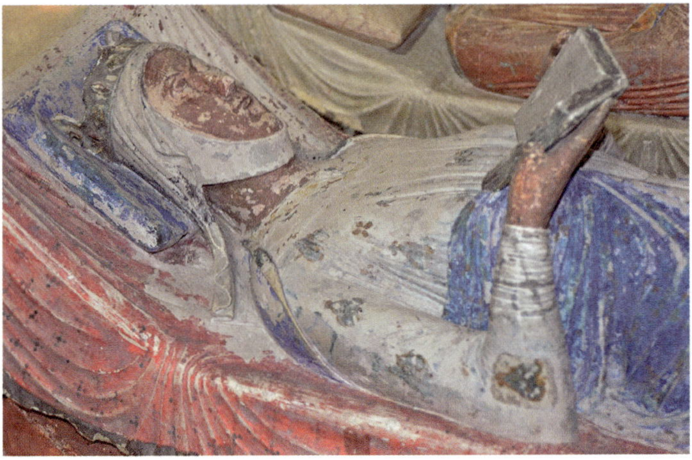

Gisant d'Aliénor d'Aquitaine à l'abbaye de Fontevraud. Aliénor tient dans ses mains un livre ouvert pour rappeler qu'elle fut l'amie des poètes durant sa vie.

- **La *fin'amor*** (« amour parfait ») désigne les **sentiments** qui lient le chevalier à sa dame, devenue suzeraine de son cœur. C'est une véritable **religion** de l'amour qui se place au-dessus de toutes les règles sociales. André le **Chapelain** dans son *Tractatus de amore* (*Traité de l'amour*, 1184) en rappelle les **règles de conduite**. Cet amour doit être pur et partagé. Il est également codifié par des **étapes** : la rencontre doit être suivie d'échange de regards, puis viennent les promesses, le baiser et le don de soi. Le jeune chevalier accomplit des **exploits** afin de plaire à la femme aimée et de la mériter. Sur le modèle de la vassalité, la *fin'amor* repose sur la **soumission** totale de l'homme à la femme. Le chevalier devra tout accepter, même l'humiliation et le déshonneur. C'est à ce prix qu'il atteindra la **perfection**. Les mariages de l'époque étant fréquemment arrangés par les familles, l'amour courtois était une relation hors mariage.

Les romans de chevalerie de Chrétien de Troyes

Les romans de chevalerie appartiennent à la catégorie des romans courtois.

- **Chrétien de Troyes** (vers 1135 - vers 1190) est le grand auteur des romans du **cycle arthurien** (les aventures se passent à la Cour du roi Arthur) et des chevaliers de la Table Ronde. Son œuvre est riche : *Érec et Énide*, *Cligès*, *Lancelot ou le Chevalier de la charrette*, *Yvain ou le Chevalier au lion*, ou *Perceval ou le Conte du Graal*.
- **Le héros* chez Chrétien de Troyes** est un **chevalier errant** qui parcourt le royaume en quête d'**aventures**, parfois mêlées de **merveilleux**, afin de prouver sa valeur et de se montrer digne de sa dame et de la société, selon les principes de la *fin'amor*.

À savoir

Chrétien de Troyes est le **premier auteur** à créer un véritable univers romanesque avec le **retour des personnages** d'un roman à l'autre.

Dans *Lancelot ou le Chevalier de la charrette*, Lancelot est amoureux de la femme du roi Arthur, Guenièvre. Il entreprend de folles aventures pour lui prouver son amour et en vient à accepter le **déshonneur** de monter dans la charrette conduite par un nain, ce qui est un signe d'infamie à l'époque médiévale. Chez Chrétien de Troyes, l'amour pour la dame ne demeure pas **platonique** (Lancelot passera une nuit avec la reine Guenièvre). Par ailleurs, le **merveilleux** est très présent chez les personnages et dans les lieux (certains objets sont magiques, comme un anneau invisible ou un lit qui s'enflamme).

La légende de *Tristan et Iseut* (XIIe siècle)

- **La légende de *Tristan et Iseut*** constitue un **modèle** de l'amour courtois. Tristan, le neveu du roi Marc, est amoureux de la femme de ce dernier, Iseut. Une servante leur a donné à boire par erreur un philtre d'amour alors qu'il était destiné à Iseut et au roi. La folle passion qui anime dès lors les deux amants leur est **interdite**.
- **La réécriture de *Tristan et Iseut*.** Plusieurs auteurs comme **Béroul** ou **Thomas** ont réécrit cette histoire au Moyen Âge. Cette légende, maintes fois modernisée et adaptée à travers les siècles, est devenue l'image occidentale de l'amour passionné et malheureux.

Tristan boit le philtre d'amour. Enluminure, 1470.

D La littérature satirique

Simultanément à la littérature courtoise se développe une littérature **satirique*** où le code de l'honneur et toutes les valeurs chères aux chevaliers sont tournés en **dérision**.

Le *Roman de Renart* (1175-1250)

Le *Roman de Renart* est un **ensemble de poèmes** composés par plusieurs auteurs anonymes, souvent des **clercs**. Ces récits ont été rassemblés par « branches » qui correspondent à des chapitres.

> **À savoir**
>
> C'est du nom propre **« Renart »** (avec un *-t*) que vient l'actuel **« renard ».** Ce mot a été formé par antonomase : on a fait du nom propre (Renart), un nom commun (renard). Au Moyen Âge, on utilisait le mot « goupil » pour désigner le renard.

- **Une satire* de la société féodale.** Ces poèmes mettent en scène **Renart**, le goupil triomphant et cynique, espiègle et rusé, grand ennemi d'Isengrin le loup, fort mais toujours dupé.
  Dans l'extrait ci-dessous, Renart se fait passer pour mort afin d'être ramassé par deux poissonniers intéressés par sa fourrure. Ils le mettent dans leur chariot, mais Renart s'échappe emportant sans remords harengs et anguilles.

  Ex. : « "Dieu vous maintienne en joie, beaux vendeurs de poisson !", leur cria-t-il. "J'ai fait avec vous un partage de frère : j'ai mangé vos plus gros harengs et j'emporte vos meilleures anguilles ; mais je laisse le plus grand nombre." Quelle ne fut pas alors la surprise des marchands ! Ils crient : "Au Goupil, au Goupil !" Mais le goupil ne les redoutait guère : il avait les meilleures jambes. "Fâcheux contre-temps !" disent-ils, "et quelle perte pour nous, au lieu du profit que nous pensions tirer de ce maudit animal ! Voyez comme il a dégagé nos paniers ; puisse-t-il en crever au moins d'indigestion !"
  "Tant qu'il vous plaira", dit Renart, "je ne crains ni vous ni vos souhaits." »
  Roman de Renart, branche III, XIIe-XIIIe siècles.

- **Le monde animalier** du roman est organisé à l'image de la **société de l'époque** et les animaux agissent comme les hommes. Les clercs se livrent à une transposition et à une **parodie** de leur propre monde et culture. Ils prennent plaisir à singer la littérature de chanson de geste et l'amour courtois.

Les fabliaux (XIIIe-XIVe siècles)

- **Les fabliaux sont de courtes histoires satiriques*** rédigées en vers* (octosyllabes). La plupart sont anonymes.
- **Les fabliaux mettent en scène** des bourgeois, des **petites gens**, des *vilains* qui trompent les puissants et prennent leur revanche. À la différence des romans chevaleresques et courtois, l'action se déroule dans le **quotidien** et retrace des histoires d'adultère parfois obscènes.

- **Tous les ressorts comiques** (comique de gestes, de situation, de mots, de caractère) sont utilisés pour dépeindre les **défauts humains**. L'humour est souvent **grossier** et vise à faire rire sans chercher à moraliser.

E Les récits du XIIIe au XVe siècle

La Cité des Dames (1405)

- **Christine de Pizan** (1364-1431) est la **première femme** de lettres à vivre de sa plume. Ses œuvres sont écrites en français. Elle dénonce la misogynie de son époque.
- ***La Cité des Dames*** est un récit **allégorique*** : à l'aide de trois figures allégoriques, Raison, Droiture et Justice, Christine de Pizan construit une cité parfaite, la cité des Dames, qui met les femmes à l'abri des calomnies. Elles y incarnent une grande noblesse d'esprit.

Le déclin des romans de chevalerie

- **« L'automne du Moyen Âge »** désigne la période marquée par la peste et la guerre de Cent Ans. On se détourne des valeurs chevaleresques. Le roman de chevalerie laisse alors place à d'autres formes de récit.
- **La littérature bourgeoise** (c'est-à-dire la littérature des « bourgs », des villes), se développe, en réaction à la littérature des Cours, dite « courtoise ».

2 Le roman et le récit humanistes au XVIe siècle

A Rappels historiques

Voir p. 84.

- **Le XVIe siècle marque la fin du Moyen Âge** et l'entrée dans la **modernité** : c'est la Renaissance, incarnée par le roi **François Ier**. Il gouverne de façon moderne et entreprend de centraliser le pays. Le français devient la langue officielle dans l'administration et le droit en 1539 avec l'ordonnance de Villers-Cotterêts.
- **La découverte du Nouveau Monde (1492)** par Christophe **Colomb** repousse les frontières du connu. **Vasco de Gama** entreprend son premier voyage en Inde et **Magellan** fait le premier tour du monde. La carte du monde se redessine. Cette période est également marquée par le massacre des populations indigènes par les Européens.
- **Les guerres de Religion** occupent la seconde moitié du XVIe siècle. Elles opposent **catholiques** et **protestants** (le massacre de la Saint-Barthélemy le 25 août 1572 provoque la mort de 2 000 protestants).

B L'humanisme

Voir p. 86.

- **L'humanisme est un mouvement intellectuel européen** qui prône le retour à la **culture antique** et met l'**homme** au centre des préoccupations et de tous les savoirs.
- **Les érudits qui fuient Constantinople** à la chute de l'Empire byzantin (1453) permettent la diffusion et la redécouverte des **œuvres de l'Antiquité** dont vont s'inspirer les penseurs humanistes.
- **Le mouvement humaniste cherche à éduquer un homme nouveau** et s'interroge sur la transmission des **savoirs** (Érasme, Montaigne). Les humanistes réfléchissent également aux questions politiques (le philosophe Érasme sera conseiller de Charles Quint, Montaigne sera maire de Bordeaux).

C Les romans rabelaisiens

François Rabelais, auteur-clé de l'humanisme

- **Une vie d'érudit.** Contemporain du roi François Ier, François Rabelais est une grande **figure de l'humanisme**. Moine bénédictin, prêtre séculier, médecin et écrivain, cet érudit capable de lire les textes grecs dans leur version originale, est essentiellement connu pour ses quatre romans dont les héros sont des **géants** : *Pantagruel* (1532), *Gargantua* (1534), *Tiers Livre* (1546) et *Quart Livre* (1552). Le *Cinquième Livre* est posthume et son authenticité est contestée.

François Rabelais (1494-1553)

- **Des œuvres censurées.** Esprit ouvert et nouveau, Rabelais est passionné par les problèmes relatifs à l'**éducation**, à la **politique** et à la **religion**. Grand contestataire des pratiques de l'Église, de la justice et de l'éducation donnée au Moyen Âge, ses œuvres sont condamnées par les théologiens et **censurées** par la Sorbonne.

Un univers romanesque dense

- **Un sens caché à découvrir.** Derrière les apparences fantaisistes et le comique de ses textes, Rabelais invite le lecteur à réfléchir à son sens caché, à « rompre l'os et sucer la **substantifique moelle** » comme il le précise dans son avertissement de *Gargantua*.

  Ex. : « C'est pourquoi faut ouvrir le livre et soigneusement peser ce qui y est déduit. Lors connaîtrez que la drogue dedans contenue est bien d'autre valeur que ne promettait la boîte. C'est-à-dire que les matières ici traitées ne sont tant folâtres comme le titre au-dessus prétendait. »
  François Rabelais, Avertissement, *Gargantua*, 1534.

- **Des thèmes de prédilection.** Les thèmes abordés par Rabelais sont riches. Il raille de façon féroce les **théologiens** de la Sorbonne, les « sorbonicoles », les **moines**, les **juges**, les **avocats**, les **procureurs** et tourne en dérision ceux qu'il qualifie de **pédants**.

– **L'éducation.** Dans *Gargantua*, Rabelais dénonce les méthodes du Moyen Âge qui faisaient la part belle à l'apprentissage par cœur assimilé à du bourrage de crâne, aux multiples messes de la journée, à la paresse physique, à la goinfrerie, etc. Le géant Gargantua sera placé sous la responsabilité de Ponocratès qui lui donnera une éducation **fidèle à l'humanisme** de la Renaissance : étudier tous les domaines du savoir, en privilégiant la **réflexion** plutôt que l'apprentissage par cœur, l'exercice physique, l'hygiène, l'étude directe et sans intermédiaires des textes sacrés.

Citation

« Science sans conscience n'est que ruine de l'âme. » François Rabelais, *Pantagruel*, chapitre 8, 1532.

– **La critique des religieux** hypocrites qui font la guerre et recherchent leurs propres intérêts. Dans *Gargantua*, Rabelais ridiculise le roi Picrochole qui saisit le premier prétexte pour aller faire la guerre sans se soucier de ses sujets. Le bon roi Grandgousier excelle par sa piété, sa sagesse et son **désir de paix**.

Gravure de Jonard d'après Gustave Doré (1873) pour *Pantagruel* de François Rabelais.

- **Le retour des mêmes personnages d'un livre à l'autre.** Gargantua (2e livre) est le **père** de Pantagruel (1er livre) dont on suit les voyages (3e et 4e livres).
- **Une utopie littéraire.** Le frère Jean des Entommeures reçoit de Grandgousier de quoi faire construire l'abbaye de Thélème qui a pour devise : **« Fais ce que voudras. »** Pour que la paix y règne, seuls les gens cultivés et bien éduqués sont acceptés.
- **Des innovations formelles.** Écrites en prose, les œuvres de Rabelais offrent une langue nouvelle. Le ton est **comique**, souvent grossier et fondé sur l'**exagération*** grâce au gigantisme des personnages. Rabelais manie tous les **styles** qu'il associe selon l'effet recherché : la farce, la satire*, etc. Il mélange aussi tous les **registres** de langue (médical, juridique, religieux, etc.) et crée des **néologismes*** et des expressions fantaisistes.

Anecdote

Rabelais a eu recours à deux **pseudonymes** en forme d'anagrammes, **Alcofribas Nasier** et **Séraphin Calobarsy,** qui témoignent de son goût pour les mots !

3 Le roman aux XVIIe et XVIIIe siècles : un genre en construction

A Rappels historiques

Voir p. 90.

Le « Grand Siècle »

Le XVIIe siècle est appelé le « Grand Siècle » par les historiens. Il commence après l'assassinat de Henri IV par Ravaillac en 1610.
Ce siècle est marqué par le règne absolutiste de **Louis XIV**, appelé « Roi-Soleil ». Pour centraliser son pouvoir et « surveiller » la haute noblesse, Louis XIV instaure une Cour qui, en 1682, s'installe au château de Versailles.

Baroque et classicisme

Deux mouvements **opposés** se développent durant le « Grand Siècle » : le baroque et le classicisme. Là où le **baroque** fait l'éloge du **mouvement** et de l'instabilité, le **classicisme** s'inspire de l'**Antiquité** et a un goût prononcé pour la mesure, l'équilibre, la **régularité**.

B Le roman baroque

Définition

Étymologiquement, le mot vient du portugais *barroco* (« **perle irrégulière** »). Le baroque s'oppose aux formes régulières, c'est-à-dire contraintes par des règles. Le baroque naît à la fin du XVIe siècle en Italie, mais il ne s'épanouit en France qu'au XVIIe siècle. En art comme en littérature, le baroque rejette les lignes droites et privilégie les **détours**, les arabesques, les illusions, la folie, les **rêves**, la **métamorphose**, les **changements**, etc.

Les caractéristiques baroques

Les **romans baroques** imitent cette **instabilité** : ils foisonnent de **descriptions**, d'éléments imaginaires (merveilleux, allégories*, grotesques, etc.) et mélangent les genres. Les personnages se déguisent, apparaissent masqués ou trichent et sont victimes d'illusions ou de leurs rêves. Le thème de la **mort** est également très présent.
En France, les romans baroques héroïques comportent de nombreuses **digressions** et des intrigues compliquées, parfois un peu oubliées au fil d'un très long récit. Ces romans, souvent sentimentaux, présentent des héros traversant de multiples aventures pour tenter de se retrouver.

Les Aventures de Télémaque (1699) de François Fénelon

François Fénelon
(1651-1715)

Les Aventures de Télémaque est un long roman baroque de plus de six cents pages inspiré de l'*Odyssée* d'Homère. François Fénelon, précepteur du duc de Bourgogne, petit-fils de Louis XIV, compose pour son élève ce **roman d'apprentissage** dans le but de l'**initier** à la **morale** et à la **politique**. Le héros, Télémaque, accompagné de Mentor, son précepteur, parcourt le monde à la recherche de son père, Ulysse, et rencontre tous les peuples de l'Antiquité.

Ex. : « – Quel est donc votre père que vous cherchez ? reprit la déesse.
– Il se nomme Ulysse, dit Télémaque ; c'est un des rois qui ont, après un siège de dix ans, renversé la fameuse Troie. Son nom fut célèbre dans toute la Grèce et dans toute l'Asie, par sa valeur dans les combats et plus encore par sa sagesse dans les conseils. Maintenant, errant dans toute l'étendue des mers, il parcourt tous les écueils les plus terribles. Sa patrie semble fuir devant lui. Pénélope, sa femme, et moi, qui suis son fils, nous avons perdu l'espérance de le revoir. Je cours, avec les mêmes dangers que lui, pour apprendre où il est. Mais que dis-je ? peut-être qu'il est maintenant enseveli dans les profonds abîmes de la mer. Ayez pitié de nos malheurs ; et, si vous savez, ô déesse, ce que les destinées ont fait pour sauver ou pour perdre Ulysse, daignez en instruire son fils Télémaque. »
François Fénelon, *Les Aventures de Télémaque*, 1699.

Ce roman, prônant la paix entre les hommes, sera perçu comme une **critique de l'absolutisme royal** et provoquera la disgrâce de son auteur.

C Le roman précieux

La mode des salons

La **préciosité** s'inscrit dans la continuité de la **littérature courtoise** médiévale. C'est un mouvement qui se développe dans la première moitié du XVIIe siècle et qui se caractérise par des **réunions littéraires mondaines**. Des femmes cultivées comme Madeleine de Scudéry font salon et reçoivent l'élite parisienne. Le salon précieux le plus connu est tenu à l'**hôtel de Rambouillet** par Catherine de Vivonne, marquise de Rambouillet. On s'y livre à des débats intellectuels, on lit des textes, on invente des jeux littéraires. La recherche du **raffinement** et du bon goût, particulièrement dans le langage, s'impose. La femme est mise en valeur par l'**honnête homme** qui doit se montrer galant, courtois et faire preuve d'esprit.

La littérature précieuse

> **À savoir**
>
> Un des personnages de *L'Astrée*, **Céladon,** a donné son nom à une couleur **vert pâle** légèrement bleutée. De façon familière et ironique, un céladon désigne aussi un **amoureux** fidèle et sentimental, peu entreprenant.

- **L'amour, thème de prédilection.** L'amour précieux obéit aux mêmes codes que l'amour courtois, régi par la recherche d'un **idéal de pureté** et d'absolu.
- ***L'Astrée* (1612),** roman précieux et pastoral de cinq mille pages d'**Honoré d'Urfé**, met en scène les amours de bergers et de bergères dont Céladon et Astrée.
- ***Clélie, histoire romaine* (1654-1660)** de **Mademoiselle de Scudéry** est un très long roman inspiré de l'histoire antique, resté dans les mémoires par sa *Carte de Tendre* qui illustre de manière allégorique et géographique la conception de l'amour de l'époque.
- ***La Princesse de Clèves* (1678)** de **Madame de Lafayette** est le premier roman d'**analyse psychologique**. L'intrigue se déroule à la Cour du roi Henri II. L'héroïne, Mademoiselle de Chartres, mariée au prince de Clèves, tombe amoureuse du duc de Nemours. Par fidélité à son mari, l'héroïne ne cède pas à ses sentiments et avoue même à son mari qu'elle en aime un autre. Ce dernier en meurt de tristesse. Veuve et libre, la princesse de Clèves se refuse toujours au duc de Nemours malgré son amour. Ce roman, à la croisée de la galanterie et de la préciosité, est l'un des premiers romans « modernes ». Personnage classique, la princesse de Clèves incarne une « vertu inimitable », expression qui clôt le roman.

4 Le siècle d'or du roman : le XIXe siècle

A Rappels historiques

- **Des mutations politiques, sociales et techniques. La Révolution française de 1789** met fin à la monarchie absolue et à la société d'**Ancien Régime**. Ce tournant majeur provoque une **instabilité politique** durant tout le siècle : la France hésite entre un retour à l'ordre social et la préservation des acquis de la Révolution française. Ces profondes **mutations sociales et politiques** s'accompagnent de grands **progrès scientifiques et techniques**. La France entre dans l'**ère industrielle** avec notamment le développement de la machine à vapeur, des réseaux ferrés et de l'électricité.

■ L'instabilité politique.

Le Consulat et le Premier Empire (1799-1814)	– Louis Napoléon Bonaparte est sacré empereur en 1804. Il devient Napoléon Ier. – Napoléon Ier, par ses conquêtes, étend sa domination sur l'Europe.
La Restauration (1814-1830)	– Mise en place d'une monarchie constitutionnelle par Louis XVII. – Charles X monte sur le trône en 1825. – Renversement de Charles X durant les Trois Glorieuses.
Monarchie de Juillet (1830-1848)	– Monarchie constitutionnelle de Louis-Philippe d'Orléans. – Révolution de 1848.
IIe République (1848-1851)	– Suffrage universel masculin. – Louis-Napoléon Bonaparte est élu président de la République. – Coup d'État de Louis-Napoléon Bonaparte le 2 décembre 1851.
Second Empire (1852-1870)	– Louis-Napoléon Bonaparte devient Napoléon III. – Défaite de Sedan : capitulation de Napoléon III.
IIIe République (1870-1940)	– Commune de Paris (1871) : ce mouvement insurrectionnel favorable à une République sociale est réprimé dans le sang. – Instruction gratuite, laïque et obligatoire (lois de Jules Ferry de 1881-1882). – Légalisation des syndicats (1884) : la loi Waldeck-Rousseau institue la liberté syndicale. Les ouvriers peuvent désormais se regrouper pour revendiquer une augmentation de salaires ou des améliorations de leurs conditions de travail. – Affaire Dreyfus (1894-1906) : Alfred Dreyfus, un capitaine de confession juive, est accusé faussement d'espionnage. Cette « affaire » va diviser profondément la société française.

B Le roman réaliste et le roman naturaliste

Le roman réaliste

Le **réalisme** s'affirme à partir des années 1850. Par réaction au romantisme, il cherche à reproduire fidèlement le **réel,** sans chercher à l'embellir. Avec la Révolution industrielle et les bouleversements politiques, les romans s'intéressent aux changements de société et aux mœurs. Cette volonté **« d'être vrai »,** selon la formule de Stendhal, touche tous les genres littéraires et artistiques. Le photographe **Nadar** et le peintre Gustave **Courbet** (*Un enterrement à Ornans*, 1849-1850) en témoignent. Chaque artiste a l'ambition de créer une **impression de réalité**.

- *La Comédie humaine*, **Honoré de Balzac.** Ce titre regroupe plus de quatre-vingt-dix œuvres.

Honoré de Balzac (1799-1850)

– Une peinture des mœurs de la Restauration et de la monarchie de Juillet. Balzac a l'ambition de « peindre les deux ou trois mille personnages saillants de son époque ». Cette monumentale fresque relie les personnages entre eux d'un roman à l'autre. Balzac reproduit avec une **réalité** et une complexité étonnantes les **hommes** et leur attrait pour l'**argent** ou le **pouvoir**, les **lieux** et les **objets**.

Ex. : « En dressant l'inventaire des vices et des vertus, en rassemblant les principaux faits des passions, en peignant les caractères, en choisissant les événements principaux de la Société, en composant des types par la réunion des traits de plusieurs caractères homogènes, peut-être pouvais-je arriver à écrire l'histoire oubliée par tant d'historiens, celle des mœurs. »
Honoré de Balzac, Avant-propos, *La Comédie humaine*, 1842-1848.

Les portraits et les descriptions sont minutieux. Le vocabulaire précis, voire technique ou scientifique, permet d'assurer la vraisemblance*.

– La description au service du portrait psychologique. La description du personnage chez Balzac sert à révéler sa **psychologie**. Balzac crée des **types** qui sont à la fois individualisés mais aussi représentatifs (l'avarice du père Grandet, l'amour paternel du père Goriot, l'arrivisme d'Eugène de Rastignac). Parfois, le titre du roman révèle cette intention (*La Femme de trente ans*, 1842 ; *La Vieille Fille*, 1836). Le personnage* réaliste n'est pas un héros*, il est souvent un être **ordinaire** doté de qualités et de défauts.

- **L'ironie de Flaubert.**

Gustave Flaubert (1821-1881)

– Une méthode scientifique. Flaubert explore également la réalité et s'appuie sur une **documentation** très précise et de vastes **enquêtes** pour écrire ses romans. Il consulte plusieurs traités médicaux par exemple pour décrire l'empoisonnement d'Emma Bovary.

– Une description objective. Flaubert explore l'âme humaine et dépeint le « moi » avec délectation, mais cherche à conserver « l'**impartialité** qu'on met dans les sciences physiques ». L'auteur souhaite ainsi demeurer **absent** de son œuvre et retranscrit le plus objectivement possible les sentiments, le langage, le milieu et les idées de ses personnages qu'il scrute à distance. Ce sont souvent de médiocres héros* dépeints avec **ironie*** laissant voir ainsi leur vanité ou leur sottise.

À savoir

Le « **bovarysme** » est une **insatisfaction** qui pousse à rêver à des bonheurs inaccessibles, caractéristique du personnage d'Emma Bovary du roman *Madame Bovary* de Gustave Flaubert.

- **Guy de Maupassant, « l'illusionniste ».**
Pour servir son intention réaliste, Guy de **Maupassant** (1850-1893) veut être un « illusionniste de talent » (préface de *Pierre et Jean*). Le romancier donne l'**illusion** du réel, mais transcrit toujours un point de vue et recompose cette réalité. Dans *Une vie* (1883), *Bel-Ami* (1885), *Pierre et Jean* (1888), l'auteur livre ainsi une peinture **pessimiste** de personnages égoïstes et médiocres.

Le roman naturaliste

Le **naturalisme** apparaît dans la seconde moitié du XIXe siècle. Prolongement du réalisme avec lequel il partage la volonté de **« faire vrai »**, il s'intéresse particulièrement au quotidien, aux **problématiques sociales**, au monde **populaire** et à la **misère du monde ouvrier**. Le naturalisme veut rendre compte de la réalité par l'**observation** et l'**expérimentation** scientifiques.

- **Émile Zola : chef de file du naturalisme.** Émile Zola est passionné par le rôle de l'**hérédité**. *Les Rougon-Macquart* (1871-1893), « Histoire naturelle et sociale d'une famille sous le Second Empire », retrace, sur vingt romans et sur cinq générations successives, l'histoire d'une famille marquée par des troubles psychiques héréditaires.

Ex. : « L'hérédité a ses lois, comme la pesanteur. Je tâcherai de trouver et de suivre, en résolvant la double question des tempéraments et des milieux, le fil qui conduit mathématiquement d'un homme à un autre homme. Et quand je tiendrai tous les fils, quand j'aurai entre les mains tout un groupe social, je ferai voir ce groupe à l'œuvre, comme acteur d'une époque historique, je le créerai agissant dans la complexité de ses efforts, j'analyserai à la fois la somme de volonté de chacun de ses membres et la poussée générale de l'ensemble. »
Émile Zola, *préface* des *Rougon-Macquart*, 1871.

Émile Zola
(1840-1902)

Écrivain **engagé** (notamment dans l'affaire Dreyfus), Émile Zola se bat contre les injustices sociales et dépeint les ouvriers exploités, le milieu populaire qui souffre dans la misère : les mineurs dans *Germinal* (1885), les cheminots dans *La Bête humaine* (1890), les vendeuses des grands magasins dans *Au bonheur des dames* (1883). Il veut montrer à quel point l'homme est **déterminé** par son **milieu**.

C Le roman historique

Le **roman historique** se développe durant la seconde moitié du XIXe siècle. Il prend pour toile de fond un événement, ou une période, **historique réel**. Alexandre **Dumas** s'illustre dans le domaine, notamment avec *Les Trois Mousquetaires* (1844), mais aussi Théophile **Gautier** (*Le Capitaine Fracasse*, 1863).

5 Le roman protéiforme du XXe siècle

A Rappels historiques

- **Historiquement,** le siècle est caractérisé par la **Première Guerre mondiale** (1914-1918) et la **Seconde Guerre mondiale** (1939-1945) dont la France sort victorieuse mais profondément marquée par la guerre des tranchées et les camps de concentration. La **décolonisation** (1946-1962) la plonge de nouveau dans des guerres avec son empire colonial. La **guerre froide** (1947-1991) l'amène à redéfinir ses rapports avec les deux Grands qui s'opposent, les États-Unis et l'URSS. Mais c'est aussi, depuis 1948, le siècle de la **construction européenne** où la France s'affirme.
- **Culturellement,** la littérature vit de grands changements. Le public s'élargit par les **échanges internationaux**, les **traductions** qui se développent et les **éditions de poche** à partir des années 1950. De nouveaux **médias** voient le jour (cinéma, théâtre, bandes dessinées) auxquels participent les écrivains. La poésie se marginalise tandis que le roman a la part belle.

B Les romans de la première moitié du XXe siècle

De multiples thématiques

Alain-Fournier se tourne vers le monde du rêve avec *Le Grand Meaulnes* (1913) ; **Colette** vers l'amour (série des *Claudine*, 1900-1903) ; Jean **Giono** vers la nature (*Regain*, 1930) ; Boris **Vian** (*L'Écume des jours*, 1947) ou encore Raymond **Queneau** (*Zazie dans le métro*, 1959) vers la fantaisie.

De nouvelles écritures romanesques

- **La mémoire involontaire de Marcel Proust.** Dans *À la recherche du temps perdu* (1913-1927), Marcel Proust travaille sur la **mémoire involontaire** qui a le pouvoir de faire **resurgir** un **passé enfoui** et perdu et d'échapper au **temps** : une madeleine trempée dans une cuillerée de thé ressuscite des souvenirs oubliés chez le narrateur.

Marcel Proust (1871-1922)

Ex. : « Mais, quand d'un passé ancien rien ne subsiste, après la mort des êtres, après la destruction des choses, seules, plus frêles mais plus vivaces, plus immatérielles, plus persistantes, plus fidèles, l'odeur et la saveur restent encore longtemps, comme des âmes, à se rappeler, à attendre, à espérer, sur la ruine de tout le reste, à porter sans fléchir, sur leur gouttelette presque impalpable, l'édifice immense du souvenir. »
Marcel Proust, *Du côté de chez Swann*, 1913.

L'intrigue n'est plus **linéaire** chez Proust. Le lecteur suit le regard du narrateur qui déchiffre les **signes** pour atteindre la **vérité** de son être.

- **Des innovations formelles** notamment avec l'apparition de la technique de la **« mise en abyme »** (un récit dans un récit) dans *Les Faux-monnayeurs* (1925) d'André **Gide** ou avec le **style révolutionnaire** et brutal de **Céline** dans *Voyage au bout de la nuit* (1932) qui mêle langues écrite et orale.

Une littérature engagée

Le roman reflète les préoccupations **politiques** et **philosophiques** de l'époque : André **Malraux** célèbre la lutte des Espagnols contre la dictature franquiste dans *L'Espoir* (1937) ; Jean-Paul **Sartre** expose son sentiment de l'**absurdité de l'existence** et sa **philosophie existentialiste** dans *La Nausée* (1938). Le traumatisme né de la Seconde Guerre mondiale s'exprime à travers la littérature **concentrationnaire** de Primo **Levi**, Charlotte **Delbo**, et chez des écrivains comme Albert **Camus** (*La Peste*, 1947).

C Le Nouveau Roman : la crise du roman

Définition

Le **Nouveau Roman** est un mouvement littéraire né dans les années 1950. Le mouvement réunit des romanciers aux styles variés publiés aux Éditions de Minuit comme Nathalie **Sarraute**, Michel **Butor**, Marguerite **Duras**, Samuel **Beckett**, etc. Ces romanciers sont en proie au **doute** et s'interrogent sur la forme même du roman. Nathalie **Sarraute** (1900-1999) désigne cette période comme « l'ère du soupçon », du titre de l'une de ses œuvres parue en 1956. À la fois romanciers et théoriciens, les auteurs du Nouveau Roman portent aussi un **regard critique** sur leur production. De nombreux essais* proposent une théorie de ce mouvement, comme *Pour un nouveau roman* (1963) d'Alain **Robbe-Grillet** qui précise : « Le Nouveau Roman n'est pas une théorie, c'est une recherche. »

Caractéristiques

- **La remise en cause du personnage traditionnel.** Le **personnage réaliste**, avec un nom, une classe sociale, un destin, une histoire cohérente est **dépassé**. Les personnages sont à présent définis « **de l'intérieur** ». Le lecteur a accès au « flux de conscience », c'est-à-dire à toutes les pensées souvent **désordonnées** du personnage. L'auteur use du monologue intérieur comme le fait Nathalie **Sarraute** dans *Le Planétarium* (1959).
  Par ce biais, les nouveaux romanciers explorent les **failles** et les **pulsions** des individus, comme Marguerite **Duras** qui nous plonge dans la folie de son

personnage éponyme* dans *Le Ravissement de Lol V. Stein* (1964). Le **nom** des personnages est également déconstruit. Par exemple, le narrateur de *La Jalousie* (1957) d'Alain **Robbe-Grillet** n'est jamais nommé, tandis que sa femme se limite à une seule initiale : A.

- **Le refus de l'organisation traditionnelle du récit.** Le but du roman n'est plus de raconter une histoire vue de l'extérieur par un narrateur omniscient, mais de s'intéresser à l'**intériorité** des personnages. L'**intrigue** passe alors au **second plan**.
- **Un questionnement sur la forme du roman.** Les nouveaux romanciers refusent « l'effet de réel » propre aux écrivains réalistes. L'objectif n'est plus de faire croire à la véracité du récit mais de rendre compte de l'**étrangeté** du monde. Pour Jean **Ricardou**, le roman n'est plus l'écriture d'une aventure mais « l'aventure d'une écriture ». La forme que doit prendre le roman devient le sujet même de l'écriture, le roman se transformant en un **laboratoire d'écriture** où tous les codes traditionnels sont brouillés. Dans *La Modification* (1957), Michel **Butor** choisit d'écrire à la deuxième personne du pluriel. Le personnage, « vous », n'est autre que le lecteur. Celui-ci, déstabilisé, est invité à être actif : c'est à lui d'assembler les pièces de ce puzzle et d'en trouver le sens.

D L'essor du roman policier

Dès le début du XXe siècle, le **roman policier** s'impose comme un genre à succès avec la série des *Arsène Lupin* de Maurice **Leblanc** ou les œuvres de Gaston **Leroux** (*Le Mystère de la chambre jaune*, 1907). Au début du XXIe siècle, les romans de Fred **Vargas** (*L'Homme à l'envers*, 1999 ; *Temps glaciaires*, 2015) mettent en scène le commissaire Adamsberg. L'autrice adapte les motifs traditionnels du policier pour brosser un tableau de la société contemporaine. Le **roman à suspense (thriller)** se développe également avec notamment Georges **Simenon** et Didier **Daeninckx** (*Meurtres pour mémoire*, 1984 ; *Lumière noire*, 1987).

6 Le roman aujourd'hui

A Rappels historiques

- **L'après guerre froide.** La **chute du mur de Berlin** en 1989 a mis fin à la guerre froide mais d'autres défis apparaissent. Le début de notre siècle est marqué par de graves **crises** économiques (2008), par la **guerre en Irak** (2003-2011), par une longue suite d'**attentats** et par la crise climatique.
- **La révolution numérique.** Le roman français est pris dans le tourbillon d'**Internet** et de la **révolution numérique**. Le livre se désacralise, chacun pouvant publier et diffuser sur les réseaux sociaux.

B Un nouveau genre autobiographique : l'autofiction

Face aux événements dramatiques de notre époque, de nombreux auteurs témoignent de leur **angoisse** ou de leur émotion dans des récits autobiographiques. Un **nouveau genre** apparaît : l'**autofiction**, **récit personnel** et **réel** contenant des passages de **fiction**. L'auteur recompose son expérience vécue pour en faire émerger un sens.

- **Annie Ernaux** s'inscrit ainsi dans une démarche sociologique. Elle décrit son enfance et l'ascension sociale de ses parents dans *La Place* (1983), son avortement dans *L'Événement* (2000) et les évolutions de la société dans *Les Années* (2008).
- **Philippe Forest** interroge le pouvoir du langage face à la souffrance du deuil et évoque la mort de sa fille dans ses romans (*L'Enfant éternel*, 1998 ; *Toute la nuit*, 1999 ; *Le Chat de Schrödinger*, 2013), ainsi que la vie de ses parents (*Le Siècle des nuages*, 2010).
- **Patrick Modiano** fait le récit de son enfance sous l'Occupation (*Un pedigree*, 2005).
- **Delphine de Vigan** raconte la folie de sa mère (*Rien ne s'oppose à la nuit*, 2011).

C Le roman, miroir de la société

- **Des romanciers partagent leur regard sur le monde,** parfois cyniquement comme Michel **Houellebecq** dans *Les Particules élémentaires* (1998). La **crise politique** et **économique** nourrit aussi les romanciers qui peignent les milieux **marginaux** et la misère sociale, comme Virginie **Despentes** dans la trilogie *Vernon Subutex* (2015-2017) ou Nicolas **Mathieu** dans *Leurs Enfants après eux* (prix Goncourt 2018).

Virginie Despentes (née en 1969)

- **La réflexion sur les sujets de société** est abordée sous l'angle du **fait divers** comme dans *Chanson douce* de Leïla **Slimani** (prix Goncourt 2016) qui relate un infanticide, ou dans *Réparer les vivants* (2014) de Maylis de **Kerangal** qui suit un processus de don d'organes après l'accident de la route d'un jeune adolescent.

Leïla Slimani
(née en 1981)

- **Le rôle des femmes** devient central comme dans les œuvres de Marie **Darrieussecq** (*Truismes*, 1996 ; *Clèves*, 2011) ou de Marie **NDiaye** (*Trois Femmes puissantes*, 2009). Pierre **Lemaître**, dans *Couleurs de l'incendie* (2018), utilise le roman historique pour parler de la condition des femmes dans l'entre-deux-guerres.
- **Le thème de l'exil.** Avec la mondialisation et les migrations, l'exil devient un thème important dans la littérature **francophone**, notamment sous la plume des académiciens comme le Haïtien Dany **Laferrière** (*L'Énigme du retour*, 2009) ou le Libanais Amin **Maalouf** (*Les Désorientés*, 2012).

D Les littératures de l'imaginaire

Les littératures de l'imaginaire connaissent un **succès** croissant à partir des années 1960 avec notamment Pierre **Boulle** (1912-1994) qui publie *La Planète des singes* en 1963 : l'auteur décrit une planète imaginaire, Soror, peuplée de singes humanisés, intelligents et cultivés, qui se livrent à des expériences sur l'homme resté à l'état sauvage et réduit en esclavage. S'inspirant des travaux de Charles **Darwin**, l'auteur s'interroge ainsi sur l'évolution et la propension de l'homme à dominer.

Plus récemment, Alain **Damasio** (né en 1969) propose des **dystopies** politiques (*La Zone du Dehors*, 1999) et des romans de **science-fiction** (*La Horde du Contrevent*, 2004).

L'imaginaire s'empare aussi de la littérature jeunesse et jeune adulte avec la série des *Harry Potter* (1997-2007) de l'Anglaise Joanne **Rowling** (née en 1965).

ŒUVRES, PARCOURS
ET PROLONGEMENTS ARTISTIQUES

1 *Manon Lescaut*, Abbé Prévost
Parcours : Personnages en marge, plaisirs du romanesque

1 L'auteur

▲ Abbé Prévost.

■ Antoine-François Prévost (1697-1763) naît dans une famille bourgeoise. En 1721, il devient moine, commence à écrire puis, ordonné prêtre, il mène une vie mondaine.

■ Il écrit alors, anonymement, les premiers tomes des *Mémoires et aventures d'un homme de qualité qui s'est retiré du monde* (1728). Ses écrits et son mode de vie l'amènent à fuir en Angleterre puis en Hollande en 1729.

■ Il y écrit *Manon Lescaut* en 1731. Cette même année, il commence une liaison tumultueuse avec Hélène Eckardt dont les ressemblances avec la liaison entre Des Grieux et Manon sont troublantes. Bientôt, il est emprisonné pour tentative d'escroquerie.

■ Deux ans après son absolution par le Pape en 1734, il devient aumônier du libertin Prince Conti. Il fréquente les salons, se lie d'amitié avec Mme de Pompadour et Jean-Jacques Rousseau, entretient des maîtresses. Il finit sa vie sous la protection du Prince et meurt d'apoplexie en 1763.

2 L'œuvre

A. Contexte et résumé

■ *Manon Lescaut*, qui a pour titre original *Histoire du chevalier Des Grieux et de Manon Lescaut*, a été initialement publié dans les *Mémoires et aventures d'un homme de qualité* en 1731. La première édition rencontre un succès immédiat… mais cause aussi un grand scandale. Le roman est interdit mais continue de circuler grâce aux rééditions clandestines.

À savoir
Quand il désigne le genre littéraire, *mémoires* est un nom masculin pluriel.

Résumé

Première partie. Des Grieux rencontre Manon alors qu'elle s'apprête à être déportée. Il fuit avec elle mais elle le trahit avec M. de B… Des Grieux, retourné finir ses études, s'enfuit de nouveau avec elle lors de sa soutenance. Ils rencontrent son frère qui voulait la prostituer. Elle le trahit encore avec M. de G… M… qu'ils entreprennent d'escroquer mais se font emprisonner. Des Grieux s'enfuit et fait évader Manon.

Seconde partie. Après quelques semaines de bonheur, le fils de M. de G… M… tombe amoureux de Manon. Elle trahit une troisième fois Des Grieux avant qu'ils ne se retrouvent et essayent de séquestrer le fils. Le père G… M… les fait arrêter. Ils sont déportés. En Louisiane, le Gouverneur refuse de les marier. Ils fuient et elle meurt en route. Des Grieux rentre en France, retrouve son rang, mais est condamné à une vie sans bonheur.

L'œuvre en Bibliolycée

B. Enjeux

■ Ce roman a de multiples facettes : mémoires fictifs, roman d'aventures, peinture sociale, roman d'analyse psychologique… Mais avant tout, *Manon Lescaut* est le roman d'un amour sincère et passionné d'un homme pour une femme qui n'est pas de son rang. L'intrigue repose sur les obstacles à cet amour.

■ Le système énonciatif de *Manon Lescaut* est essentiel : en 1717, le marquis de Renoncour raconte (c'est le récit cadre) qu'il a rencontré Des Grieux qui lui expose ses malheurs (c'est le récit enchâssé). La voix de Des Grieux qui a vécu ces aventures entre 1712 et 1715 se mêle alors à la voix du même Des Grieux qui commente son histoire en 1717.

■ Manon, qui a pourtant donné son nom au roman, n'existe qu'à travers le regard que Des Grieux porte sur elle, et comme objet de désir ou de mépris des autres hommes du roman. Elle n'est jamais décrite, le lecteur n'a jamais accès à son intériorité. À l'inverse, la parole de Des Grieux est omniprésente et il mêle sincérité et mauvaise foi, dans un registre pathétique, voire tragique, mais en se trouvant toujours des excuses.

Citation-clé

« Je suis sûr qu'en me condamnant, vous ne pourrez pas vous empêcher de me plaindre. »
Des Grieux.

3 Le parcours : « Personnages en marge, plaisirs du romanesque »

A. Une société marginale source de romanesque

■ Ce roman nous offre un tableau réaliste de la Régence, période marquée par un goût démesuré pour le luxe, le divertissement et… l'argent ! Tout s'achète, y compris les faveurs de Manon qui ne voit pas en quoi cela contredit son amour sincère pour Des Grieux. Le roman fourmille de personnages marginaux et la fréquentation de ces milieux interlopes est prétexte aux événements romanesques : enlèvements, évasions, guet-apens, etc.

■ Manon et Des Grieux sont marginaux par obligation. L'ordre moral incarné par le père de Des Grieux leur interdit le mariage et les force donc à la clandestinité. Des Grieux est marginal par amour et Manon parce qu'elle cherche à échapper à la pauvreté. En Louisiane, prétendant être mariés, ils peuvent enfin mener une vie vertueuse jusqu'à ce que le Gouverneur les pousse à leur perte. Leur amour se heurte à une forme de fatalité sociale.

B. Œuvres-clés liées au parcours

***La Vie de Marianne* de Marivaux (1731-1745)**	Dans ces mémoires fictifs, une orpheline élevée par une lingère tente de retrouver la noblesse de ses origines. Ce roman mêle lui aussi l'analyse de soi aux péripéties romanesques.
***Madame Bovary* de Gustave Flaubert (1857)**	Emma Bovary rêve d'une vie romanesque, à l'image de tous les romans qu'elle a lus avidement, mais son mariage avec Charles n'est qu'ennui. Pour y échapper, elle flirte avec la marginalité, prenant des amants et contractant des dettes. Considéré comme immoral, ce roman réaliste est censuré à sa parution.
***Nana* d'Émile Zola (1880)**	Nana, pauvre et prostituée, connaît une ascension sociale en tant que « cocotte » sous le Second Empire. Contrairement à *Manon Lescaut* qui occulte totalement son personnage féminin, ce roman naturaliste explore le point de vue de la courtisane.

À retenir

- *Manon Lescaut* est un récit-mémoires dans lequel Des Grieux et Manon sont poussés vers la marginalité parce que l'ordre moral leur interdit de se marier.
- Le roman accumule les événements romanesques qui dégradent de plus en plus la situation des personnages.

4 Les prolongements artistiques et culturels

A. À l'opéra

■ Giaccomo Puccini crée en 1893 l'opéra *Manon Lescaut*, considéré comme son premier vrai succès. Le livret de ce drame lyrique en quatre actes est écrit en italien par Luigi Illica, Giuseppe Giacosa et Marco Praga, à partir du roman de l'Abbé Prévost.

■ L'opéra de Puccini simplifie considérablement la trame romanesque d'origine, tout en accentuant les émotions vives entre les deux protagonistes.

■ La forme de l'opéra permet de donner, littéralement, une voix à Manon, son intériorité peut s'exprimer par le chant. Par l'opéra, elle devient un personnage à part entière.

▲ Scène de l'opéra *Manon Lescaut* de Puccini, mis en scène par Didier Flamand à Séville en 2013.

B. En chanson et au cinéma

■ En 1968, Serge Gainsbourg écrit et compose la chanson « Manon » pour l'adaptation au cinéma de Jean Aurel avec Catherine Deneuve et Sami Frey et qui a pour titre *Manon 70*.

■ Les paroles, courtes, sont articulées autour du vers « Perfide Manon » qui fait directement référence à la citation de Des Grieux dans le roman : « Perfide Manon ! Ah ! Perfide ! Perfide ! ». Serge Gainsbourg a fait le choix d'une interprétation réduite du personnage féminin, comme si la chanson reflétait uniquement les scènes de doute de Des Grieux, partagé entre son humiliation d'avoir été trompé (« Je te hais ») et ses sentiments pour elle (« Je t'aime »).

Mot-clé

Perfide : étymologiquement, qui transgresse *(per)* sa foi *(fides)*, donc sa parole, sa fidélité. Manon est perfide parce qu'elle trompe Des Grieux.

2 *Mémoires de deux jeunes mariées*, Honoré de Balzac
Parcours : Raison et sentiments

1 L'auteur

▲ Honoré de Balzac.

■ Honoré Balzac (1799-1850) – il n'adoptera la particule qu'en 1830 – naît à Tours d'un père athée fervent lecteur de Voltaire et d'une mère qui apprécie la vie mondaine. À 15 ans, sa famille s'installe à Paris où il reçoit une bonne éducation jusqu'à l'obtention d'un diplôme de droit et exerce quelques années comme clerc de notaire. À 20 ans, il décide de devenir homme de lettres.

■ Pendant les dix années suivantes, il publie peu et avec difficulté. Pour vivre, il diversifie ses activités dans le monde du livre : rééditions de Molière et La Fontaine, brevet d'imprimeur, création d'une fonderie de caractères d'imprimerie… Malheureusement, il accumule de lourdes dettes qui le suivront, car il vivra toujours au-dessus de ses moyens. Écrire beaucoup répond aussi à une nécessité financière.

■ En 1829, il commence à fréquenter les salons et fait paraître le premier roman de ce qui deviendra *La Comédie humaine* : *Les Chouans*. Jusqu'à sa mort, il écrit alors plusieurs romans par an, s'essaie à d'autres genres comme les essais politiques, crée et dirige des revues, travaille frénétiquement, mène une vie mondaine et voyage beaucoup, souvent sous le patronage de nobles fortunés.

■ Ses liaisons sentimentales sont nombreuses et on lui connaît au moins deux enfants naturels, de deux aristocrates différentes. C'est avec Mme Hanska, qu'il surnomme « l'Étrangère », qu'il connaît le grand amour. Pendant seize ans, ils entretiennent une correspondance amoureuse, jusqu'à ce que son mari décède. Ils vivent leur amour au grand jour durant deux années et accueillent un fils mort-né. Balzac décède de mort naturelle six mois après leur mariage.

> **À savoir**
> Les « enfants naturels » sont des enfants nés hors mariage.

2 L'œuvre

A. Contexte et résumé

■ *La Comédie humaine*, qui se veut une « histoire naturelle de la société » comme l'écrit Balzac, regroupe plus de 90 œuvres écrites entre 1829 et 1850. De nombreux personnages se retrouvent et se croisent dans plusieurs romans qui sont regroupés en sections, dont *Scènes de la vie privée* auxquelles appartiennent les *Mémoires de deux jeunes mariées*. Toutefois, Louise et Renée n'apparaissent nulle part ailleurs.

> **À savoir**
> Quand il désigne un genre littéraire, le terme « mémoires » est toujours au masculin pluriel.

L'œuvre en Bibliolycée

Résumé

Première partie. À 18 ans, Louise de Chaulieu et Renée de Maucombe quittent le Carmel de Blois. Leurs familles privilégient leurs frères aînés et elles se savent sans dot. Au bout d'un mois, Renée se résigne à un mariage arrangé avec Louis de l'Estorade, un « vieux jeune homme ». Louise commence une carrière mondaine puis tombe éperdument amoureuse de Felipe de Macumer, un baron espagnol réfugié politique laid et à moitié ruiné. Alors que Renée devient mère de deux enfants et œuvre pour la carrière politique de son mari, Louise mène un amour romanesque et chevaleresque avec Felipe.

Deuxième partie. Installée à Paris, Renée accouche d'un troisième enfant, son mari devient député puis poursuit son ascension sociale. Felipe décède deux ans après le mariage et Louise, veuve, s'éprend d'un poète endetté et plus jeune qu'elle, Marie Gaston. Elle fait aménager un chalet à l'écart du monde où ils vivent durant trois ans. Cependant, un jour elle le soupçonne de la tromper. Il s'avérera qu'il aidait sa belle-sœur et ses neveux. Trop tard pour Louise, qui a choisi un lent suicide en se rendant volontairement malade. Renée est à ses côtés lorsqu'elle meurt.

B. Enjeux

■ Publié d'abord en feuilleton entre 1841 et 1842, il s'agit du seul roman épistolaire de *La Comédie humaine*. Les 57 lettres de Louise et Renée (et de quelques autres) s'échelonnent entre 1823 et 1835. L'auteur réaliste couvre ainsi deux périodes majeures pour l'aristocratie : la Restauration et la monarchie de Juillet. Balzac critique la manière dont la société bourgeoise sacrifie le mariage des filles.

■ L'ascension sociale de Renée se voit dans l'évolution logique de ses titres : Renée de Maucombe, Madame de l'Estorade, la Vicomtesse de l'Estorade, la Comtesse de l'Estorade. Ceux de Louise reflètent un déclassement au nom de l'amour : Louise de Chaulieu, Mademoiselle de Chaulieu, Louise de Macumer, la Baronne de Macumer, Madame Gaston.

Citation

« De nous deux, je suis un peu la Raison comme tu es l'Imagination ; je suis le grave Devoir comme tu es le fol Amour. »

Renée à Louise, lettre 36

3 Le parcours : « Raison et sentiments »

A. Raison et sentiments : un débat contradictoire ?

■ Louise et Renée incarnent deux visions du mariage aristocratique. Louise est une Parisienne qui veut « faire un mariage d'amour » (lettre 21) ; Renée est une provinciale qui abandonne immédiatement tout espoir de bonheur amoureux et voit dans la maternité un « dédommagement » (lettre 20). Renée fait souvent la morale à Louise, la rappelant à la réalité, si bien que cette dernière la surnomme son « docteur en corset ».

■ Balzac ne prend pas parti entre la raison et les sentiments : son regard est critique mais aussi compréhensif sur les motivations de chacune. La société condamne les femmes, contraintes de « choisir entre l'amour et la maternité » (lettre 9).

Citation

« Peut-être avons-nous également tort et raison toutes deux, et peut-être la société nous vend-elle fort cher nos dentelles, nos titres et nos enfants ! »

Renée à Louise, lettre 18

B. Œuvres-clés liées au parcours

La Princesse de Clèves **de Madame de Lafayette (1678)**	La princesse de Clèves, très vertueuse, s'éprend du duc de Nemours. Malgré ses sentiments amoureux, elle ne cèdera jamais à la tentation de l'adultère et suivra sa raison plutôt que son cœur en restant fidèle au prince de Clèves, même après sa mort.
Raison et sentiments **de Jane Austen (1811)**	Les deux sœurs héroïnes du roman incarnent, elles aussi, deux comportements face à l'amour et au mariage : Marianne est aveuglée par ses sentiments et Elinor suit trop sa raison. Austen avait initialement prévu, elle aussi, un roman épistolaire.
Le Meunier d'Angibault **de George Sand (1845)**	Balzac a dédié les *Mémoires de deux jeunes mariées* à George Sand qui met ici en scène deux femmes que les conventions sociales empêchent d'épouser les hommes qu'elles aiment. Leurs sentiments se heurtent à la raison sociale.

À retenir

- Ce roman épistolaire fait dialoguer deux femmes qui incarnent deux visions du mariage dans la société de la Restauration et la monarchie de Juillet.
- L'une voit dans le mariage la réalisation d'un amour idéal, l'autre y voit une résignation à la réalité.
- Le roman ne tranche pas entre les deux conceptions et préfère souligner comment la société entrave la libre-détermination et le bonheur des femmes.

4 Les prolongements artistiques et culturels

A. En gravure

■ Henry Monnier, né la même année que Balzac, était dessinateur et homme de théâtre. Il a beaucoup fréquenté la scène littéraire des années 1820-1830, rencontrant Alexandre Dumas, Stendhal ou Théophile Gautier. Monnier inspire à Balzac le personnage du caricaturiste Jean-Jacques Bixiou dans *La Comédie humaine*.

■ Il crée également le personnage de Monsieur Prudhomme. C'est le type du bourgeois bien-pensant, bête et suffisant. Dans le poème que ce personnage inspire à Verlaine, Monsieur Prudhomme est aussi un homme qui contraint sa fille à un mariage d'intérêt, comme Renée : « Monsieur Prudhomme songe à marier sa fille / Avec monsieur Machin, un jeune homme cossu / Il est juste-milieu, botaniste et pansu » (*Poèmes saturniens*, 1866).

Mot-clé

Prudhommesque : adjectif formé à partir du nom du personnage de Monsieur Prudhomme (on parle d'antonomase). Il désigne une personne qui énonce des platitudes avec grandiloquence.

■ Sur la lithogravure « Un mariage de raison », Henry Monnier représente une jeune fille poussée vers son futur mari par une femme plus âgée qui semble être sa mère. Visiblement contrainte, elle ne regarde pas l'homme dans les yeux, tandis que lui esquisse à peine une courbette qui ne fait que mettre en valeur son surpoids. La scène se déroule dans le salon d'une famille aisée, sous le regard sévère du portrait de l'ancêtre. Cette gravure dénonce le mariage comme une forme de transaction entre les deux « adultes » qui se regardent droit dans les yeux, le tout sans le consentement de la promise.

▲ Lithogravure « Un mariage de raison », in *Esquisses parisiennes* d'Henry Monnier (éd. Delpech, Paris, 1827).

B. En chanson

■ Depuis le Moyen Âge, on trouve dans la chanson populaire un genre à part : les chansons des « Malmariées », la plupart du temps un monologue de femme se plaignant d'avoir été mariée de force à un vieillard ou à une brute.

■ On trouve ainsi la chanson traditionnelle bretonne « Déjà Mal Mariée », ou encore une chanson languedocienne dans laquelle on peut entendre cet avertissement : « Filles qui êtes à marier / N'levez pas tant la tête / Car on vous la fera baisser / Quand vous serez mariées ».

■ « La nonne par contrainte », chanson traditionnelle franc-comtoise, évoque l'enfermement au couvent des jeunes filles dont on ne voulait pas qu'elles se marient : « C'était une jeune fille, / D'une riche famille, Son père l'a mise dans un couvent / Pour l'éloigner de son amant. » Cette pratique a été dénoncée par Diderot dans son roman *La Religieuse* (1796).

■ Mariage de raison comme dans les *Mémoires de deux jeunes mariées*, mariage forcé ou mariage empêché, dans tous les cas ces chansons portent la voix des femmes assujetties à la société.

3 *Sido* suivi de *Les Vrilles de la vigne*, Colette
Parcours : La célébration du monde

1 L'autrice

▲ Colette.

■ Gabrielle-Sidonie Colette naît en 1873. Elle est la fille de Sidonie Langloy, dite « Sido », et du capitaine Colette.

■ À vingt ans, elle se marie avec Henry Gauthier-Villars et part à Paris. Il lui fait fréquenter les cercles musicaux et littéraires où elle rencontre Proust, Debussy ou Ravel. Si Colette écrit, c'est son mari qui signe ses œuvres, notamment la série des quatre *Claudine* (1900-1903) en utilisant le pseudonyme « Willy ». Elle publie pour la première fois sous son nom, Colette Willy, ses premiers *Dialogues de bêtes* en 1904.

■ Deux ans plus tard, Colette divorce et écrit *La Retraite sentimentale* (1907). *Les Vrilles de la vigne* paraissent en 1908 et *La Vagabonde* en 1910. Colette évolue dans le monde du music-hall : elle embrasse une carrière de comédienne et de mime et mène une vie jugée scandaleuse.

■ En 1912, elle se remarie avec le journaliste Henry de Jouvenel. Elle aura une liaison avec le fils de son mari (qui la trompait) et qui lui inspirera *Le Blé en herbe* (1923). Elle publie *La Maison de Claudine* en 1922. En 1929, elle revient sur les souvenirs de son enfance et publie *Sido*.

> **À savoir**
> Derrière la dédicace « Pour M… » dans « Nuit blanche », « Jour gris » et « Le Dernier Feu », se cache Mathilde de Morny dite Missy, amante de Colette.

■ Elle se marie pour la troisième fois avec Maurice Goudeket en 1935. Elle est la deuxième femme à être élue à l'Académie Goncourt en 1945. Elle meurt en 1954 à Paris.

2 L'œuvre

A. Contexte et résumé

■ Le texte au programme est constitué de deux ouvrages que la date de composition (1929 pour *Sido*, 1908 pour *Les Vrilles de la vigne*) et le genre (récit de souvenirs pour le premier, recueil de textes épars pour le second) distinguent *a priori* l'un de l'autre.

■ *Sido* est composé de trois parties qui chantent la jeunesse heureuse de Colette dans sa maison et son jardin, en compagnie de sa famille.

■ *Les Vrilles de la vigne* rassemble vingt-trois textes, dont cinq en annexes. Colette a rassemblé ces textes pour les constituer en un recueil qu'elle désigne comme « [s]on dernier né fait de pièces et de morceaux ». Le recueil a été maintes fois remanié. On y trouve ainsi pêle-mêle : des textes déjà publiés sous forme d'articles, des dialogues animaliers, des poèmes en prose, etc.

> **À savoir**
> *Les Vrilles de la vigne* désigne le recueil mais c'est aussi le titre de la première nouvelle du recueil.

Résumé

Sido. Le texte peut se lire comme un portrait de famille et un autoportrait de l'autrice enfant. Chacune des trois parties du texte se focalise sur un membre de la famille. *Sido* s'ouvre ainsi sur le portrait de la mère, Sidonie Langloy, véritable reine du jardin. La deuxième partie, intitulée « Le capitaine » revient sur la figure paternelle. Enfin, « Les sauvages » de la partie III désignent Achille et Léo, demi-frère et frère de Colette mais également Juliette, sa demi-sœur.

Les Vrilles de la vigne. Les textes rassemblés se différencient les uns des autres à la fois par leur genre mais aussi par leurs thématiques. Le premier texte est une sorte de conte allégorique racontant la manière dont le rossignol doit lutter pour échapper aux vrilles de la vigne qui l'empêchent de prendre son envol. C'est un éloge de la liberté. On trouve également trois textes qui peuvent s'apparenter à des poèmes en prose (« Nuit blanche », « Jour gris » et « Le Dernier Feu »), mais aussi des textes animaliers plus légers mettant en scène chiens et chats comme « Nonoche ». Les thèmes de la nature et de la nostalgie de l'enfance côtoient ainsi une critique de la mode dans « Belle de jour ». Finalement, tels une vrille, tous les textes s'enroulent autour d'un support unique : le regard que Colette porte sur le monde.

B. Enjeux

■ Le thème de l'enfance parcourt les deux textes. Dans *Sido*, l'autrice revient, une fois adulte, sur ses souvenirs de jeunesse. Dans *Les Vrilles de la vigne*, elle se remémore volontiers des souvenirs de la pré-adolescence. C'est souvent une anecdote ou un moment du présent qui déclenche en elle la rêverie du passé : « voilà ce que je revois, en me penchant ce soir sur mon passé » écrit-elle dans « Rêverie de nouvel an ».

■ On peut affirmer que les textes de Colette relèvent d'une esthétique du fragment. Chaque texte du recueil des *Vrilles de la vigne* est bref et s'arrête sur un moment ou un thème en particulier. Dans *Sido*, plusieurs extraits s'apparentent à des saynètes, par exemple la contemplation par Sido du merle noir dévorant les cerises. La description de la baie de Somme, dans « Partie de pêche » apparaît quant à elle comme un tableau. Les textes saisissent un instant, un paysage et se développent comme autant de vignettes.

■ L'écriture du monde est à la fois poétique et sensible. Ce sont d'abord des couleurs, nommées avec minutie, mais aussi des odeurs et surtout des sons. Colette, mélomane, s'attarde à décrire les beautés et harmonies du chant du monde.

À savoir

Le mot *vrille* désigne, en botanique, un organe qui permet à la plante de s'enrouler autour d'une base et de se fixer. Le terme contient l'idée de spirale, d'enroulement.

3 Le parcours : « La célébration du monde »

A. Célébrer pour rendre hommage

■ *Célébrer* signifie « glorifier, exalter, louer quelque chose ». Célébrer le monde reviendrait pour les auteurs et artistes à chanter ses beautés. La prose poétique apparaît ainsi comme un moyen efficace de décrire les beautés du monde qui nous entoure : forêt, jardin, nature sauvage. Le lien entre l'homme et la nature est également questionné : l'homme n'est-il que le spectateur du monde ? Quelle fusion est-elle possible ?

■ Les artistes célèbrent aussi le monde comme si c'était une fête. Le terme *célébrer* met du reste en évidence une dimension quasi religieuse et mystique du monde. L'écriture permet de fixer cette beauté et de la vénérer, que ce soit sous la forme de rêveries, de méditations, de contemplations, de récits.

B. Œuvres-clés liées au parcours

***Les Rêveries du promeneur solitaire*, « Cinquième promenade » de Rousseau (1776-1778)**	À la fin de sa vie, Rousseau écrit ses rêveries de « promeneur solitaire », qui sont en fait des réflexions philosophiques. Dans la cinquième promenade, il évoque un séjour sur l'île Saint-Pierre, en Suisse. Tout est placé sous le signe du calme et de la sérénité. Rousseau exprime dans ces pages la plénitude et l'harmonie qu'il partage avec le monde qui l'entoure.
***Le Chant du monde* de Jean Giono (1934)**	Ce roman en trois parties raconte l'histoire du « besson » (personnage dont le jumeau est mort) qui disparaît au début du roman. Le roman, à la fois épique et lyrique, est rythmé par les saisons et met en lumière la fusion de l'homme avec la nature. Les sens, comme chez Colette, sont très souvent convoqués.
***La Panthère des neiges* de Sylvain Tesson (2019)**	Dans ce récit de voyage à la fois lyrique et philosophique, l'écrivain-voyageur Sylvain Tesson, accompagné par le photographe Vincent Munier et sa compagne Marie Amiguet, et Léo-Pol Jacquot partent au Tibet pour tenter d'apercevoir la panthère des neiges. L'auteur décrit le voyage mais aussi la nature, les animaux et les hommes. La figure de la mère de Tesson, décédée, plane aussi sur le texte.

À retenir

- Célébrer le monde, c'est d'abord apprendre à le regarder. Les auteurs nous invitent ainsi à dessiller nos yeux et à redécouvrir la magie du monde.
- Célébrer le monde débouche souvent sur une réflexion d'ordre philosophique qui interroge notre rapport au monde, à l'espace qui nous entoure mais aussi au temps qui passe.

4 Les prolongements artistiques et culturels

A. En tapisserie

■ *Le Chant du monde* est une tapisserie réalisée par Jean Lurçat que l'on peut aujourd'hui voir à Angers, dans l'ancien hôpital Saint-Jean. Cette gigantesque tapisserie est composée de dix panneaux qui retracent la catastrophe d'Hiroshima mais aussi la renaissance du monde, la célébration de la nature et de la paix retrouvée.

■ Le panneau « Champagne » représente un tonneau d'où jaillissent, comme un feu d'artifice, des guirlandes colorées de fleurs et de papillons.

■ Le titre du panneau, « Champagne », connote la fête et la joie. Les arabesques colorées sont comme autant de bulles qui pétillent et célèbrent la joie de l'après-guerre.

■ Toutefois, le spectateur attentif peut percevoir en bas à droite un crâne renversé qui rappelle, au-delà de la joie et de la fête, notre statut de mortel. Dans un ultime renversement, ce crâne symbole de mort porte aussi la vie puisque des fleurs en sortent.

▲ *Le Chant du monde* (panneau « Champagne »), tapisserie de Jean Lurçat (1959).

B. En musique

■ *L'Enfant et les Sortilèges* est une pièce lyrique composée par Maurice Ravel et dont le livret a été écrit par Colette. C'est le directeur de l'opéra de Paris, Jacques Rouché, qui demande d'abord à Colette d'écrire un ballet-féérie.

■ Cette fantaisie lyrique raconte l'histoire d'un garçon qui se met en colère au moment où il fait ses devoirs. Il martyrise notamment un écureuil et tire la queue du chat. Fatigué, il s'endort et les sortilèges commencent. En effet, tous les êtres offensés cherchent alors à se venger…

■ La pièce se compose d'une succession de tableaux-saynètes. Notons par exemple le « duo miaulé » qui clôt la première partie ou la « musique d'insectes, de rainettes » qui ouvre la seconde. Le livret donne une voix à la rose, aux chats, aux rainettes, à l'écureuil, etc.

■ Des instruments pour le moins originaux, comme une râpe à fromage ou un fouet, sont utilisés, de manière à respecter les onomatopées du livret de Colette !

■ La pièce, à la fois féerique et drôle, célèbre aussi, à sa façon, le monde qui nous entoure et la candeur de l'enfance.

SUJET DU BAC

Commentaire 20 pts *Objet d'étude :* Le roman et le récit du Moyen Âge au XXIᵉ siècle 4 h

Vous ferez le commentaire de ces premières lignes extraites du roman *Thérèse Raquin* d'Émile Zola, publié en 1867. Vous vous aiderez du parcours de lecture suivant :

1. Montrez en quoi cette description est à première vue réaliste.

2. Demandez-vous ensuite si ce début de roman est seulement réaliste.

Au bout de la rue Guénégaud, lorsqu'on vient des quais, on trouve le passage du Pont-Neuf, une sorte de corridor[1] étroit et sombre qui va de la rue Mazarine à la rue de Seine. Ce passage a trente pas de long et deux de large, au plus ; il est pavé de dalles jaunâtres, usées, descellées, suant toujours une humidité âcre[2] ; le vitrage qui le couvre, coupé à angle droit, est noir de crasse.

Par les beaux jours d'été, quand un lourd soleil brûle les rues, une clarté blanchâtre tombe des vitres sales et traîne misérablement dans le passage. Par les vilains jours d'hiver, par les matinées de brouillard, les vitres ne jettent que de la nuit sur les dalles gluantes, de la nuit salie et ignoble.

À gauche, se creusent des boutiques obscures, basses, écrasées, laissant échapper des souffles froids de caveau. Il y a là des bouquinistes, des marchands de jouets d'enfant, des cartonniers, dont les étalages gris de poussière dorment vaguement dans l'ombre ; les vitrines, faites de petits carreaux, moirent[3] étrangement les marchandises de reflets verdâtres ; au-delà, derrière les étalages, les boutiques pleines de ténèbres sont autant de trous lugubres dans lesquels s'agitent des formes bizarres.

À droite, sur toute la longueur du passage, s'étend une muraille contre laquelle les boutiquiers d'en face ont plaqué d'étroites armoires ; des objets sans nom, des marchandises oubliées là depuis vingt ans s'y étalent le long de minces planches peintes d'une horrible couleur brune. Une marchande de bijoux faux s'est établie dans une des armoires ; elle y vend des bagues de quinze sous, délicatement posées sur un lit de velours bleu, au fond d'une boîte en acajou[4].

Au-dessus du vitrage, la muraille monte, noire, grossièrement crépie, comme couverte d'une lèpre[5] et toute couturée de cicatrices.

Émile Zola, *Thérèse Raquin*, 1867.

1. Couloir. **2.** Irritante. **3.** Rendent chatoyantes. **4.** Bois rougeâtre.
5. Maladie contagieuse qui ronge les chairs.

→ *Corrigé p. 147*

CORRIGÉ

Corrigé du sujet de la p. 146.

Travail préparatoire

Analyse du texte

– **Repérez les indices du paratexte*.** Avant même de lire l'extrait, repérez les indications qui constituent souvent des entrées possibles dans le texte. Ici, vous devez noter que cet extrait est constitué des premières lignes du roman. Il s'agit donc de l'*incipit* de *Thérèse Raquin*.
– **Situez l'œuvre dans son contexte.** Le roman a été rédigé par Émile Zola en 1867. Le mouvement auquel ce texte se rattache est le naturalisme *(voir p. 129)*. Les auteurs naturalistes souhaitent reproduire la réalité le plus fidèlement possible et dans tous ses aspects.
– **Notez vos premières remarques.** Après avoir lu l'extrait, résumez-le en une phrase et écrivez les principaux enjeux de l'extrait en vous aidant du parcours de lecture. Ici, le roman s'ouvre sur la description réaliste d'un passage parisien.

Travail au brouillon

– **Approfondissez vos idées et vos premières impressions.**
Définissez la notion d'*incipit* : quelles sont les fonctions traditionnelles d'un *incipit* ? Celui-ci doit présenter le cadre spatio-temporel, l'intrigue à venir, les personnages. Sa fonction est d'abord informative. L'*incipit* doit aussi permettre d'annoncer le genre du texte : ce roman est-il réaliste ? Enfin, un *incipit* cherche aussi à donner envie au lecteur de poursuivre sa lecture.
Demandez-vous ensuite si cet *incipit* est, ou non, original. Remplit-il les fonctions traditionnelles attendues d'un *incipit* ?
Ce roman naturaliste s'ouvre sur la description réaliste du passage du Pont-Neuf. Pourtant, plusieurs éléments mystérieux s'écartent de la description réaliste. Listez ces éléments.

Une description *a priori* réaliste	Des éléments intrigants qui s'écartent du réalisme
– un cadre spatio-temporel réaliste – une accumulation de détails réalistes – …	– une atmosphère fantastique – une comparaison étrange à la « lèpre » – …

– **Construisez la problématique et le plan.**
Cet *incipit* au premier abord réaliste et traditionnel pose problème dans la mesure où plusieurs éléments inquiétants dépassent la simple ambition réaliste et font pencher le récit, dès le début, vers le fantastique.

Plan détaillé

Introduction

[accroche] Le naturalisme est un mouvement littéraire qui apparaît dans la seconde moitié du XIXe siècle. Il prolonge le mouvement réaliste avec lequel il partage la volonté de « faire vrai ». Le naturalisme veut rendre compte de la réalité par l'observation et l'expérimentation scientifiques. **[présentation de l'œuvre]** *Thérèse Raquin* est le troisième roman d'Émile Zola. Ce roman présente déjà tous les éléments naturalistes que l'auteur développera dans son cycle des *Rougon-Macquart* (1871-1893). L'extrait à étudier constitue les premières lignes du roman, c'est-à-dire son *incipit*. **[problématique]** Nous pouvons alors nous demander si la description du passage du Pont-Neuf est seulement réaliste. **[annonce du plan en 2 parties]** Pour répondre à cette question nous verrons d'abord que cet *incipit* propose une description réaliste du passage, avant de montrer que plusieurs éléments qui suscitent le malaise du lecteur s'éloignent de cette seule dimension réaliste.

1. Une description à première vue réaliste

a) La description du cadre spatio-temporel

– Le roman s'ouvre sur la description réaliste du « passage du Pont-Neuf ».
– Le narrateur ancre spatialement son roman grâce à des noms de lieux qui existent : « rue Guénégaud », « passage du Pont-Neuf », « rue Mazarine », « rue de Seine ».
– On peut relever des précisions quasi-mathématiques : « trente pas de long et deux de large », « coupé à angle droit ».
– Le narrateur cherche à décrire le passage à toutes les saisons comme l'indique le parallélisme : « Par les beaux jours d'été », « Par les vilains jours d'hiver ».
– Le narrateur donne une vision à la fois précise et atemporelle de ce passage.

b) La volonté de créer un « effet de réel »

– Le passage est décrit précisément. Le lecteur peut ainsi s'imaginer le lieu (nombreux connecteurs spatiaux : « au bout », « à gauche », « à droite », « au-dessus », etc.).
– Le narrateur donne un « effet de réel » en accumulant les détails (énumération* des types de boutique : « bouquinistes », « marchands de jouets », etc.).
– L'abondante utilisation de virgules et de points-virgules donne au lecteur l'impression que le narrateur cherche à dresser une liste.

> **Conseil**
>
> N'hésitez pas à reprendre des **notions** travaillées en **histoire littéraire**. Ici, la notion d'**« effet de réel »** est attendue.

c) Une description exhaustive

– L'abondance des adjectifs qualificatifs témoigne de cette volonté d'obtenir une description exhaustive des lieux, donnant ainsi un effet dense de trop-plein.
– Le naturaliste décrit le réel tel qu'il est, même dans ses aspects les plus misérables. Les champs lexicaux* de l'usure et de la saleté participent de cette description réaliste : « dalles jaunâtres, usées, descellées », « boutiques obscures, basses, écrasées ».

2. Des éléments qui éloignent du réel

a) Une description subjective

– Le réalisme voudrait que la description soit objective. Or le narrateur s'implique et laisse transparaître une certaine subjectivité en donnant son avis.
– Le narrateur porte un regard dépréciatif sur ce passage. On note l'utilisation du suffixe péjoratif *-âtre* dans « dalles jaunâtres » et « reflets verdâtres ».
– Le champ lexical de l'ombre et de l'obscurité participe aussi de la dépréciation du passage : « étroit et sombre », « noir de crasse », « nuit salie ».

b) Une atmosphère qui fait basculer vers le fantastique

– On retrouve certains motifs propres à la tonalité* fantastique, par exemple la nuit qui est personnifiée dans l'expression « nuit salie et ignoble ».
– L'expression « laissant échapper des souffles froids de caveau » plonge le lecteur dans une atmosphère macabre, le terme « caveau » évoquant la mort.
– L'allusion aux « formes bizarres » qui sortent des « trous lugubres » fait de ce passage un lieu hanté et fantomatique.
– Paradoxalement, le passage qui, comme son nom l'indique devrait voir défiler les clients, semble totalement vide et figé dans le temps (« marchandises oubliées là depuis vingt ans »), ce qui provoque l'inquiétude du lecteur.

c) Des détails qui annoncent la suite du roman

– L'allusion à la « marchande de bijoux faux » place ce passage sous le signe du factice et de l'illusion. La « bague » fausse symbolise probablement le mariage et annonce la suite du roman : Thérèse Raquin sera mal mariée et tuera, avec son amant Laurent, son mari Camille.
– La « boîte en acajou » et le « lit de velours bleu » sur lequel reposent les bagues évoquent un cercueil.
– Enfin, la comparaison* de la muraille (qui symbolise l'enfermement à venir de Thérèse) à « une lèpre [...] toute couturée de cicatrices » est étonnante. Le lexique de la maladie peut annoncer la santé fragile de Camille, tandis que la « cicatrice », simple image ici, deviendra bien réelle : au moment du meurtre, Camille mordra Laurent au cou, lui infligeant une cicatrice qui ne cessera de rappeler aux amants leur horrible meurtre et leur culpabilité.

Conclusion

Nous nous étions demandé si, dans cet *incipit*, la description du passage du Pont-Neuf était seulement réaliste. Au premier abord, l'extrait décrit de façon réaliste et objective ce lieu. Le goût du détail participe à créer cet « effet de réel » voulu par les écrivains réalistes et naturalistes. Toutefois, le narrateur laisse transparaître sa subjectivité. Le passage n'est pas décrit de façon neutre mais péjorative, ce qui suscite le malaise du lecteur. Des précisions étonnantes font basculer le roman dans la tonalité* fantastique. Cet *incipit* remplit ses fonctions traditionnelles : le cadre spatio-temporel est posé et certains éléments de l'intrigue à venir sont subtilement annoncés. La singularité de ce début de roman donne aussi l'envie au lecteur de poursuivre sa lecture.

CHAPITRE 7

Le théâtre du XVIIe au XXIe siècle

Le terme « théâtre » vient du grec *theatron* qui signifie « le lieu où l'on regarde ». Le texte théâtral est en effet écrit pour être **vu**, **mis en scène** et **joué** devant des spectateurs. Prenez toujours en compte ces caractéristiques lorsque vous étudiez une pièce de théâtre.

Vous devez également analyser chaque texte en fonction de son **époque**. Vous verrez ainsi comment les choix de **mises en scène** ont évolué au cours des siècles et en fonction des genres et des mouvements littéraires.

1 Le XVIIe : le siècle d'or du théâtre

A Rappels historiques

Voir p. 90.

Louis XIV, protecteur des arts et des sciences

- **Une politique artistique.** Le **goût** prononcé du Roi-Soleil pour les arts se transforme au cours du siècle en véritable **politique** artistique et culturelle. L'**Académie royale de peinture et de sculpture** est réformée en 1663, tandis que sont créées l'**Académie royale de danse** en 1661, l'**Académie d'architecture** en 1671 et l'**Académie d'opéras** en 1669 qui deviendra l'**Académie royale de musique** en 1672.
  Louis XIV protège les arts, mais entend également les **contrôler** en nommant les membres des différentes Académies et en institutionnalisant la censure royale.
- **Le soutien aux écrivains et aux artistes.** Louis XIV favorise la **renommée** de nombreux écrivains comme **Racine**, **Boileau** et **Bossuet**. Il se passionne pour le théâtre et le ballet et soutient financièrement **Molière** (qui installe sa troupe au Théâtre du Palais-Royal) puis **Racine** (qui devient son historiographe). Il confie aussi la musique de Versailles à Jean-Baptiste **Lully**.
- **La création de l'Académie française.** Sous le règne de Louis XIII, le cardinal de **Richelieu** fonde l'Académie française en 1635. Elle a comme fonction de

fixer les **règles** de la langue française et travaille à la **pureté** de la langue. Elle entreprend la rédaction d'un **dictionnaire** dont la première édition paraît en 1694.

Baroque et classicisme en littérature

Voir p. 91.

Le XVIIe siècle est le grand siècle du théâtre. Deux courants coexistent : le **classicisme** et le **baroque**.

B La tragédie classique

Les origines de la tragédie classique

- **La naissance de la tragédie en Grèce.** La tragédie est née en **Grèce** antique au VIe siècle av. J.-C. Elle désignait à l'origine une fête religieuse en l'honneur de Dionysos, dieu du vin et du théâtre, pendant laquelle on sacrifiait un bouc. Cette fête était accompagnée de chants et de danses.

À savoir

Tragédie vient du nom grec *tragôidia* qui désigne à l'origine « le chant du bouc » offert en l'honneur de Dionysos. Le sens exact demeure néanmoins controversé.

Théâtre de Delphes en Grèce construit au IVe siècle av. J.-C.

- **La *Poétique* d'Aristote.** Au IVe siècle av. J.-C., le philosophe **Aristote** compose un **traité** sur la **tragédie** (*Poétique*) dans lequel il expose sa **théorie**. Il y explique notamment que les actions dramatiques jouées sur scène par des acteurs suscitent chez les spectateurs des **sentiments** de **crainte** et de **pitié.** La crainte est inspirée par la **fatalité** qui s'abat sur le héros et la pitié par les **malheurs** du héros. Terreur et pitié ont un effet **cathartique** chez le spectateur puisqu'elles lui permettent, par procuration, de purger ses passions violentes et de s'en **libérer**.

Les caractéristiques de la tragédie classique

- **La forme.** La tragédie classique se codifie vers **1630** : c'est une pièce de théâtre versifiée, en **cinq** actes et écrite dans un **registre** de langue **soutenu**.
- **Les thèmes.** La tragédie s'empare de thèmes **universels** traitant de l'**amour**, de la **politique**, de la **justice** ou de la **vengeance** dans une tonalité tragique *(voir p. 204)*. Le sujet des intrigues peut être historique, biblique ou mythologique.
- **Les personnages.** La tragédie met en scène des personnages **nobles** confrontés à de funestes événements.
- **Le héros (ou l'héroïne)** tragique possède de nombreuses qualités : loyauté, courage, réflexion, générosité, etc., mais il peut aussi être cruel et faillible. Il est souvent déchiré entre ses sentiments et son honneur ou son devoir. À la fois **victime** et **coupable**, le héros tragique est soumis à la **fatalité** : il ne peut échapper à son **destin** funeste quels que soient ses efforts.

À savoir

Lorsque le héros est face à un choix impossible qui le déchire, on parle de **dilemme.**

Des règles strictes

- **La règle de bienséance** interdit de représenter sur scène une action **violente** ou **choquante** telle qu'un duel, un combat ou un suicide. Une scène violente peut cependant être racontée par un personnage. Ainsi, dans *Phèdre* de Racine, Théramène raconte la mort d'Hippolyte qui n'a pas eu lieu sur scène. Le registre de langue doit rester **soutenu**, sans termes crus ou familiers.
- **La règle de la vraisemblance.** L'intrigue, les actions, les sentiments doivent être **réalistes**, sans éléments fantastiques ou merveilleux.
- **La règle des trois unités.** S'inspirant d'**Aristote**, la règle des trois unités a été énoncée par Nicolas **Boileau** dans son *Art poétique* (1674).

Unité de lieu	**Un seul lieu.** Souvent l'action se déroule dans un palais.
Unité de temps	**Pas plus de 24 heures.** L'intrigue doit se dérouler sur une seule journée. L'unité de temps est liée à la règle de vraisemblance : le temps de l'action doit se rapprocher le plus possible du temps de représentation de la pièce.
Unité d'action	**Une seule action.** Toutes les péripéties doivent être reliées au même enjeu principal, à la même intrigue, sans digressions.

Nicolas Boileau (1636-1711)

Citation

« Qu'en un lieu, qu'en un jour, un seul fait accompli
Tienne jusqu'à la fin le théâtre rempli. »
Nicolas Boileau, *Art poétique*, 1674.

C Les deux grands auteurs de la tragédie classique

Pierre Corneille

Pierre Corneille (1604-1684)

- **Une œuvre composite.** Auteur très prolifique, Corneille a écrit pour tous les **genres** du théâtre : des comédies (*L'Illusion comique*, 1636), des comédies héroïques (*Tite et Bérénice*, 1670), une tragi-comédie (*Le Cid*, 1637), dix-sept tragédies (*Horace*, 1640 ; *Cinna*, 1641 ; *Polyeucte*, 1642, etc.). Corneille tente constamment de se renouveler, son style passant du **baroque** au **classicisme**.
- **Des libertés prises avec les règles.** Corneille n'hésite pas à faire des entorses aux règles classiques. La règle des **trois unités** n'est **pas respectée** dans ***Le Cid*** : l'unité de lieu n'existe pas ; l'action centrée sur l'amour de Chimène et Rodrigue est doublée par l'amour de l'Infante pour Rodrigue ; l'intrigue s'étend sur deux jours. Ces manquements aux règles entraînent une querelle, mais n'empêchent pas le franc succès de la pièce.
- **Le conflit cornélien.** Corneille souhaite privilégier l'**étude psychologique** de ses héros déchirés par de **cruels dilemmes** : Rodrigue doit-il choisir son devoir qui lui dicte de venger son père ou choisir son amour pour Chimène ? Les héros cornéliens obéissent de leur pleine volonté à leur **devoir** et à leur **honneur**. C'est la **raison** qui l'emporte sur les **passions** et les persuade d'agir pour leur « gloire », c'est-à-dire le respect qu'ils se doivent à eux-mêmes. Chez Corneille, la grandeur d'âme des personnages suscite l'**admiration** du spectateur plus que la pitié ou la crainte.

Jean Racine

Jean Racine
(1639-1699)

- **Le maître de la tragédie.** Protégé par Louis XIV, Jean Racine devient son historiographe en 1677. Il fait représenter ses premières pièces vers 1665 : *Andromaque* (1667), *Britannicus* (1669), *Bérénice* (1670), *Iphigénie* (1674), *Phèdre* (1677), etc. Racine respecte scrupuleusement les **règles classiques** et puise ses sujets dans l'Antiquité grecque et romaine.
- **Le mécanisme de la passion destructrice.** L'action se concentre sur la **violence** destructrice de la **passion** et son **mécanisme** inéluctable. La passion coupable de Phèdre pour son beau-fils Hippolyte entraînera leur mort. Les héros, marqués par leur **destin, conscients** de leur fin tragique, ne peuvent échapper à leur sort funeste, contrairement aux héros cornéliens libres de leur choix.
- **Une langue ciselée et poétique.** La langue racinienne est à la fois **précise** et **harmonieuse**, faite de monologues* lyriques classiques et de narrations épiques.

D La comédie classique

Les origines de la comédie classique

Aristophane
(v. 445 av. J.-C.-
v. 380 av. J.-C.)

- **La naissance de la comédie.** Comme la tragédie, la comédie est née dans l'Antiquité. **Aristophane**, dramaturge grec, tourne en dérision les hommes et les institutions dans ses nombreuses comédies (*L'Assemblée des femmes, Les Guêpes*).
- **Au Moyen Âge,** le mot **« comédie »** apparaît en **français** et désigne le théâtre en général, d'où le terme « comédien » pour caractériser l'acteur qui joue des comédies, mais aussi d'autres genres de pièce.
- **À la Renaissance, « comédie »** commence à désigner un genre théâtral qui s'oppose à la tragédie, mais qui ne fait pas systématiquement rire. Le rire était en effet réservé aux **farces populaires** alors méprisées par les érudits et les gens de la haute société.

L'apogée de la comédie au XVIIe siècle

- **Le succès de la comédie.** Celle-ci attire un public populaire qui se presse pour assister aux farces et aux pièces comiques que donnent des troupes ambulantes dans la rue. Certaines troupes sont résidentes et ont un théâtre pour jouer (l'**Hôtel de Bourgogne**, l'**Hôtel du Marais** et le **Théâtre-Italien** au Palais-Royal à Paris). La comédie s'inspire alors du théâtre **espagnol** et **italien** (*commedia dell'arte*).

- **La *commedia dell'arte*** naît en Italie au milieu du XVIe siècle. Elle repose sur l'**improvisation**. Les dialogues improvisés se basent sur un **canevas**. Ils sont accompagnés d'acrobaties, de mimes et de *lazzi* (plaisanteries comiques sans rapport avec l'intrigue).

Décor de comédie pour farces françaises et italiennes :
Molière et les personnages classiques de la comédie italienne.

Les caractéristiques de la comédie classique

La comédie est considérée comme un genre **moins noble** que la tragédie. **Molière** en est la figure de proue et va lui donner ses lettres de noblesse.

- **La forme.** La comédie est écrite en **vers** ou en **prose** et se déroule en un, trois ou cinq **actes**. La règle des trois unités (de **lieu**, de **temps** et d'**action**) est respectée.
- **Les personnages.** La comédie met en scène des personnages de la **bourgeoisie**, de la petite noblesse ou des valets dans un registre de langue **courant**.

- **Les intrigues** traitent du **mariage**, de l'**amour** contrarié, de la **famille** ou de l'**argent** dans une tonalité **comique**.
- **Le dénouement** est toujours **heureux**.
- **La visée** de la comédie est de **plaire** et d'**instruire**. Elle a donc comme objectifs de proposer une morale et de **corriger les mœurs** par le rire.

Les comédies de Molière

Jean-Baptiste Poquelin, dit Molière (1622-1673)

- **De la province à Paris.** Avant son installation à Paris en 1658 où il joue devant le **roi** qui lui accorde sa protection, Molière a parcouru la province avec sa **troupe itinérante** jouant diverses farces et pièces comiques. En 1661, il s'installe au théâtre du **Palais-Royal**, devenant **auteur** mais aussi **directeur de troupe** et **comédien**.
- **L'objectif de « plaire ».** Molière a exposé ses **idées** sur la comédie dans les préfaces des *Précieuses ridicules* (1659), de *Tartuffe* (1664), dans l'avertissement des *Fâcheux* (1661), la *Critique de l'École des femmes* (1663) et *L'Impromptu de Versailles* (1663). Dans la *Critique de l'École des femmes*, Molière fait dire à Uranie :

> « Quand je vois une comédie, je regarde seulement si les choses me touchent ; et, lorsque je m'y suis bien divertie, je ne vais point demander si j'ai eu tort, et si les règles d'Aristote me défendaient de rire. »

Grandmesnil dans le rôle d'Harpagon dans *L'Avare* de Molière.

- **Une peinture de la nature humaine.** Molière veut peindre la **nature humaine** et « entrer comme il faut dans le ridicule des hommes ». En faisant la peinture des **mœurs** de la société de son temps, en représentant les **défauts** des hommes de son siècle, comme ceux des médecins (*Le Malade imaginaire*, 1673), des précieux (*Les Précieuses ridicules*, 1659), des faux dévots (*Le Tartuffe*, 1664), des séducteurs (*Dom Juan*, 1665), etc., Molière donne une **portée universelle** à ces portraits humains et crée des **types**. Il souhaite « peindre d'après nature » (*Critique de l'École des femmes*). Le rire est donc mis au service d'une peinture réaliste et souvent satirique*.

Citation

« Le devoir de la comédie étant de **corriger** les hommes en les **divertissant,** j'ai cru que dans l'emploi où je me trouve, je n'avais rien de mieux à faire que d'attaquer par des peintures ridicules les vices de mon siècle. »
Molière, préface de *Tartuffe*, 1664.

- **Des genres variés.** Molière expérimente des formes très variées : les comédies, les farces, mais également les **comédies-ballets** comme *Le Bourgeois gentilhomme* (1670), pour lequel il a travaillé avec le musicien Jean-Baptiste Lully, et *Le Malade imaginaire* (1673) où se mêlent comédie, musique et danse.

E Le théâtre baroque

La tragi-comédie

Le théâtre baroque se caractérise par l'**irrégularité**, l'**excès** et le **désordre**. Il refuse les règles et préfère à la tragédie la **tragi-comédie** dont le **dénouement** est **heureux**. Le genre se caractérise par la **démesure**, la **complexité** de l'intrigue, les sentiments **exacerbés** et l'absence d'unité de ton ou d'action.

« Le théâtre dans le théâtre »

Le théâtre baroque s'appuie sur les motifs du **trompe-l'œil** et de la **mise en abyme**. Corneille reprend ce principe dans sa comédie *L'Illusion comique* (1636) où l'on passe de la réalité au **rêve** par le biais d'un magicien. Un père, à la recherche de son fils disparu, s'adresse à un magicien qui met en scène l'histoire de ce fils devenu comédien. Corneille fait ainsi un éloge du théâtre. Les frontières se brouillent entre **réalité** et **illusion**.

Œuvre-clé

La Vie est un songe (1635) de Pedro **Calderón** de la Barca est une pièce du théâtre baroque espagnol qui propose une réflexion sur l'**illusion** et la **réalité**.

2 Le théâtre au XVIIIe siècle

A La modernisation du théâtre

- **Le théâtre, un loisir apprécié.** Outre la **Comédie-Française** et l'**Opéra**, de nombreux **théâtres privés** se créent sur les boulevards parisiens, attirant essentiellement les bourgeois, tandis que le peuple se presse encore dans les **théâtres de foire** et de **tréteaux**. Le théâtre devient un loisir prisé.
- **Le théâtre « à l'italienne ».** Le XVIIIe siècle voit la création du théâtre **« à l'italienne »**. Désormais le spectateur est placé **devant le spectacle** et n'entoure plus l'espace de la représentation comme c'était le cas dans les théâtres antiques et du Moyen Âge. Le spectateur est donc **« coupé »** de la représentation. La scène autrefois ouverte devient **fermée**. La **complicité** entre les acteurs et le public **disparaît**. Le théâtre « à l'italienne » reflète la **hiérarchie sociale**, chacun doit tenir son rang. Les gradins sont remplacés par des **galeries**, des **loges** et des **balcons** superposés et **disposés en « U »**

autour du parterre. Celui-ci, sans sièges, accueille le public le moins aisé. Les loges face à la scène sont réservées aux plus riches tandis que le public se répartit dans les balcons. Plus tard, lorsque des sièges sont rajoutés au parterre, les classes populaires sont repoussées vers les parties les plus hautes du théâtre, notamment le poulailler.

B Le renouvellement de la comédie

Le théâtre du XVIIIe siècle **s'émancipe** progressivement des règles du XVIIe siècle, perçues comme des **carcans**. La tragédie décline rapidement tandis que la comédie se renouvelle. Le théâtre des Lumières reflète l'**actualité** et peint la **société contemporaine**.

> **À savoir**
> Les **comédiens italiens** sont **chassés** de Paris par le pouvoir royal en **1697** à la suite de la représentation d'une pièce se moquant de la maîtresse du roi. Ils ne sont autorisés à revenir qu'en 1716. Pour combler ce vide, le public se tourne vers les théâtres de foire.

Marivaux et la comédie des sentiments

- **La peinture de la psychologie amoureuse.** Marivaux écrit ses comédies pour le **Théâtre-Italien** auquel il emprunte des personnages (Arlequin et Colombine) et une certaine **fantaisie**. Il excelle à peindre l'**amour naissant** *(La Double Inconstance*,1723 ; *Le Jeu de l'amour et du hasard*, 1730 ; *Les Fausses Confidences*, 1737). L'amour ne rencontre pas d'obstacle extérieur comme chez Molière ou chez les auteurs tragiques : ce sont souvent les jeunes héros qui refusent de le reconnaître par amour propre, par **peur** ou **manque de confiance** dans la **sincérité** des sentiments de l'être aimé. Les œuvres de Marivaux dénoncent les faux-semblants de la vie sentimentale empêchée par les conventions sociales et la fierté personnelle.

Pierre Carlet de Chamblain de Marivaux (1688-1763)

Dorante (Hammou Graïa) et Silvia (Anne Coutureau) face à leurs stratagèmes respectifs. *Le Jeu de l'amour et du hasard*, mise en scène de Philippe Ferran, Théâtre de l'Atelier, Paris, 1997.

- **Le marivaudage.** Marivaux est l'inventeur de ce **style** léger et subtil du **langage** au service de l'action et de la finesse d'analyse. Les personnages intriguent, se déguisent ou se mentent pour s'épier, découvrir la vérité et se (re)connaître. C'est grâce au langage que les personnages vont se révéler à eux-mêmes.
Aujourd'hui, par extension, on parle de **« marivaudage »** pour désigner un badinage amoureux inutilement compliqué.

Beaumarchais et la satire politique et morale

- **Une œuvre satirique.** Pierre-Augustin Caron de Beaumarchais (1732-1799), fortement influencé par les philosophes des Lumières, conteste l'**ordre social** dans ses œuvres. *Le Mariage de Figaro* (1784) voit le triomphe d'un valet sur son maître. Beaumarchais y porte de vives attaques contre les **institutions** : la justice, la censure, les mœurs politiques, etc. Certains y voient un signe avant-coureur de la Révolution tandis que Louis XVI condamne la pièce et la censure durant six ans.
- **Des comédies d'intrigue.** Les pièces de Beaumarchais sont rythmées, riches en rires, en surprises, en péripéties et en **rebondissements**. Les affrontements, les quiproquos*, les imprévus, l'échange de rôles entre maîtres et valets, les jeux de masque s'enchaînent avec ingéniosité.

Citation

« Les vices, les abus, voilà ce qui ne change point, mais se déguise en mille formes sous le masque des mœurs dominantes : leur arracher ce masque et les montrer à découvert, telle est la noble tâche de l'homme qui se voue au théâtre. » Beaumarchais, préface du *Mariage de Figaro*, 1784.

C La naissance du drame

- **Le drame bourgeois par Denis Diderot.** Le **drame** naît dans la seconde moitié du siècle avec **Diderot** qui le théorise dans ses *Entretiens sur le Fils naturel* (1757). Le genre se situe à mi-chemin entre la tragédie et la comédie : c'est une comédie sérieuse qui traite des **relations familiales** et des **conditions sociales** (professions) et met en scène le peuple et la petite bourgeoisie.

À savoir

Le mot **« drame »**, dans le sens « genre sérieux », entre au *Dictionnaire de l'Académie française* en 1762.

- **Une visée morale.** Le drame présente des situations **réalistes** de la **vie quotidienne** dans lesquelles le spectateur peut se reconnaître. Le drame a une **visée morale** : c'est grâce à la **vertu** que les personnages peuvent échapper aux dangers qui les menacent.

- **Des œuvres en prose.** Cette recherche du vrai pousse les auteurs à écrire en prose, par souci de **réalisme**. La grande innovation réside également dans la place accordée aux **didascalies** qui se développent, témoignant ainsi de l'importance que commence à prendre la mise en scène.

Ex. : « (Sur le devant de la salle, on voit le Père de famille qui se promène à pas lents. Il a la tête baissée, les bras croisés, et l'air tout à fait pensif. – Un peu sur le fond, vers la cheminée qui est à l'un des côtés de la salle, le Commandeur et sa nièce font une partie de trictrac. – Derrière le Commandeur, un peu plus près du feu, Germeuil est assis négligemment dans un fauteuil, un livre à la main. [...]) »
Denis Diderot, *Le Père de famille*, I, 1, 1758.

Le dramaturge donne ici des **indications** de décor et d'accessoires, mais il oriente aussi l'**interprétation** des comédiens.

3 Le théâtre au XIXe siècle

A Le drame romantique

Les principaux auteurs de drame romantique sont Victor **Hugo**, Alfred de **Musset** et Alfred de **Vigny**.

Les influences

- **Un contexte historique instable.** Le drame romantique est influencé par le contexte historique troublé par l'**instabilité politique** *(voir p. 127)*. Le théâtre devient le miroir de ces **crises**.
- **L'influence du théâtre étranger.** Les pièces de l'Allemand Friedrich von **Schiller** et de l'Anglais William **Shakespeare** influencent les auteurs français.
- **L'influence de Stendhal.** En 1823, Stendhal publie *Racine et Shakespeare*, un essai dans lequel il prend parti pour le **romantisme** inspiré des pièces du dramaturge anglais et débarrassé des règles classiques. Sans renier Racine, Corneille et Molière, Stendhal souhaite un **renouvellement** du théâtre qui a d'abord comme objectif de **plaire** au public **contemporain**.

À savoir

Les règles en vigueur en France jusqu'au XIXe siècle empêchaient la représentation fidèle des pièces de Shakespeare. En 1829, une représentation d'*Othello* (1604) fait scandale au Théâtre-Français lorsque le protagoniste étrangle Desdémone avec un mouchoir. L'arme était considérée comme trop triviale.

Les caractéristiques du drame romantique

- **Le rejet des règles classiques.** Le drame romantique n'est plus contraint par la règle de bienséance et s'oppose à la règle des **trois unités**. L'action peut **s'étaler** dans le temps, les lieux peuvent être **nombreux**.
- **Le mélange des tonalités et des registres de langue.** Le drame romantique représente l'homme et le monde dans sa **totalité**, mélangeant le **grotesque** et le **sublime,** les tonalités* **comique** et **tragique** ainsi que les **registres de langue**.
- **Des sujets historiques.** Les thèmes sont tirés de l'**histoire** et mettent en scène des personnages nobles, des rois et des reines.
- **Un drame en prose ou en vers.** Le vers est **« disloqué »**, selon l'expression de Victor Hugo : « J'ai disloqué ce grand niais d'alexandrin ! » Contrairement à l'alexandrin classique, le vers disloqué n'a pas de coupe à la césure et fait **varier** le rythme par des rejets* et des enjambements*.
- **Des décors luxueux.** Les auteurs jouent également sur le **pittoresque** et la couleur **locale** des lieux choisis pour leurs intrigues qui demandent la conception de somptueux décors.

La bataille d'*Hernani* (1830)

Le 25 février 1830, la première représentation d'***Hernani*** de Victor Hugo provoque un **affrontement** inédit entre les classiques et les romantiques. Les classiques voient les romantiques comme des écrivains subversifs qui renversent les codes du théâtre. Théophile **Gautier**, partisan de Victor Hugo et qui se trouvait dans la salle ce soir-là pour le soutenir, raconte la scène :

> « [...]Malgré la terreur qu'inspirait la bande d'Hugo répandue par petites escouades et facilement reconnaissable à ses ajustements excentriques et à ses airs féroces, bourdonnait dans la salle cette sourde rumeur des foules agitées qu'on ne comprime pas plus que celle de la mer. [...] Il suffisait de jeter les yeux sur ce public pour se convaincre qu'il ne s'agissait pas là d'une représentation ordinaire ; que deux systèmes, deux partis, deux armées, deux civilisations même, – ce n'est pas trop dire – étaient en présence [...]. L'attitude générale était hostile, les coudes se faisaient anguleux, la querelle n'attendait pour jaillir que le moindre contact [...]. »
> Théophile Gautier, *Histoire du romantisme,* 1874.

Lorenzaccio (1834) d'Alfred de Musset

Lorenzaccio est l'un des **grands drames** romantiques. Alfred de Musset l'écrit afin qu'il soit **lu** et **non joué**, se donnant ainsi toute **liberté** pour faire varier les lieux lors des scènes. L'intrigue se déroule sur dix jours, à Florence, au XVIe siècle. Le lecteur passe d'un palais à un bord de fleuve, d'une place de

Florence à une plaine. L'assassinat du duc Alexandre de Médicis, le tyran de la ville de Florence, par Lorenzaccio, est représenté sur scène, souligné par des didascalies explicites : « Il le frappe. Il le frappe encore. » L'intrigue fait écho à la Révolution manquée de 1830 en France. La jeunesse romantique désabusée, incarnée par Lorenzaccio, s'oppose en vain à la corruption du régime.

B Les formes populaires

Le mélodrame

- **Un drame populaire et musical.** Le mélodrame est un drame populaire qui joue sur l'**émotion** du spectateur plutôt que sur sa **raison**. Le genre naît dans les théâtres de boulevard et s'adresse à un public peu lettré, avide d'émotions fortes.
  Mélo signifie « chant, musique ». Le mélodrame n'est pas un opéra (les acteurs ne chantent pas), mais des musiciens, sur scène ou dans la fosse, accompagnent les scènes en musique. Les **décors** sont grandioses, la **mise en scène** spectaculaire.
- **La simplification des caractères.** Les personnages sont **manichéens**, et les intrigues **simples** : le héros est courageux, l'héroïne pure et vertueuse, le tyran sanguinaire et le truand cruel. Les **péripéties** sont **multiples** et le dénouement **heureux** : le bien triomphe toujours du mal.

Le théâtre de mœurs

Dans la seconde moitié du XIXe siècle, le théâtre s'inspire de la **vie quotidienne** et retranscrit la **réalité sociale** : le vers est définitivement abandonné au profit d'une prose proche du **langage courant**. Le théâtre s'oriente vers la **comédie de mœurs**.

- **Le drame bourgeois.** Théorisé par Denis Diderot au siècle précédent *(voir p. 159)*, le drame bourgeois connaît un **nouveau succès**. Prônant une démarche **réaliste**, le dramaturge délivre une morale ou un **message** souvent **social**, voire **politique**. Le personnage incarne une **condition sociale** plutôt qu'un type de caractère. Le drame a recours aux **émotions** et cherche à susciter l'**empathie** du spectateur afin de le faire adhérer à la morale transmise. Les dramaturges n'hésitent pas à développer de longues scènes pathétiques. L'un des modèles du genre est *La Dame aux camélias* (1852) d'Alexandre **Dumas** fils. Les protagonistes, Armand Duval et Marguerite Gautier, voient leur amour empêché par leur différence de milieu (il est bourgeois, elle est courtisane) et par les conventions sociales. La maladie de Marguerite, atteinte de tuberculose, donne lieu à des scènes de tonalité pathétique *(voir p. 205)*.

- **Le vaudeville.** Le vaudeville connaît un franc **succès** durant le Second Empire (1852-1870) : les bourgeois se pressent dans les théâtres des grands boulevards pour assister à ce divertissement **comique** souvent **satirique***, appelé aussi « théâtre de boulevard ». Eugène **Labiche** (*Le Voyage de M. Perrichon*, 1860) et Georges **Feydeau** (*Un fil à la patte*, 1894 ; *Le Dindon*, 1896) déclinent le thème de l'**adultère** autour du trio composé du mari, de la femme et de l'amant. L'action est **endiablée**, les intrigues étant le fruit d'une mécanique complexe, souvent extravagante, faite de quiproquos*, de rebondissements et de jeux de mots.

Georges Feydeau (1862-1921)

4 Le théâtre du XXe et du XXIe siècle

A Un théâtre subversif

Les pièces de Courteline

Georges **Courteline** (1858-1929) écrit des **pièces comiques** et **satiriques*** qui se moquent de la justice, la police, l'armée et l'administration. Au-delà du comique facile qui s'inscrit dans la tradition du vaudeville, comme en témoignent les noms des personnages (Barbemolle, juge Foix de Vaulx), Courteline explore les conflits de **pouvoir** et les failles du système. Ainsi, *Un client sérieux* (1897) dénonce la **lenteur** absurde de la **justice**.

La dénonciation de la corruption par Mirbeau

Octave **Mirbeau** (1848-1917), auteur de pièces de théâtre, de romans et de pamphlets, fait scandale avec *Le Foyer* (1908). Cette pièce met en scène un sénateur véreux détournant l'argent d'un foyer de jeunes filles qu'il oblige à se prostituer. Le dramaturge dénonce avec virulence la **corruption** des politiciens et démystifie la prétendue charité faite au détriment des jeunes filles.

Les farces d'Alfred Jarry

Grâce à Alfred **Jarry** (1873-1903), le théâtre connaît une première **révolution**, radicalement moderne. Avec son personnage d'**Ubu** présent dans quatre pièces (*Ubu roi*, 1896 ; *Ubu enchaîné*, 1900 ; *Ubu sur la butte*, 1906 et *Ubu cocu*, 1944), Alfred Jarry fait de la farce une provocation absurde qui brise toutes les conventions théâtrales. L'action est **loufoque**, le langage est **déformé** et grossier. Le mot d'ordre de son personnage cruel aux appétits insatiables est « merdre ». À travers lui, Jarry promeut son concept de « pataphysique » : détruire la raison et la langue grâce à l'**absurde**. Ses pièces font scandale.

B Un théâtre qui interroge la condition humaine

Certains dramaturges redécouvrent les textes-clés de l'Occident : la **Bible** et les textes de l'**Antiquité** qu'ils se réapproprient. Ils délaissent le divertissement et le réalisme social pour se tourner vers un théâtre **mythique**, ou **mystique**, s'interrogeant sur la **condition humaine**.

- **Paul Claudel,** membre de l'Académie française, trouve son inspiration dans la **foi catholique** et les textes bibliques. Ainsi *Le Soulier de satin* (1929) est découpé en « versets » et *L'Annonce faite à Marie* (1912) illustre le parcours d'une jeune fille, Violaine, vers la sainteté.

Paul Claudel
(1868-1955)

- **Jean Cocteau** (1889-1963), membre de l'Académie française, nourrit son œuvre théâtrale de références **mythologiques** et **légendaires**, visibles dans les titres de ses pièces : *Œdipe roi* (1937), *Antigone* (1922), *Orphée* (1926), *Bacchus* (1951). Il conçoit des variations sur les mythes, pensant que la mythologie recèle plus de vérité que l'histoire.
- **Jean Giraudoux** (1882-1944) prend appui sur les **mythes antiques** pour débattre des grandes **questions** éternelles que l'homme se pose sur le bonheur, les idéaux, la guerre, etc. Il évoque la situation **politique** de l'entre-deux-guerres et son pressentiment du grand **conflit** à venir dans *La guerre de Troie n'aura pas lieu* (1935) et *Électre* (1937) où les hommes luttent en vain contre la fatalité.
- **Jean Anouilh** (1910-1987), inspiré par Giraudoux, se livre à la réécriture de mythes qu'il réinterprète à la lumière de son époque en les teintant souvent d'**ironie pessimiste**. Ainsi, dans *Antigone* (1944), l'individu ne doit plus lutter contre le destin mais contre un pouvoir humain injuste. Jean Anouilh a également réécrit le mythe de *Médée* (1946) et celui d'*Eurydice* (1942), en les modernisant dans un cadre spatio-temporel contemporain.

C Théâtre engagé et théâtre de l'absurde

Avec la Seconde Guerre mondiale, le génocide des Juifs et l'utilisation de la bombe atomique en 1945 à Hiroshima et Nagasaki, le théâtre révèle le **tragique** de la condition humaine et l'**absurdité** du monde en proie à la barbarie. Les pièces se font l'écho des dilemmes moraux et politiques du monde, elles s'interrogent sur le **sens** de la vie, prônent la **révolution** ou dénoncent les **inégalités** sociales et le **colonialisme**.

COURS

Le théâtre engagé

- **Albert Camus** s'interroge sur le **sens** de la vie. La certitude de la **mort** révèle l'**absurdité** de la vie. Mais pour Camus, l'homme est **libre** à partir du moment où il connaît **lucidement** sa condition sans espoir. Dans *Les Justes* (1949), Camus part d'un attentat réel commis par des révolutionnaires socialistes russes en 1905 pour poser un **dilemme** moral et politique : Kaliayev refuse au dernier moment de jeter une bombe contre la calèche du despote parce que ses enfants sont avec lui. A-t-il eu raison d'épargner deux enfants au regard de tous les citoyens qui auraient pu être libérés de la tyrannie s'il avait commis l'attentat prévu ?

Albert Camus (1913-1960)

- **Jean-Paul Sartre** est un philosophe **existentialiste** et engagé. Il part du postulat que l'existence de l'homme exclut l'existence de Dieu. L'homme est donc **responsable** et **libre**. Il peut avoir prise sur le réel par l'**action**. *Huis clos* (1944) se déroule en enfer et met en scène trois personnages à la fois juges et accusés lors du procès de leur vie. Il n'y a pas de puissance supérieure, pas de destin, les personnages sont ce qu'ils font. L'enfer consiste à vivre sous le regard d'autrui.

Jean-Paul Sartre (1905-1980)

Ex. : « Alors, c'est ça l'enfer. Je n'aurais jamais cru... Vous vous rappelez : le soufre, le bûcher, le gril... Ah ! quelle plaisanterie. Pas besoin de gril : l'enfer, c'est les Autres. »
Jean-Paul Sartre, *Huit clos*, scène V, éditions Gallimard, 1947.

> **Mot-clé**
> L'**existentialisme** est un système philosophique par lequel l'individu ne se définit pas par son **essence** mais par ses **actions.** L'existentialisme sartrien affirme que dans un monde sans Dieu ni valeurs morales, la **liberté** de l'homme est totale et qu'il est **responsable** de ses actes. Il est « condamné à être libre ».

- **Jean Genet** (1910-1986) fait du théâtre engagé une véritable **farce noire**, souvent violente, **transgressive** et **politique**. Utilisant le théâtre dans le théâtre, il dénonce les relations de **domination** et les **inégalités** de pouvoir, que ce soit entre bourgeois et domestiques dans *Les Bonnes* (1947), entre notables et prostituées lors d'une révolte populaire dans *Le Balcon* (1956), entre Noirs accusés et cour de justice blanche dans *Les Nègres* (1958). Sa pièce *Les Paravents* (1961) critique avec virulence le **colonialisme** et le rôle de l'armée française pendant la guerre d'Algérie ; elle fait scandale.
- **Aimé Césaire** (1913-2008) met en scène la fin du **colonialisme** dans deux pièces qui s'inspirent de personnages **historiques** réels de l'**indépendance** :

La Tragédie du roi Christophe (1964) décrit la lutte du peuple haïtien pour sa liberté et *Une saison au Congo* (1967) raconte les derniers mois de la vie de Patrice Lumumba Premier ministre et militant dans la période qui mène à l'indépendance du Congo belge.

Le théâtre de l'absurde

L'absurde naît de la **perte de repères** et de confiance dans la **raison** et dans le **langage**. Les pièces absurdes cultivent la **distanciation**, brisent les conventions de personnages et d'intrigues et soulignent les **failles** de la communication. Le comique est fondé sur une forme d'**autodérision tragique** qui rappelle que plus rien n'a de sens.

- **Eugène Ionesco** s'élève contre le **réalisme** et le théâtre **engagé** qui véhiculent des idéologies qui empêchent le spectateur de penser. Pour forcer le spectateur à réagir, le théâtre doit être « violent » et **inquiéter**. Il doit également avoir recours à toutes les **techniques** modernes (décors, éclairages, musique, etc.). Le dramaturge fait évoluer ses personnages, dont Béranger qui revient dans plusieurs pièces, dans des mondes qui oscillent entre **farce grotesque** et **tragique**. Il dénonce le **vide existentiel** de certains êtres comme dans *Le roi se meurt* (1962). Il prend parti contre l'**aliénation** et l'**uniformisation** dans *Rhinocéros* (1959) qui voit toute la population d'une ville être transformée en bêtes. C'est par les **mots** que Ionesco marque le plus l'absurdité du monde : il donne à ses personnages un langage **automatique**, **absurde** et **saugrenu** en accumulant les clichés, les sophismes, les problèmes de communication et les jeux de mots afin de dénoncer ceux qui se pensent **rationnels** et de susciter la réflexion du spectateur.

Eugène Ionesco (1909-1994)

- **Samuel Beckett** (1906-1989) mêle **farce pessimiste** et **tragique**, affirmant dans *Fin de partie* (1957) que « rien n'est plus drôle que le malheur ». Ses personnages s'apparentent à des **clowns désespérés**, comme dans *En attendant Godot* (1952). Chez Beckett, le décor est quasiment inexistant, voire saugrenu : une route et un arbre dans *En attendant Godot*. L'action est réduite à quelques gestes, les dialogues ne font que remplir un **vide**. Les personnages insignifiants, souvent des clochards, ressemblent à des **pantins** et cherchent à se persuader de leur existence. La présence humaine semble dépourvue de toute signification, de tout intérêt, de tout objectif. L'auteur ira même jusqu'à écrire une pièce « muette » : *Acte sans parole* (1957).

D Le théâtre contemporain

L'importance du metteur en scène

La grande vitalité du théâtre du XXe siècle et d'aujourd'hui est essentiellement due à des **metteurs en scène**, des **directeurs de troupes** et de **festivals** : Louis **Jouvet**, Jean **Vilar** (créateur du festival d'Avignon), Antoine **Vitez**, Peter **Brook**, Olivier **Py** (directeur actuel du festival d'Avignon), Patrice **Chéreau**, Thomas **Ostermeier**, Daniel **Mesguich**, Jean-Pierre **Vincent**, etc. Nombre d'entre eux produisent des **réécritures** de textes qu'ils mettent eux-mêmes en scène comme Olivier Py en 2014 avec *La Jeune Fille, le Diable et le Moulin* d'après les frères Grimm. À l'occasion du festival d'Avignon, ces metteurs en scène proposent des **créations** et réinterprètent de grands **textes classiques** comme Thomas Jolly avec *Henri VI* de Shakespeare en 2014 et *Thyeste* de Sénèque en 2018.

Le théâtre, reflet des préoccupations de la société

- **Jean-Claude Grumberg** (né en 1939) interroge notre lien à l'**histoire**. Avec *Dreyfus* (1974), *L'Atelier* (1979) et *Zone libre* (1990), il compose une trilogie sur le thème de l'**Occupation** et du **génocide**.
- **Ariane Mnouchkine** (née en 1939) fonde en 1964 le **Théâtre du Soleil**. Elle souhaite établir de nouveaux **rapports** avec le public et se distinguer du théâtre bourgeois pour créer un théâtre **populaire** de **qualité** et représenter l'**époque actuelle**. Elle traite de grandes **questions politiques** et **humaines** sous un angle **universel** et mêle à ses textes les **cultures** de l'Orient et de l'Occident. *Une chambre en Inde* (2016) interroge l'actualité et regarde les **failles** qui secouent la **démocratie** depuis les attentats de 2015 et 2016 notamment en France et en Belgique. Cette comédie évoque les désastres en Syrie et en Afghanistan, la situation des femmes, le réchauffement climatique, etc. et s'interroge également sur la fonction du théâtre : quelle est son utilité dans un monde rongé par la violence ?
- **Wajdi Mouawad** (né en 1968) explore les **relations familiales** dans sa tétralogie *Littoral, Incendies, Forêts, Ciels* (entre 1999 et 2009) en leur donnant une dimension **poétique** et **tragique**.

La comédie de mœurs

Une nouvelle comédie de **mœurs** s'exprime à travers les œuvres de Yasmina **Reza** (née en 1959) qui se moque de l'assurance des **classes intellectuelles** dans *Art* (1994) et *Le Dieu du carnage* (2008). Agnès **Jaoui** (née en 1964) et Jean-Pierre **Bacri** (1951-2021) mettent en scène des bourgeois névrosés aux relations compliquées dans des comédies de mœurs (*Cuisine et dépendances*, 1991 ; *Un air de famille*, 1994).

ŒUVRES, PARCOURS
ET PROLONGEMENTS ARTISTIQUES

1 *Le Malade imaginaire*, Molière
Parcours : Spectacle et comédie

1 L'auteur

▲ Jean-Baptiste Poquelin, dit Molière.

■ Jean-Baptiste Poquelin naît à Paris en 1622. Il entreprend d'abord des études de droit avant d'y renoncer pour se tourner vers le monde du théâtre qu'il découvre en fréquentant les foires parisiennes. Il change alors de nom et devient le célèbre Molière.

■ En 1643, il s'associe aux Béjart (une famille de comédiens) et fonde une troupe : l'Illustre-Théâtre. Il quitte ensuite Paris et part en tournée en province pendant plusieurs années. C'est à cette période que Molière devient à la fois dramaturge, comédien et directeur de troupe.

■ En 1658, l'Illustre-Théâtre obtient la protection de Monsieur (le frère du roi) et revient sur Paris. La troupe partage quelque temps la salle du Petit-Bourbon avec les comédiens italiens avant de s'installer au théâtre du Palais-Royal en 1659, suite au succès des *Précieuses ridicules*.

■ En 1662, Molière se marie avec Armande Béjart, qui a vingt ans de moins que lui. C'est aussi l'année de la création de *L'École des femmes* qui remporte l'adhésion des spectateurs. Molière compose ensuite des comédies souvent critiques comme *Le Tartuffe* (1664), interdite par le roi à la demande de l'archevêque de Paris, ou *Dom Juan ou Le Festin de Pierre* (1665) qui met en scène un libertin athée. Molière est vivement attaqué et accusé de prôner l'impiété et l'athéisme.

■ Malgré ses nombreux détracteurs, et notamment la Compagnie du Saint-Sacrement (une société secrète catholique), Molière conserve le soutien du roi et poursuit sa carrière en composant des comédies-ballets comme *Le Bourgeois gentilhomme* (1670) ou *Le Malade imaginaire* (1673) ainsi que des farces telles que *Les Fourberies de Scapin* (1671).

> **Mot-clé**
> **Comédie-ballet :** genre théâtral inventé par Molière et Jean-Baptiste Lully qui mélange comédie, musique et danse. L'intrigue développe des sujets ordinaires, où il est souvent question de mariages.

■ Molière meurt en 1673 de maladie, quelques heures après avoir interprété le personnage d'Argan dans *Le Malade imaginaire*.

2 L'œuvre

L'œuvre en Bibliolycée

A. Contexte et résumé

■ *Le Malade imaginaire* est une comédie-ballet en trois actes écrite en prose. Elle a été jouée pour la première fois en 1673 au Palais-Royal, un théâtre parisien. Les musiques ont été composées par

Marc-Antoine Charpentier car Molière s'était brouillé avec le célèbre Lully qui avait mis en musique *Le Bourgeois gentilhomme*. C'est la dernière pièce jouée par Molière avant sa mort : à la quatrième représentation, il vomit du sang sur scène et meurt le soir même (17 février 1673).

■ *Le Malade imaginaire* reprend les thèmes habituels des comédies de Molière : c'est une pièce familiale qui fait également la satire des médecins. On retrouve les personnages de la comédie classique : un père âgé et un peu égoïste, de jeunes amoureux, une servante plus intelligente que son maître, une épouse cupide. C'est une comédie-ballet : entre les actes, des intermèdes musicaux font accéder la pièce au rang de « spectacle total » (Alain Lanavère) et libre, qui ne respecte pas la règle classique des trois unités.

▲ Molière interprète *Le Malade imaginaire*, le soir de sa mort le 17 février 1673 dans la salle du théâtre du Palais-Royal à Paris. Illustration de Maurice Leloir ,1904.

Résumé

Prologue : Des bergers, le dieu Pan et ses faunes chantent la gloire de Louis XIV et décident de jouer une pièce pour lui. C'est une mise en abyme.
Acte I : Argan, qui se croit toujours malade, veut marier sa fille Angélique à un médecin. Mais celle-ci est amoureuse de Cléante. Béline, la belle-mère, souhaite récupérer l'héritage de son mari.
Premier intermède : Polichinelle chante une sérénade.
Acte II : Argan présente à sa fille Thomas Diafoirus, un homme stupide. Cléante se fait passer pour le professeur de chant d'Angélique afin de l'approcher. Argan l'apprend et menace d'envoyer Angélique au couvent. Toinette se fait passer pour un médecin afin de ramener Argan à la raison.
Deuxième intermède : Des Égyptiens dansent et chantent.
Acte III : Béline, croyant son mari mort, se trahit en révélant qu'elle ne cherche que son héritage. Angélique, qui croit aussi son père mort, est sincèrement émue. Argan accepte Cléante comme gendre et décide de devenir médecin lui-même.
Troisième intermède : Argan est fait médecin lors d'une cérémonie burlesque.

B. Enjeux

■ Un spectacle complet. Molière invente le genre de la comédie-ballet avec *Les Fâcheux* en 1661. Convaincu que « les comédies ne sont faites que pour être jouées » (*L'Amour médecin*), Molière conçoit ses

Mot-clé
Églogue : petit poème d'origine latine mettant en scène des amours de bergers et de bergères.

comédies comme de véritables spectacles qui doivent mêler tous les arts : chant, danse, musique… *Le Malade imaginaire* mélange aussi plusieurs influences : l'églogue (prologue), la *commedia dell'arte* (1er intermède), les danses orientales (2e intermède), l'opéra français (II, 5), la parodie en latin (final).

■ La mise en abyme. L'intrigue reprend tous les éléments du « théâtre dans le théâtre » : les personnages se déguisent et jouent eux-mêmes la comédie. Cléante se fait passer pour un maître de musique, Louison et Argan feignent d'être morts, Toinette se déguise en médecin, Béline joue la bonne épouse amoureuse, Argan joue le rôle du malade. La pièce s'achève sur cet éloge du théâtre : « Nous y pouvons aussi prendre chacun un personnage, et nous donner ainsi la comédie les uns aux autres. Le carnaval autorise cela » (III, 14).

■ Une comédie satirique. Molière convoque toutes les formes de comique (gestes, caractère, mots, situation) et même la farce au service d'une critique de la pédanterie, et en premier lieu de celle des médecins qui sont une de ses cibles favorites, comme dans *Le Médecin malgré lui* (1666). Il critique également les pères autoritaires et égoïstes qui agissent contre l'intérêt et les sentiments de leurs enfants.

3 Le parcours : « Spectacle et comédie »

A. Mettre en scène la comédie

■ Le spectacle vivant regroupe différents arts : le théâtre, la danse, le cirque, l'opéra… Depuis le XXe siècle, de nombreux metteurs en scène proposent des mises en scène polymorphes mais le genre de la comédie-ballet n'a pas survécu à Molière.

■ Les types de comique. Le comique de gestes repose sur les mimiques, les chutes, etc. Le comique de mots joue avec le langage. Le comique de caractère s'incarne dans des types de personnages. Le comique de situation est généré par l'intrigue : quiproquos, rebondissements, coups de théâtre. La farce est une forme de comique qui repose sur des ressorts grossiers dans une intrigue simple : son but est d'abord de faire rire. La mise en abyme (le théâtre dans le théâtre) se retrouve volontiers dans les comédies avec le jeu sur les masques, les quiproquos, les faux-semblants…

■ La mise en scène joue un rôle important dans l'effet comique : l'humour est souvent visuel et lire une comédie ne suffit pas, à moins d'avoir assez d'imagination. Dans la préface à *L'Amour médecin*, Molière écrit : « On sait bien que les comédies ne sont faites que pour être jouées ; et je ne conseille de lire celle-ci qu'aux personnes qui ont des yeux pour découvrir, dans la lecture, tout le jeu du théâtre. »

B. Œuvres-clés liées au parcours

***L'Illusion comique* de Corneille (1639). Tragi-comédie en 5 actes**	Modèle de la mise en abyme, cette tragi-comédie met en scène plusieurs intrigues enchâssées. Un père, Pridamant, rend visite au magicien Alcandre afin de retrouver son fils. Par la magie, Pridamant assiste au spectacle de la vie de son fils, Clindor, qui a décidé de devenir comédien.
***Le Médecin malgré lui* de Molière (1666). Comédie en 3 actes**	Sganarelle est forcé de se déguiser en médecin pour éviter d'être bastonné et doit soigner une jeune fille promise à un homme contre son gré. La pièce est une farce.

***Le Jeu de l'amour et du hasard* de Marivaux (1730). Comédie en 3 actes**	Silvia se fait passer pour sa servante, Lisette, afin d'observer l'homme qu'elle doit épouser, Dorante. Mais celui-ci fait de même avec son valet, Arlequin. Toute l'intrigue de cette comédie repose sur une mise en abyme du théâtre, où chacun prétend être un autre.
***Le Barbier de Séville* de Beaumarchais (1775). Comédie en 4 actes**	Pour séduire Rosine, le comte Almaviva enchaîne les déguisements (étudiant, soldat, maître de chant) aidé de son ancien valet Figaro. Tous les personnages jouent un rôle afin de servir leurs intérêts. L'intrigue repose sur ces stratagèmes comiques et leurs rebondissements.

À retenir

- L'écriture dramaturgique est fortement liée à l'idée de représentation. La mise en scène est donc essentielle.
- La comédie repose sur des ressorts très visuels qui relèvent souvent de la mise en abyme : le théâtre dans le théâtre.
- La mise en scène peut emprunter à tous les genres du spectacle vivant.

4 Les prolongements artistiques et culturels

A. En musique

■ Jean-Baptiste Lully (1632-1687) est surintendant de la musique du roi Louis XIV puis maître de musique de la famille royale. Son influence est déterminante sur la musique du Grand Siècle et il collabore plusieurs fois avec Molière pour des comédies-ballets, notamment pour *L'Amour médecin* (1665) et *Le Bourgeois gentilhomme* (1670). La musique n'est pas un simple ornement, elle participe au spectacle total voulu par Molière et apprécié par la Cour.

■ Marc-Antoine Charpentier (1643-1704) est l'autre grand compositeur du XVIIe siècle. Il entre à la Cour grâce à Molière qui, fâché avec Lully, lui commande la musique du *Malade imaginaire*. La plupart des partitions ont disparu jusqu'en 1980 quand un musicologue en a retrouvé des copies dans les archives de la Comédie-Française. La musique du *Malade imaginaire* a été rejouée pour la première fois dans son intégralité en 1990 par Les Arts Florissants.

B. Mise en scène

Citation

« Le texte de théâtre est incomplet, illisible, sans la représentation qui achève de lui donner sens. »
Anne Ubersfeld

■ En 2019, à Nantes, Clément Pouillot propose une mise en scène du *Malade imaginaire* qui reprend l'intention moliéresque de spectacle total. Le texte original est respecté, sauf celui des intermèdes. La musique n'est pas celle de Charpentier : un pianiste est présent sur scène et les acteurs proposent numéros de music-hall et de cirque, morceaux chantés et dansés… Les décors et certains accessoires empruntent au style *steam punk*, les deux Diafoirus sont joués par le même acteur qui change de profil selon les répliques et dont le costume rappelle le travestissement de cabaret. Le sous-titre de la pièce a d'ailleurs été transformé de « comédie-ballet » à « cabaret médical ».

2 *L'Île des esclaves*, Marivaux
Parcours : Maîtres et valets

1 L'auteur

▲ Marivaux.

■ Né en 1688 à Paris d'un père fonctionnaire, Marivaux quitte rapidement ses études de droit pour se consacrer à l'écriture. À la fois journaliste et romancier (*La Vie de Marianne, Le Paysan parvenu*), il reste surtout dans les mémoires pour sa quarantaine de pièces. Il écrit essentiellement pour les comédiens du Théâtre-Italien. Partisan des Modernes dans la Querelle *(voir p. 94)*, il n'est pas apprécié par tous les auteurs de son temps, notamment par Voltaire contre qui il est élu à l'Académie française en 1742. Son œuvre connaît un succès très modeste de son vivant et il vit assez pauvrement. Il faut attendre le romantisme pour que l'œuvre de Marivaux soit réhabilitée. Héritier de Molière et des moralistes, il écrit des pièces comiques et satiriques qui révèlent un engagement politique en faveur de l'égalité et la liberté, comme dans *L'Île des esclaves* (1725). Il meurt de maladie en 1763.

2 L'œuvre

A. Contexte et résumé

■ *L'Île des esclaves* est une comédie en un acte écrite en prose. Elle a été jouée pour la première fois en mars 1725 au Théâtre-Italien.

■ En contrepoint à l'austérité et à la rigueur sous Louis XIV, un vent de liberté souffle pendant la période de la Régence (1715-1723). La pièce de Marivaux rend compte de cet esprit grâce à la légèreté du ton utilisé. L'intrigue est située dans une île imaginaire de la Grèce antique. Les personnages ont des noms grecs mais aussi tirés de la *commedia dell'arte*.

Résumé

Scènes 1 et 2 : Arlequin et Iphicrate arrivent sur l'île des esclaves. Trivelin, habitant de l'île, explique que les maîtres deviennent des valets et inversement et ce afin de rendre les maîtres meilleurs. Euphrosine et son esclave Cléanthis apparaissent comme les doubles au féminin d'Arlequin et Iphicrate.
Scènes 3 à 5 : Cléanthis est amenée à brosser le portrait de sa maîtresse en coquette tandis qu'Arlequin brosse celui d'Iphicrate en coureur de jupons. Les maîtres doivent avouer que le portrait leur ressemble.
Scènes 6 à 10 : Arlequin et Cléanthis, devenus maîtres, s'essayent eux aussi à la galanterie. Ils décident chacun de courtiser l'ancien maître de l'autre. Arlequin ordonne à Iphicrate, qui s'insurge, d'aimer Cléanthis, la nouvelle Euphrosine. Finalement, Arlequin pardonne à son maître, reprend ses habits d'esclave puis incite Cléanthis à faire de même.
Scène 11 : Trivelin annonce que les quatre personnages sont libres de retourner à Athènes : les valets ont pardonné aux maîtres tandis que ces derniers peuvent célébrer « le jour de [leur] vie le plus profitable ».

L'œuvre en Bibliolycée

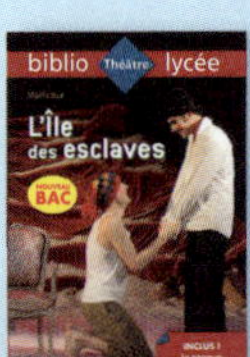

■ Cette pièce annonce également les idéaux des Lumières *(voir p. 94)*. Marivaux, en véritable moraliste, amène ainsi ses personnages, en particulier les maîtres, à s'interroger sur leur propre humanité, leur tolérance et sur ce qu'est le respect.

B. Enjeux

■ Une utopie. Le lieu imaginaire participe de la légèreté de la pièce. L'utopie n'en demeure pas moins un simple prétexte : les habitants de l'île n'ont pas la parole et ne servent finalement que de décor.

■ Travestissement et critique sociale. La pièce repose sur une inversion entre les maîtres et les esclaves qui questionne l'autorité abusive des maîtres. Si Arlequin est un personnage hautement comique quand il imite son maître, le spectateur rit surtout aux dépens d'Iphicrate.

■ Une « leçon d'humanité ». À la fin de la pièce, chacun reprend sa place de maître ou de valet. Plus qu'une critique politique et sociale, *L'Île des esclaves* constitue une critique des mœurs. Dans les pièces de Molière, le spectateur rit des défauts montrés sur scène. L'originalité de Marivaux consiste à montrer la prise de conscience intérieure des maîtres, amenés à dessiller leurs yeux afin de retrouver leur humanité perdue.

> **Citation**
>
> « Nous ne prenons que trois ans pour vous rendre sains, c'est-à-dire, humains, raisonnables, et généreux pour toute votre vie » dit Trivelin (scène 2).
>
> Le séjour dans l'île des esclaves est l'occasion d'offrir aux maîtres une « leçon d'humanité ».

3 Le parcours : « Maîtres et valets »

A. Des rapports complexes

■ Le couple du maître et du valet est traditionnel au théâtre. Inséparables, ils sont néanmoins dans une relation inégalitaire puisque le maître entretient un rapport de domination sur son valet.

■ Chacun son rôle. Dans la comédie, le maître est celui qui a le pouvoir tandis que le valet a pour lui la ruse. Ce dernier manigance pour aider son maître ou pour lui jouer des tours ! Le valet est comique voire ridicule tandis que le maître incarne grandeur et dignité.

■ Des rapports complexes. Asservis mais aussi sincèrement attachés à leurs maîtres, les valets entretiennent des rapports ambigus avec eux. Complices, alliés, ennemis, rivaux : les liens au sein du couple « maître-valet » sont à géométrie variable.

■ Le valet contestataire. Entre le XVIIe et le XVIIIe siècle, on observe la naissance d'un nouveau type de valet qui prend position sur le devant de la scène. Porte-parole d'une critique sociale, il passe d'un personnage soumis à un personnage subversif.

■ Le couple maître-valet au service du tragique contemporain. Initialement comique, le couple maître-valet questionne les rapports de domination, de classe, d'influence, de soumission et de dépendance qui prennent un tour tragique aux XXe et XXIe siècles.

B. Œuvres-clés liées au parcours

***Dom Juan* de Molière (1665)**	Dom Juan multiplie les conquêtes féminines et défie Dieu. Son valet Sganarelle ne voit pas d'un bon œil ses pratiques qu'il juge contraires à la religion et aux bonnes mœurs. Le valet se moque de son maître mais n'ose cependant jamais le faire directement devant lui.
***Turcaret* de Lesage (1709)**	Aux côtés de Turcaret, financier fortuné qui cherche à adopter le code de vie des aristocrates et courtise une baronne, le valet Frontin ainsi que la suivante Lisette affirment eux aussi leurs ambitions nouvelles. À la fin de la pièce, Turcaret qui a manigancé est ruiné et seuls les deux valets s'en tirent. La dernière réplique revient au valet Frontin : « Voilà le règne de M. Turcaret fini ; le mien va commencer ».
***Le Mariage de Figaro* de Beaumarchais (1784)**	Alors que Figaro est sur le point d'épouser Suzanne, le Comte Almaviva veut user de son droit de cuissage. Dans cette pièce, le valet acquiert une véritable épaisseur psychologique et devient le porte-parole des idées des Lumières de Beaumarchais.
***Les Bonnes* de Jean Genet (1947)**	Claire et Solange, les deux bonnes de Madame, projettent d'assassiner leur maîtresse. Selon le principe de la mise en abyme, elles se livrent à une « cérémonie » où Claire joue Solange et Solange joue Madame. La pièce interroge les rapports de jalousie mais aussi d'adoration des bonnes envers leur maîtresse.
***Hilda* de Marie NDiaye (1999)**	Mme Lemarchand transforme Hilda, sa femme à tout faire, en une sorte de poupée. Cette pièce, qui suscite le malaise des spectateurs, pose la question du rapport à l'autre et de l'ambiguïté des rapports de domination.

À retenir

- Le couple maître-valet est un élément typique de la comédie.
- Le maître et le valet entretiennent des relations complexes et ambiguës.
- La figure du valet évolue au fil des siècles. Simple support comique, sa parole se libère petit à petit, jusqu'à ce qu'il devienne un personnage de premier plan, porte-parole d'un discours contestataire.

4 Les prolongements artistiques et culturels

A. En peinture

- *Arlequin empereur dans la Lune* est une toile d'Antoine Watteau peinte en 1721. Amateur de théâtre, le peintre fréquente les foires où il assiste à du théâtre de rue.
- Cette toile est inspirée par une comédie d'Anne Mauduit de Fatouville intitulée *Arlequin empereur dans la lune*, jouée à la foire de Saint-Laurent en 1707 puis en 1719. Les personnages d'Arlequin, de Colombine et du *mezzetin* (représenté en rouge, tout à gauche du tableau) viennent de la *commedia dell'arte*.
- Dans la pièce, Arlequin aime Colombine, que son maître a promise à un fermier, un apothicaire ou un boulanger. Rusé, Arlequin se fait passer pour les prétendants et les ridiculise. Il se présente ensuite en tant qu'ambassadeur de l'empereur de la lune.

■ On retrouve dans cette toile plusieurs éléments qui font écho à *L'Île des esclaves* :
– l'évocation d'un monde imaginaire (île utopique ou empire de la lune) ;
– le travestissement d'Arlequin qui prend les habits de son maître chez Marivaux et ceux du fils d'un fermier chez Fatouville et Watteau ;
– l'inversion carnavalesque entre le statut d'esclave et de maître ou de bouffon et d'ambassadeur.

À savoir

Mikhaïl Bakhtine (1895-1975) remarque, pendant la période du carnaval, un renversement des valeurs entre le haut et le bas, le noble et le grossier, le dominé et le dominant, le sacré et le profane… C'est ce que l'on nomme l'« inversion carnavalesque ».

Antoine Watteau ▶ (1684-1721), *Arlequin empereur dans la Lune*, v. 1707, Nantes, Musée d'Arts.

B. En musique

■ « Maudite clochette » est une chanson de Juliette tirée de l'album *Mutatis Mutandis* (2005). Le texte apparaît comme une réécriture libre de la pièce de théâtre *Les Bonnes* de Genet. Dans la chanson comme dans la pièce, les bonnes rêvent de tuer leur maîtresse. Pourtant, à la différence de la pièce de théâtre, la chanson se termine sur le renoncement à tuer la maîtresse et sur l'abnégation de la bonne.

■ D'autres chanteurs se sont approprié cette thématique, notamment le quatuor vocal Les Frères Jacques dans une chanson intitulée « Les Bonnes ». Cette fois, c'est la maîtresse bourgeoise qui déplore la fin de l'époque des bonnes : « Moi qui suis faite pour être patronne / Et déployer d'l'autorité / Hé bien quand j'sonne / Il n'vient personne / Il n'y a plus d'bonnes / Quelle société ! »
De façon ironique et grâce à la tonalité comique de la chanson populaire, les Frères Jacques dénoncent la bourgeoisie qui reposait sur l'exploitation des domestiques : « La morale, je vous l'abandonne / La base du régime bourgeois / Son piédestal c'était la bonne / Sans elle tout s'effondre à la fois / L'office, le salon, la couronne / L'ordre, l'autorité, la loi / Y'a plus d'bon dieu, / Y'a plus personne / Quand y'a plus d'bonnes / Y'a plus d'bourgeois ! »

3 *Juste la fin du monde*, Lagarce
Parcours : Crise personnelle, crise familiale

1 L'auteur

▲ Jean-Luc Lagarce.

■ Jean-Luc Lagarce est né en 1957 en Haute-Saône dans une famille d'origine modeste : ses deux parents, ouvriers, travaillent dans les usines Peugeot. Il suit des études de philosophie et d'art dramatique à Besançon.

■ Metteur en scène, comédien, directeur de troupe, Jean-Luc Lagarce est aussi dramaturge. Traduit dans plusieurs langues, il est aujourd'hui le dramaturge contemporain français le plus représenté.

■ Ses pièces sont publiées aux éditions Les Solitaires Intempestifs, maison d'édition qu'il a lui-même créée en 1992.

■ Jean-Luc Lagarce meurt du sida en 1995. Il a 38 ans.

2 L'œuvre

A. Contexte et résumé

■ C'est au printemps 1990, deux ans après avoir appris qu'il était infecté par le VIH, que Jean-Luc Lagarce écrit *Juste la fin du monde*.

■ Dès le prologue, l'argument de la pièce est posé. Parti depuis longtemps de la maison familiale, Louis, âgé de 34 ans, revient voir sa mère, sa sœur Suzanne, son frère Antoine et sa belle-sœur Catherine pour leur annoncer qu'il est malade et va bientôt mourir. Le titre est à cet égard assez ironique, avec l'adverbe « juste » dans *Juste la fin du monde*.

Résumé

Prologue : Louis, seul sur scène, s'adresse aux spectateurs. Malade, il déclare vouloir revenir dans sa famille afin de lui annoncer sa mort prochaine.

Première partie (11 scènes) : Le retour de Louis suscite le malaise. La première partie révèle les règlements de compte et difficultés de communication au sein de la famille.

Intermède (9 scènes) : L'intermède propose 9 scènes très discontinues. Il donne à entendre des réflexions personnelles sur les rapports au sein de la famille sous forme de monologues ou met en scène divers dialogues.

Deuxième partie (3 scènes) : Louis décide de quitter sa famille sans avoir évoqué sa mort imminente (scène 1). Suzanne, Antoine, Catherine et Louis se disputent (scène 2). Dans sa très longue tirade, Antoine revient sur le déficit d'amour de Louis : « Tu me persuadais, / j'étais convaincu que tu manquais d'amour. »

Épilogue : Louis est mort. Il raconte qu'après son départ, lors d'un voyage dans le sud de la France, il a eu envie de « pousser un grand et beau cri » mais qu'il s'est tu.

B. Enjeux

■ L'importance de la parole. La difficulté à dire est centrale et constitue le moteur même de la pièce. En effet, la seule véritable action de la pièce consiste dans le fait que Louis cherche à annoncer l'approche imminente de sa mort à sa famille. Le mensonge et les non-dits sont aussi au cœur de cette pièce. On observe d'ailleurs de très nombreuses répétitions, comme si la parole n'arrivait plus à progresser, comme si chaque personnage n'arrivait pas à trouver les bons mots.

■ L'aveu impossible. Le tragique de la pièce réside dans l'impossibilité de Louis à délivrer son message à sa famille. Sa parole, perpétuellement mise en échec, achoppe. Il quitte sa famille en se sentant sans doute encore plus seul qu'avant son arrivée. La crise familiale nourrit la crise personnelle et inversement.

■ La famille. La pièce questionne les rapports entre membres de la famille. Le retour de Louis dans la maison familiale ouvre sur les souvenirs et chacun interprète, accuse, règle ses comptes.

3 Le parcours : « Crise personnelle, crise familiale »

A. Mettre en scène les crises personnelle et familiale

■ Les sphères personnelle et familiale. L'intitulé du parcours invite à réfléchir au lien entre ces deux sphères qui relèvent de l'intime. La famille peut en effet apparaître comme la première cellule sociale où se développe un individu. L'articulation entre ces deux sphères pose plusieurs questions : comment être soi au sein de sa famille ? Comment y trouver sa place ou comment s'en affranchir ? Peut-on se libérer du poids du passé ?

■ Mettre en scène la crise : un intérêt dramatique. La « crise » permet de faire avancer l'intrigue. En effet, mettre en scène la crise, c'est révéler aux spectateurs le mécanisme qui vient rompre un équilibre, par exemple au sein de la famille. Quel grain de sable vient enrayer toute la machine ?

■ Mettre en scène la crise : un intérêt scénographique. La crise, dans la mesure où elle est la manifestation violente et visible d'un déséquilibre, est intéressante du point de vue de la scénographie : comment représenter visuellement la rage, les cris, le désespoir, la solitude, la folie… ?

B. Œuvres-clés liées au parcours

Le Voyageur sans bagage **de Jean Anouilh (1937)**	Gaston, de retour de la Première Guerre mondiale, est amnésique. Plusieurs familles le réclament. La famille Renaud brosse de son « ancien lui » le portrait d'un homme odieux. À la fin de la pièce, une cicatrice confirme qu'il appartient à cette famille. Il décide alors de cacher sa véritable identité et choisit d'être le fils des Madensale. La pièce développe le thème du « retour du fils » qu'on trouve chez Lagarce.
Incendies **de Wajdi Mouawad (2003)**	À sa mort, la mère, Nawal, laisse à ses jumeaux, Jeanne et Simon, deux enveloppes : la première doit être donnée à leur père qu'ils croyaient mort et la seconde à un frère dont ils ignoraient l'existence. Cette quête des origines revient sur l'histoire de Nawal dans un pays en guerre du Moyen-Orient qui évoque le Liban.
Cendrillon **de Joël Pommerat (2011)**	Sandra, au chevet de sa mère mourante, interprète mal ses dernières paroles : Sandra comprend qu'elle ne doit jamais cesser de penser à sa mère, sous peine de la faire disparaître « pour de bon ». Sandra vit avec cette charge. Cette pièce qui est une réécriture de *Cendrillon* pose la question de la loyauté et de l'affranchissement vis-à-vis de sa famille.

À retenir

- Le théâtre apparaît comme un genre efficace pour rendre compte de la crise personnelle d'un personnage (par le monologue, par exemple) mais aussi de la crise familiale (non-dits, mensonges, manipulations…).
- Le théâtre interroge et révèle la complexité des rapports au sein de la cellule familiale et ses répercussions sur l'individu.

4 Les prolongements artistiques et culturels

A. En peinture

▲ Edgar Degas (1834-1917), *La Famille Bellelli*, 1858-1867, Paris, Musée d'Orsay.

■ *La Famille Bellelli*, est un tableau peint par Degas entre 1858 et 1867. Lors d'un séjour en Italie, le peintre rend visite à sa tante, Laure, mariée à Gennaro Bellelli.

■ Portrait d'une famille bourgeoise, la toile représente la mère, Laure, en habit noir de deuil, suite au décès de son père dont on distingue le portrait en arrière-plan. Les deux jeunes filles, Giovanna et Giulia, sont elles aussi vêtues de noir, malgré le blanc du tablier. La mère, debout, assez jeune, incarne une autorité froide. Le père est représenté de dos, sur la droite, à l'écart du trio féminin.

■ L'atmosphère générale est lourde et pesante. Les regards des parents ne se croisent pas, symbolisant une éventuelle mésentente entre eux.

■ La représentation de cette famille dans un intérieur cossu révèle en réalité les failles et crises de la famille bourgeoise : douleur du deuil, absence de communication, climat angoissant. Degas propose une vision originale de la famille, en contrepoint aux idéaux bourgeois qui, à cette époque, accordent une grande importance à la famille dont l'équilibre reflète la réussite économique.

B. Au cinéma

■ Xavier Dolan a réalisé en 2016 une adaptation cinématographique de la pièce de Lagarce qui a remporté le Grand Prix au festival de Cannes en 2016 puis, en 2017, trois Césars : meilleur réalisateur, meilleur acteur et meilleur montage.

■ Pour rendre compte du malaise et de la crise familiale et être au plus près des émotions des personnages, le réalisateur opte majoritairement pour des plans serrés.

■ La musique originale a été composée par Gabriel Yared. Dolan voulait une musique répétitive pour mettre fin à la scène de dispute, juste avant l'intermède. Le compositeur a proposé une adaptation du *Prélude en Do* de Bach. Au sens figuré, un « prélude » est censé annoncer quelque chose. De façon très ironique, ce « prélude » ne sera jamais suivi par la révélation de Louis.

SUJET DU BAC

Commentaire 20 pts — *Objet d'étude :* Le théâtre du XVIIe au XXIe siècle — 4 h

Vous ferez le commentaire de cet extrait de *Hilda* de Marie NDiaye publié en 1999 en vous aidant du parcours suivant :

1. Montrez que ce dialogue théâtral repose sur des rapports de domination.

2. Expliquez l'ambiguïté des liens entre Mme Lemarchand et Hilda.

Mme Lemarchand a choisi Hilda pour qu'elle devienne sa femme de ménage. Dans cette scène, Mme Lemarchand rend visite au mari d'Hilda, Franck, qui ne souhaite pas qu'Hilda travaille pour elle car cela l'empêche de voir et de s'occuper de ses propres enfants.

Scène II

[...]

Mme LEMARCHAND. – Je m'étonne, Franck, que vous puissiez envisager de renoncer aussi légèrement aux mille cinq cents francs du travail d'Hilda. Et je ne vous dirai plus qu'une chose à propos d'Hilda : je la garde.

FRANCK. – Merde alors. C'est ma femme.

Mme LEMARCHAND. – C'est la mienne. Ma femme de service. Je la garderai toujours, Franck, et de la façon qui me convient. Hilda ne me résistera pas. Elle est raisonnable, froide, calculatrice. À présent, faisons la paix. S'il vous plaît, un petit café.

FRANCK. – Hilda doit se ménager et rentrer plus tôt, et ne pas se tourmenter pour nos enfants. Cela n'ira bien que dans ces conditions.

Mme LEMARCHAND. – Ces sacrés gosses. Bon. Un café. Je vous céderai à un prix intéressant, Franck, ma voiture, lorsque la vôtre refusera d'avancer. Nous avons deux voitures mais je ne me sers que très peu de la mienne. Elle est comme neuve et s'ennuie au garage. Une Toyota. Je vous la vendrai, Franck, à un prix défiant toute concurrence. Et je me charge d'habiller Hilda, des robes mêmes que je portais il y a quelques années et qui sont très propres. Hilda est plus menue que moi et je ferai retoucher ces robes pour elle. Je veux vous aider, Franck, autant que je le peux. Connaissez-vous beaucoup de dames qui...? J'ôterai moi-même ses vêtements à Hilda, je la déshabillerai dans ma chambre, comme une camériste, et, quand elle ne sera plus qu'en slip et soutien-gorge (sa toute petite gorge d'oiseau fragile, Franck), je lui passerai ce que j'aurai préparé pour elle. Les pantalons imprimés et les pulls bon marché d'Hilda me font horreur, Franck. C'est la seule laideur, l'unique vulgarité que je lui vois, ces motifs d'ancres marines et ces faux boutons dorés, cette pauvre imitation de ce qu'Hilda et vous-même devez vous représenter comme le goût bourgeois. Je vais changer tout cela. Soyez bon pour moi, Franck, car je le suis envers vous deux comme personne n'a aucune raison de l'être. Ne me faites pas de peine et ne m'offensez pas. Je veux, Franck, que vous persuadiez Hilda de changer d'attitude à mon égard. Je veux, Franck, que vous persuadiez Hilda de devenir mon amie, qu'elle y consente. Alors je vous aiderai énormément. Je pourrai même vous prêter la Toyota, ma merveilleuse Toyota, Franck, rouge vif, basse et longue. Mais ne m'offensez jamais. Je vous aime, Hilda et vous. Combien de dames...? Franck, un café. Ne m'offensez pas. Je suis votre égale et votre sœur.

FRANCK. – J'ai à faire maintenant.

Mme LEMARCHAND. – Je suis lasse et je m'ennuie à la maison. Hilda me remplace très bien. Je vous envie d'avoir des choses à faire. Hilda est plus heureuse que moi.

FRANCK. – Oui.

Marie NDiaye, *Hilda*, © Les Éditions de Minuit, 1999.

→ *Corrigé p. 180*

CORRIGÉ

Corrigé du sujet de la p. 179.

Travail préparatoire

Analyse du texte

– **Analysez le texte dans sa globalité.** Avant de lire l'extrait, caractérisez-le. Il s'agit ici d'un dialogue théâtral entre Mme Lemarchand et Franck. La répartition de la parole montre que c'est Mme Lemarchand qui domine du point de vue langagier. La façon dont les personnages sont nommés est intéressante à observer : un prénom, Franck, et un nom de famille qui évoque l'argent et l'économie, Mme Lemarchand.

– **Laissez-vous guider par le parcours de lecture.** Lisez le parcours de lecture avant même de lire le texte. Il vous donne des indices. Cet extrait reprend une thématique traditionnelle : le lien entre un maître et son domestique, ici le lien entre Mme Lemarchand et sa bonne Hilda. Remarquez que le personnage d'Hilda, dont il est question, est absent de cette scène et n'est qu'un objet du discours.

Travail au brouillon

– **Posez-vous des questions sur les liens qui unissent les personnages.**
Comment la tension se manifeste-t-elle dans cet extrait ? Qui domine qui ? Quels éléments peuvent surprendre ? (langage familier dans la bouche de Franck, référence moderne à la société de consommation, etc.)

– **Montrez l'opposition entre les deux classes sociales.**

	Bourgeoisie (Mme Lemarchand)	Classe populaire (Franck et Hilda)
Les signes de richesse	…	…
La marque de voiture	…	…
Les types de vêtements	…	…
Les activités	…	…

Plan détaillé

Introduction

[accroche] Marie NDiaye est une autrice contemporaine née en 1967. Elle a remporté de nombreux prix littéraires, notamment le prix Goncourt en 2009 pour son roman *Trois femmes puissantes*. Ses œuvres sont souvent engagées. Elle est actuellement la seule femme vivante à être jouée à la Comédie-Française. **[présentation de l'œuvre]** La pièce éponyme* *Hilda* est l'histoire d'une relation entre Mme Lemarchand et sa femme de ménage, Hilda, qui n'apparaît jamais sur scène. Elle est présente dans les paroles de Mme Lemarchand, de son mari Franck et de sa sœur Corinne. Mme Lemarchand, « femme de gauche » veut qu'Hilda devienne son égale. Petit à petit, elle coupe Hilda de ses proches la transformant en une sorte de poupée. **[problématique]** Nous pouvons alors nous demander en quoi cet extrait pose la question des rapports de domination. **[annonce du plan en 2 parties]** Nous verrons d'abord que ce dialogue met en scène des rapports de domination avant de montrer que les relations entre Mme Lemarchand et Hilda sont ambiguës.

1. Un dialogue théâtral qui repose sur des rapports de domination

a) Une opposition entre deux classes sociales

– L'opposition entre bourgeoisie et classe populaire. Mme Lemarchand est celle qui détient la richesse, matérialisée par la voiture Toyota rouge. Les vêtements dénotent son appartenance sociale. On remarque une ironie* piquante dans les paroles de Mme Lemarchand lorsqu'elle accuse Hilda et Franck d'essayer d'imiter en vain le style bourgeois : « cette pauvre imitation de ce qu'Hilda et vous-même devez vous représenter comme le goût bourgeois ».

– L'opposition entre la classe qui s'ennuie et celle qui travaille. La classe sociale qui a de l'argent s'ennuie, comme le montre la répétition* du terme dans la bouche de Mme Lemarchand : sa voiture qui « s'ennuie au garage » apparaît comme une métonymie* de sa propre personne qui, elle aussi, « s'ennuie à la maison ».

b) La domination de Mme Lemarchand sur Franck

– Les éléments qui montrent la domination de Mme Lemarchand :

→ La façon de désigner les personnages : un nom de famille avec « Mme » pour la maîtresse, un simple prénom pour le mari de la femme de ménage.
→ Les impératifs de Mme Lemarchand, qui lui permettent d'asseoir son autorité.
→ La répétition en anaphore de « Je veux, Franck » et de « Ne m'offensez pas ».
→ L'utilisation du futur à valeur d'ordre : « Je la garderai toujours ».

– Le *leitmotiv* du « café ». Mme Lemarchand est chez Franck et réclame un café. On peut le comprendre comme une marque d'égalité entre eux, un petit café échangé autour d'une table entre amis, mais également comme un ordre. La demande du café est renouvelée trois fois, sous forme de gradation* : « S'il vous plaît, un petit café » puis « Bon. Un café » et enfin « Franck, un café ».

– Une répartition inégale de la parole. C'est Mme Lemarchand qui domine, de part ses tirades. Franck est quant à lui réduit à quelques répliques brèves. On observe une autre opposition : Mme Lemarchand manie bien la parole et le langage tandis que Franck peut se montrer grossier avec le terme « merde ». Il ne parvient pas à développer ses idées.

> **À savoir**
> Au théâtre, c'est souvent celui qui **parle** le plus qui a le **pouvoir**.

c) Hilda cristallise les oppositions

– La cristallisation du dialogue autour d'Hilda. C'est elle qui déclenche le conflit entre les deux personnages.

– **Un objet de marchandage.** Hilda est un objet, comme en témoigne le champ lexical* de l'appartenance : « je la garde », « c'est ma femme », « c'est la mienne », « je la garderai toujours ». Mme Lemarchand (comme son nom l'indique !) marchande Hilda qui n'apparaît que comme un objet de transaction. En échange de l'aide de Franck (« je veux, Franck, que vous persuadiez Hilda de devenir mon amie »), Mme Lemarchand s'engage à lui prêter sa voiture.
– **La voiture et Hilda sont mises sur le même plan :** Hilda est appréciable car elle est « raisonnable, froide et calculatrice » de même que la voiture est « rouge vif, basse et longue ». On notera la même utilisation du rythme ternaire, pour Hilda et pour la voiture, ce qui participe à les placer sur le même plan.

2. Des liens ambigus entre Mme Lemarchand et Hilda

a) Hilda : un personnage objet de discours et de désir

– **Un objet de désir.** Mme Lemarchand désire Hilda. Plusieurs formules le montrent : « ne me résistera pas », « vous persuadiez Hilda de devenir mon amie ». On observe le champ lexical* de la sensualité et du corps : « j'ôterai moi-même ses vêtements à Hilda, je la déshabillerai dans ma chambre, comme une camériste » puis la mention des sous-vêtements « en slip » et « soutien-gorge ».
– **La recherche d'une victime.** La comparaison* à un « oiseau fragile » est très symbolique : Mme Lemarchand veut attraper l'oiseau Hilda, lui voler sa liberté pour en faire son animal domestique. Mme Lemarchand cherche plus qu'une femme de maison, elle cherche une amie, une confidente, mais aussi une victime.

b) Hilda : la poupée de Mme Lemarchand, ou la réécriture du mythe de Pygmalion et Galatée

– **Hilda apparaît comme une poupée** dont Mme Lemarchand peut disposer à sa guise. Elle la « veut », l'échange contre une voiture, la déshabille, la rhabille. À la fin de la pièce, Hilda est complètement remodelée selon les désirs de sa supérieure. Elle perd toute autonomie et vitalité.
– **La reprise du mythe de Pygmalion.** La dramaturge reprend le mythe de Pygmalion mais l'inverse : Hilda est au départ une femme vivante qui est ensuite transformée en chose par sa maîtresse.

Le mythe de Pygmalion

Pygmalion, sculpteur, tombe amoureux de sa création, la **statue Galatée.** Aphrodite la rend alors vivante.

c) Qui, de Mme Lemarchand et d'Hilda, dépend vraiment de l'autre ?

– **Hilda, double de sa maîtresse.** Mme Lemarchand voit en Hilda un double : « des robes mêmes que je portais », « je suis votre égale, votre sœur ».
– **La domination seulement apparente de Mme Lemarchand.** La maîtresse semble avoir besoin de sa « servante » et apparaît comme complètement dépendante d'elle.
– **La supériorité d'Hilda ?** Plusieurs éléments étayent ce point de vue : c'est parce que Hilda échappe à Mme Lemarchand, qu'elle est son objet de désir ; Hilda semble plus heureuse que Mme Lemarchand ; Mme Lemarchand veut qu'Hilda devienne son amie, mais l'amitié ne s'achète pas, ne s'ordonne pas.

Analyse littéraire et grammaire

CHAPITRE 8

Le genre d'un texte

Chacun des quatre objets d'étude correspond à un genre littéraire précis. Un **genre littéraire** est une **catégorie** qui rassemble des textes présentant des **caractéristiques** communes. Pour bien reconnaître et analyser ces différents genres, vous devez connaître leurs caractéristiques.

1 La poésie

A Qu'est-ce que la poésie ?

Définition

La poésie est « une forme d'expression littéraire caractérisée par une utilisation harmonieuse des sons et des rythmes du langage, et par une grande richesse d'images. » (Dictionnaire Hachette). Le terme « poésie » vient du grec *poiêsis* qui signifie « création ». Le poète est un créateur dont la matière première est le langage.

Les fonctions de la poésie

- **L'expression des émotions.** La poésie **lyrique** dépeint les sentiments personnels comme le plaisir et la douleur d'aimer, la nostalgie ou l'angoisse face à la fuite du temps. On parle de poésie **élégiaque** lorsque le poète déplore la perte d'un être cher, par exemple lorsque Victor Hugo se rend sur la tombe de sa fille Léopoldine.

  Ex. : « [...] Je marcherai les yeux fixés sur mes pensées,
  Sans rien voir au dehors, sans entendre aucun bruit,
  Seul, inconnu, le dos courbé, les mains croisées,
  Triste, et le jour pour moi sera comme la nuit. [...] »
  Victor Hugo, « Demain, dès l'aube... », 1847.

> **Mot-clé**
> ***Topos*** : un *topos* (des *topoi*) est un thème récurrent.
> *Ex. :* la fuite du temps, l'image de la femme associée à une rose, etc.

- **La description du monde.** La poésie peint la beauté de la **nature** ou du **monde moderne** de la ville. Le poète prend aussi parfois pour matière poétique des **objets banals** de la vie quotidienne (« Le Buffet », Arthur Rimbaud).

- **Le déchiffrement du monde.** Le poète est un **visionnaire** qui déchiffre le monde et le cœur des hommes pour leur révéler ce qu'ils ne perçoivent pas. Pour Victor Hugo, le poète est un prophète qui détient la vérité ; pour Arthur Rimbaud, « le poète se fait voyant par un long, immense et raisonné dérèglement de tous les sens. »
- **L'engagement dans la société.** Les poètes, tels que Paul Éluard ou Louis Aragon, peuvent **prendre parti** pour une cause ou dénoncer une injustice.
- **Le jeu avec le langage.** Le poète interroge le langage et **joue** avec les mots. Jacques Prévert utilise volontiers des jeux de mots dans son recueil *Paroles*.

B Qu'est-ce que la versification ?

Définition

La versification est l'ensemble des règles qui régissent la mise en vers (rime, rythme, strophe, etc.).

> **Attention !**
> La poésie n'est **pas toujours versifiée !** Certains poèmes sont écrits en prose et ne comportent ni vers ni rimes, mais jouent sur le rythme, les sons et les images.

L'étude de la versification

- **La mesure du vers**

  – Le **vers** constitue une unité rythmique marquée graphiquement par un retour à la ligne. Il se mesure d'après le nombre de ses **syllabes (mètres)**.

  – Lorsque le type de mètre est identique, les vers sont dits **réguliers**. Quand le poète utilise plusieurs types de mètre, les vers sont dits **libres**.

  – Les vers les plus fréquents sont l'**octosyllabe** (8 syllabes), le **décasyllabe** (10 syllabes) et l'**alexandrin** (12 syllabes).

  – La **césure** d'un vers est une « coupe ou repos qui divise le vers après une syllabe accentuée » (Dictionnaire Hachette). Elle marque une pause.

  – L'**hémistiche** est la moitié d'un vers, coupé par une césure.

> **Rappel**
> Le **e muet** ne compte pas en fin de vers ni devant une voyelle à l'intérieur d'un vers.

> **Attention !**
> **Deux voyelles** qui se suivent dans un seul mot peuvent se prononcer différemment.
> *Ex. :* **lieu → 1 seule syllabe** = une **synérèse**.
> pa/**ssi/on → 2 syllabes** = une **diérèse**.
> La diérèse permet de mettre un mot en relief.

Ex. : « Et rose, elle a vécu // ce que vivent les roses »
François de Malherbe, 1599.
L'alexandrin est marqué par une césure à la moitié du vers (6/6) : on dit que le vers a une césure à l'hémistiche.

- **La composition en strophes**
Les vers sont fréquemment regroupés en strophes. La **strophe** est un « groupe de vers formant un système de rimes complet » (Dictionnaire Hachette). Elle est séparée graphiquement par un blanc.

Mot-clé
Sonnet : poème composé de 2 quatrains et 2 tercets.

Type de strophe	distique	tercet	quatrain	quintil	sizain	huitain	dizain
Nombre de vers	2 vers	3 vers	4 vers	5 vers	6 vers	8 vers	10 vers

C La poésie comme terrain de jeu

Le jeu sur les rimes

Les rimes participent de la **musicalité** d'un poème, souvent écrit pour être lu ou récité.

- **Les rimes se caractérisent par la répétition du même son** à la fin de deux vers différents.
- **La qualité des rimes** varie selon le **nombre de sons** en commun.

Type de rime	rime pauvre	rime suffisante	rime riche
Caractéristique	1 son commun	2 sons communs	au moins 3 sons communs
Exemple	joli / mari	pointu / têtu	ombre / sombre

- **La disposition des rimes** diffère : les rimes peuvent être **plates** ou **suivies** (aabb), **embrassées** (abba) ou **croisées** (abab).

Exemple de rimes croisées :
« Souvent, pour s'amuser, les hommes d'équip**age** (a)
Prennent des albatros, vastes oiseaux des **mers**, (b)
Qui suivent, indolents compagnons de voy**age**, (a)
Le navire glissant sur les gouffres a**mers**. [...] » (b)
Charles Baudelaire, « L'Albatros », 1859.

Le jeu sur le rythme

L'enjambement, le rejet et le contre-rejet introduisent des **variations rythmiques** qui mettent en relief certains mots ou groupes de mots.

- **L'enjambement** est un **débordement** de la phrase sur le vers suivant.

Ex. : « Et dès lors je me suis baigné **dans le Poème**
De la mer, infusé d'astres et lactescent [...] »
Arthur Rimbaud, « Le Bateau ivre », 1871.

- **Le rejet** est un **élément court** (1 ou 2 mots) rejeté au vers suivant, terminant brutalement la phrase.

  Ex. : « [...] Petit-Poucet rêveur, j'égrenais dans ma course
  Des rimes. Mon auberge était à la Grande-Ourse [...] »
  Arthur Rimbaud, « Ma Bohème », 1870.

- **Le contre-rejet** est un **élément court** qui amorce à la fin d'un vers une phrase développée au vers suivant.

  Ex. : « Souvenir, souvenir, que me veux-tu ? **L'automne**
  Faisait voler la grive à travers l'air atone [...] »
  Paul Verlaine, « Nevermore », 1866.

Le jeu sur les images

La poésie sollicite l'**imagination** du lecteur et rend compte de la **sensibilité** du poète qui crée des images inédites : comparaison*, métaphore*, personnification, allégorie*, etc.

2 La littérature d'idées

A Qu'est-ce que la littérature d'idées ?

Définition

La littérature d'idées regroupe tous les textes appartenant aux **genres argumentatifs** qui permettent aux auteurs de défendre une idée. Ces textes abordent des champs de réflexion vastes : littéraire, philosophique, politique, social, esthétique, éthique, scientifique, religieux, etc.

Les caractéristiques des textes d'idées

- **La thèse et le thème.** Par la littérature d'idées, un auteur défend une **thèse**, c'est-à-dire qu'il prend position sur un thème. Il faut distinguer la **thèse soutenue** par l'auteur et la thèse adverse, appelée **thèse réfutée**. Pour défendre sa thèse, l'auteur donne des **arguments** dans le but de remporter l'adhésion de la ou des personne(s) à qui il s'adresse : le(s) destinataire(s). Pour rendre ses arguments plus **concrets**, il les accompagne d'**exemples**.

- **Les deux stratégies pour argumenter.** Pour défendre sa thèse, l'auteur a recours à deux stratégies qui sont souvent **complémentaires** :
  – **Convaincre** : l'auteur s'adresse à la **raison** de son destinataire en s'appuyant sur sa logique (arguments, exemples, connecteurs logiques, etc.).
  – **Persuader** : l'auteur **touche** son destinataire en faisant appel à ses **sentiments** (lexique des émotions, tonalités pathétique, ironique, etc.).

B Les genres de l'argumentation

Définition

L'argumentation peut être **directe** ou **indirecte**. Dans l'argumentation directe, l'auteur prend **directement** la parole, utilise le *je* et formule clairement sa thèse. L'argumentation est indirecte lorsque l'auteur utilise **la fiction** pour faire passer sa thèse et délègue sa voix à un narrateur ou à des personnages.

Les formes de l'argumentation directe

- **L'essai** est un ouvrage en prose de **forme libre** dans lequel l'auteur exprime lui-même les mouvements de sa pensée sur un sujet (littéraire, politique, religieux, etc.). La thèse est clairement formulée.

- **La lettre ouverte** a un destinataire précis, mais l'auteur la rend publique pour toucher le plus grand nombre. Le lecteur est pris à témoin et appelé à prendre parti. Ainsi, Émile Zola, dans sa lettre ouverte « J'accuse… ! » parue en 1898 dans le journal *L'Aurore*, s'adresse au président de la République pour dénoncer la condamnation du capitaine Dreyfus, officier juif de l'armée française injustement accusé d'espionnage pour l'Allemagne.

- **Le pamphlet** est un texte **satirique** sur un **sujet d'actualité** qui s'en prend avec virulence à une personne ou à des institutions. Dans son pamphlet *Relation de la maladie, de la confession, de la mort et de l'apparition du jésuite Berthier,* en 1759, Voltaire ridiculise le rédacteur Berthier du *Journal de Trévoux* qui critiquait le travail des auteurs de *L'Encyclopédie* dirigé par Diderot et d'Alembert.

- **La maxime** énonce une **vérité générale** de façon concise et ingénieuse.

  Ex. : « Nous gagnerions plus de nous laisser voir tels que nous sommes, que d'essayer de paraître ce que nous ne sommes pas. »
  François de La Rochefoucauld, *Réflexions ou Sentences et Maximes morales*, 1664.

Les formes de l'argumentation indirecte

De nombreux romans, récits, nouvelles, pièces de théâtre peuvent constituer des textes d'idées relevant de l'argumentation indirecte. Cependant, les auteurs privilégient certains genres propres à l'argumentation indirecte.

- **La fable** est un récit qui met en scène des hommes, des animaux ou des végétaux. Elle contient souvent une **morale** explicite ou implicite (le lecteur doit alors la déchiffrer).

Auteur-clé

La Fontaine (1621-1695)
Dans ses *Fables* (1668-1694), La Fontaine peint la **société** et les **travers** des hommes de son temps. Il souhaite instruire ses contemporains tout en les divertissant : « Je me sers d'animaux pour instruire les hommes », précise-t-il dans sa préface au Dauphin.

- **Le conte** : récit **bref**, souvent merveilleux, qui contient une **morale**.
- **Le conte philosophique** est un conte qui traite d'**idées abstraites** comme *Candide* (1759) de Voltaire.

Mot-clé

Apologue : court récit à visée didactique. La fable et le conte sont des apologues.

- **L'utopie** décrit un monde ou une **société idéale**. Elle a une fonction critique parce qu'elle permet une réflexion philosophique et politique sur la société réelle. C'est Thomas More qui, en 1516, invente le terme avec son ouvrage *Utopie*.

C Les types de raisonnement

Le raisonnement déductif	– Le raisonnement part d'une constatation d'ordre général pour en déduire une remarque particulière. – Le raisonnement passe des principes aux conséquences, de la cause aux effets.
Le raisonnement inductif	Le raisonnement part d'un fait particulier observé pour en déduire une loi générale.
Le raisonnement par l'absurde	L'auteur détruit la thèse adverse en en montrant les conséquences absurdes.

À savoir

Le **syllogisme** est un type de raisonnement déductif résumé ainsi : A = B, or B = C, donc A = C. « Tous les hommes sont mortels, or Socrate est un homme, donc Socrate est mortel. »

Le raisonnement concessif	L'auteur commence par faire une concession et admettre la thèse adverse pour mieux affirmer, dans un second temps, le point de vue contraire.
Le raisonnement par analogie	L'auteur compare sa thèse à une situation semblable pour mieux la défendre.

D Les arguments non valides

Les arguments sont des idées qui appuient la thèse de l'auteur. Certains semblent valides alors qu'ils sont **faux**. Un bon lecteur apprend à identifier ces argumentations malhonnêtes.

L'argument d'autorité	L'auteur s'appuie sur une personne qui fait autorité.	*Ex. :* « Marc me l'a dit, c'est donc vrai. »
Le sophisme	Le raisonnement est valide en apparence, mais un des éléments est faux.	*Ex. :* « Tous les chats sont mortels. Or, Socrate est mortel. Donc Socrate est un chat. »
Le faux dilemme	C'est une fausse alternative.	*Ex. :* « Si tu n'es pas avec moi, tu es contre moi. »

3 Le roman et le récit

A Que sont le roman et le récit ?

Définition

Le **récit** est une « narration de faits réels ou imaginaires ». Parmi tous les types de récit (fable, conte, lai, etc.) on trouve le **roman** qui est un « récit de fiction en prose, relativement long, qui présente comme réels des personnages dont il décrit les aventures, le milieu social, la psychologie » (Dictionnaire Hachette).

La construction du récit

- **Différentes étapes** structurent généralement le récit : la situation initiale, l'élément perturbateur, les péripéties, l'élément de résolution et la situation finale.
- **L'incipit** correspond aux **premières lignes** du roman. Il pose le cadre, l'intrigue et les personnages. Il suscite également l'intérêt du lecteur.

L'ordre du récit

L'ordre chronologique de la narration est souvent **perturbé** dans un récit par l'**analepse** (retour en arrière ou *flash-back)*, la **prolepse** (anticipation) ou des **récits enchâssés** (récit inséré dans un autre).

Le rythme du récit

Le rythme de la narration **varie**. Il dépend du rapport entre le **temps du récit** (le temps fictif des événements racontés) et le **temps de la narration** (le nombre de pages).

- **La pause** correspond au temps des **descriptions** et des **commentaires**. Le temps de l'histoire est arrêté.
- **Le sommaire** permet au narrateur de **résumer brièvement** de longs faits.
- **La scène** permet au lecteur d'assister à l'action quasiment en **temps réel**.
- **L'ellipse** passe volontairement un fait **sous silence**.

B Les personnages

Définition

Le personnage est une **création littéraire** conçue et voulue par un auteur. Plusieurs procédés permettent de donner vie à cet être d'encre et de papier et de le rendre vraisemblable.

Auteur, narrateur et personnage

- **L'auteur** est la personnelle **réelle** qui a écrit le roman.
- **Le narrateur** est la personne **fictive** qui raconte. Le narrateur peut être extérieur au récit. Celui-ci est alors raconté à la troisième personne. Si le narrateur est intérieur au récit, le récit est à la première personne.
- **Le personnage principal** est celui dont on raconte l'histoire. Il est souvent porteur de **valeurs**. Lorsqu'il est doté de qualités morales et physiques exemplaires, c'est un héros. Lorsqu'il ne présente pas ces caractéristiques, on parle d'**anti-héros**.
- **Les personnages secondaires** tissent des relations avec le personnage principal.

Attention !

Dans un **récit autobiographique,** l'auteur est à la fois le narrateur et le personnage. En 1964, Jean-Paul Sartre raconte ainsi ses souvenirs d'enfance dans *Les Mots*.

À savoir !

Dans la mythologie gréco-latine, le **héros** est un **demi-dieu.** Il est célèbre par son courage et sa grandeur d'âme exceptionnelle. Achille et Hercule sont des héros.

La construction des personnages

Le romancier fabrique ses **personnages**. Il leur donne :

- **Une identité :** un nom, un prénom, un âge, une profession, etc. Il est ancré dans une époque.
- **Un portrait :** des caractéristiques morales et physiques.
- **Une voix :** une façon de parler (discours rapporté).
- **Des pensées :** une personnalité (point de vue interne).

C Le point de vue (ou focalisation) du narrateur

Point de vue omniscient (focalisation zéro)	Le narrateur connaît tout de l'histoire et de ses personnages. Il peut voir ce que les personnages ne perçoivent pas et comprendre ce qu'ils ne comprennent pas.
Point de vue interne (focalisation interne)	Le narrateur épouse le point de vue interne d'un personnage. Il a alors une vision subjective.
Point de vue externe (focalisation externe)	Le narrateur est un témoin neutre extérieur à l'histoire. Il rend compte de ce qu'il voit sans avoir accès à ce que pensent les personnages. Le récit paraît ainsi objectif.

Attention !
Le **point de vue** peut changer ! On peut passer d'un point de vue externe à un point de vue interne.

D Les paroles des personnages

Le narrateur peut **rapporter** les paroles des personnages de différentes façons.

Discours direct	– Les paroles sont reproduites telles que le personnage les prononce. – Présence de verbes de parole avant, après ou en incise. – Présence de guillemets, tirets, ponctuation expressive (?, !, etc.).	***Ex. :*** « C'est plus affreux encore que vous ne pouvez le croire ! » dit-il avec calme. (Agatha Christie, *Le Meurtre de Roger Ackroyd*, 1926)
Discours indirect	– La parole se fond dans le récit. – Les paroles rapportées sont introduites par des subordonnées complétives (*que*, interrogatives indirectes, infinitives). – Absence de guillemets et de tirets.	***Ex. :*** Il dit avec calme que c'était encore plus affreux qu'il ne pouvait le croire.
Discours indirect libre	– Mélange des discours direct et indirect. La parole se fond dans le récit, mais on perçoit l'intonation. – Marques de l'oralité du discours direct. – Absence de guillemets et de tirets.	***Ex. :*** Il dit avec calme que c'était encore plus affreux qu'il ne pouvait le croire !

4 Le théâtre

A Qu'est-ce que le théâtre?

Définition

Le théâtre est un « genre littéraire qui consiste en la production d'œuvres destinées à être jouées par des acteurs » (Dictionnaire Hachette).

Les conventions théâtrales

Le théâtre est écrit pour être joué. Cette spécificité entraîne des **contraintes** d'écriture.

- **Une illusion acceptée :** le théâtre repose sur un accord implicite avec le spectateur qui accepte d'emblée de croire que ce qui se déroule sur scène est vrai alors que ce n'est qu'**artifice**.

> **À savoir !**
> Pour **Aristote** (IVe siècle av. J.-C.), le théâtre est ***mimesis,*** c'est-à-dire qu'il donne à voir au lieu de raconter.

- **Le quatrième mur** représente la **frontière imaginaire** entre d'un côté l'espace scénique éclairé et, de l'autre, la salle où les spectateurs sont plongés dans la pénombre.
  Les représentations contemporaines brisent fréquemment le quatrième mur.
- **La double énonciation** est le fait de s'adresser simultanément à **deux destinataires** différents. Le personnage sur scène s'adresse à un autre personnage, mais aussi aux spectateurs dans la salle.

B Le texte théâtral

La parole

- **Les dialogues** représentent les paroles échangées entre les personnages.
- **La réplique** est ce qu'un acteur répond à un autre.
- **La tirade** est une longue réplique.
- **La stichomythie** est un dialogue contenant une succession de répliques brèves.
- **L'aparté** est une réplique brève prononcée par un personnage à l'insu des autres personnages. L'aparté crée une connivence avec le spectateur.

- **Le monologue** est une tirade prononcée par un personnage **seul** sur scène. Celui-ci peut exprimer ses sentiments, exposer une situation ou faire un récit d'événements qui n'ont pas eu lieu sur scène. Le personnage peut s'adresser à lui-même, à quelqu'un d'absent, à un objet, mais sa tirade est toujours destinée aux spectateurs.

Les didascalies

- **Les didascalies** sont des **indications** données au metteur en scène et aux acteurs pour préciser le nom des personnages, le lieu, l'époque, le décor, le costume, mais aussi les gestes et les intonations.
- **L'italique ou les parenthèses** signalent les didascalies. Elles ne sont pas prononcées par les acteurs. Quasiment inexistantes dans le théâtre classique, elles prennent de plus en plus de place dans le texte théâtral à partir du XIXe siècle.

La structure d'une pièce théâtrale

- **Les actes** représentent tous une **partie** de l'action. Chaque acte se compose d'une suite de **scènes** ayant chacune une unité. Chaque scène est marquée par l'entrée ou la sortie d'un personnage. À l'époque classique, une pièce devait contenir **cinq** actes.

> **À savoir !**
> Les **entractes** (entre les actes) permettaient au XVIIe siècle de changer les décors et surtout les bougies qui éclairaient la scène.

- **La scène d'exposition** présente les **personnages** et l'**intrigue**.
- **Le nœud** correspond au moment où le **conflit** éclate.
- **Les péripéties** désignent les **bouleversements** de l'action dramatique.
- **Le dénouement** est la **dernière partie** de la pièce où les conflits sont résolus. La fin est parfois en forme de *deus ex machina* lorsqu'une **présence divine** intervient, souvent figurée sur scène par une machinerie comme pour le dénouement de *Dom Juan* (1665) de Molière.

C La mise en scène

Définition

La mise en scène est l'organisation matérielle de la représentation d'une pièce. Elle est dirigée par un **metteur en scène**.

Le rôle du metteur en scène

Le metteur en scène peut être l'auteur de la pièce ou une personne différente. Aujourd'hui, de nombreux auteurs contemporains mettent en scène leurs propres textes, tels qu'Olivier Py ou Wajdi Mouawad. Le metteur en scène **dirige** les acteurs et leur jeu, mais effectue aussi des **choix** sur les **éléments matériels** de la représentation.

- **Le décor et les costumes** peuvent **respecter** le style de l'époque et le lieu de l'intrigue ou être en **décalage**.
- **L'éclairage, la musique, la danse, les bruitages, les vidéos, etc.** créent une atmosphère et donnent du sens à l'œuvre. La musique et la danse ont accompagné le théâtre depuis sa création. D'autres arts contemporains, comme les **arts numériques**, témoignent d'une mise en scène en perpétuel **renouvellement**.
- **L'adaptation** d'une pièce varie d'un metteur en scène à l'autre. Un seul texte porte en lui une infinité de mises en scène possibles.

À savoir !

Certains **metteurs en scène,** tels que Jean Vilar ou Louis Jouvet, prennent le parti de rester très fidèles au texte de l'auteur tandis que d'autres préfèrent s'en éloigner.

EXERCICES

1 30 min ★★ Le genre poétique

« Quand le ciel bas et lourd pèse comme un couvercle
Sur l'esprit gémissant en proie aux longs ennuis,
Et que de l'horizon embrassant tout le cercle
Il nous verse un jour noir plus triste que les nuits ;

Quand la terre est changée en un cachot humide,
Où l'Espérance, comme une chauve-souris,
S'en va battant les murs de son aile timide
Et se cognant la tête à des plafonds pourris ; [...] »

Charles Baudelaire, « Quand le ciel bas et lourd », *Fleurs du Mal*, 1857.

Répondez aux questions posées.

1. Le poème ci-dessus est-il versifié ? Si oui, identifiez le type de strophes, les vers et la qualité des rimes. Les choix en matière de versification sont-ils originaux ?

2. Quels procédés Baudelaire utilise-t-il pour exprimer son « spleen », c'est-à-dire son angoisse ?

→ *Corrigé p. 198*

2 20 min ★ La littérature d'idées

Répondez aux questions posées.

1. Dans la liste suivante, soulignez en rouge les genres de l'argumentation directe et en bleu ceux de l'argumentation indirecte : l'essai, la lettre ouverte, le conte, le pamphlet, l'utopie, la fable.

2. Pour chaque citation, identifiez le type de raisonnement utilisé :

a) « Si j'avais à soutenir le droit que nous avons eu de rendre les nègres esclaves, voici ce que je dirais. » Montesquieu, « De l'esclavage des nègres », *Essais*, 1580.

b) Tous les hommes sont mortels, or Socrate est un homme, donc Socrate est mortel.

c) « L'homme d'État regrette les hommes destinés à la guerre comme un propriétaire regrette la terre employée à former le fossé qui est nécessaire pour conserver le champ. » François Quesnay, article « Grains », *L'Encyclopédie*, 1769.

3. Montrez que « Melancholia », extrait des *Contemplations* (1856) de Victor Hugo est un poème engagé.

« [...] Où vont tous ces enfants dont pas un seul ne rit ?
Ces doux êtres pensifs que la fièvre maigrit ?
Ces filles de huit ans qu'on voit cheminer seules ?
Ils s'en vont travailler quinze heures sous des meules
ils vont, de l'aube au soir, faire éternellement

dans la même prison le même mouvement.
Accroupis sous les dents d'une machine sombre,
Monstre hideux qui mâche on ne sait quoi dans l'ombre,
Innocents dans un bagne, anges dans un enfer,
Ils travaillent. Tout est d'airain, tout est de fer.
Jamais on ne s'arrête et jamais on ne joue
Aussi quelle pâleur ! La cendre est sur leur joue. [...] »

→ Corrigé p. 198

3 30 min ★★★ Le roman et le récit

Emma Bovary se rend à un bal et assiste au repas.

« [...] Madame Bovary remarqua que plusieurs dames n'avaient pas mis leurs gants dans leurs verres. Cependant, au haut bout de la table, seul parmi toutes ces femmes, courbé sur son assiette remplie et la serviette nouée dans le dos comme un enfant, un vieillard mangeait, laissant tomber de sa bouche des gouttes de sauce. Il avait les yeux éraillés et portait une petite queue enroulée d'un ruban noir. C'était le beau-père du marquis, le vieux duc de Laverdière, l'ancien favori du comte d'Artois, dans le temps des parties de chasse au Vaudreuil, chez le marquis de Conflans, et qui avait été, disait-on, l'amant de la reine Marie-Antoinette entre MM. De Coigny et de Lauzun. Il avait mené une vie bruyante de débauches, pleine de duels, de paris, de femmes enlevées, avait dévoré sa fortune et effrayé toute sa famille. Un domestique derrière sa chaise, lui nommait tout haut, dans l'oreille, les plats qu'il désignait du doigt en bégayant ; et sans cesse les yeux d'Emma revenaient d'eux-mêmes sur ce vieil homme à lèvres pendantes, comme sur quelque chose d'extraordinaire et d'auguste. Il avait vécu à la cour et couché dans le lit des reines ! [...]»

Gustave Flaubert, *Madame Bovary*, 1857.

Répondez aux questions posées.

1. Le narrateur est-il interne ou externe ? Quel est le point de vue adopté ?
2. Quel regard le narrateur pose-t-il sur Emma ?

→ Corrigé p. 199

4 20 min ★★ Le théâtre

Répondez aux questions posées.

1. Pour la critique Anne Ubersfeld, « l'une des caractéristiques les plus étonnantes du théâtre, la moins visible mais peut-être la plus importante, c'est son caractère incomplet. » Expliquez cette citation.
2. *En attendant Godot* de Samuel Beckett s'ouvre par cette didascalie : « Route à la campagne, avec arbre. » Vous êtes metteur en scène. Quels choix faites-vous pour représenter l'arbre sur scène ?

→ Corrigé p. 199

CORRIGÉS

1 → *Énoncé p. 196*

1. Ce poème de Charles Baudelaire est **versifié**. Il forme une suite de **quatrains d'alexandrins**. Les rimes sont **riches** puisqu'elles sont composées d'au moins trois sons communs pour les mots mis à la rime. Baudelaire reprend une **forme traditionnelle**. L'angoisse et la mélancolie constituent un ***topos*** poétique. Pourtant, l'auteur nous livre un poème inédit grâce à la façon très singulière qu'il a de décrire son « spleen ».

2. Baudelaire utilise plusieurs **procédés** pour exprimer son angoisse. Tout d'abord, il donne à voir son « spleen » grâce à de nombreuses **images**. Il a notamment recours à plusieurs **comparaisons** : le ciel écrase ses pensées « comme un couvercle » (v. 1), l'Espérance est animalisée en « chauve-souris » (v. 6) et on relève l'**oxymore** « jour noir » (v. 4). En outre, les termes « couvercle » et « cercle » mis à la rime insistent sur la forme circulaire qui mime l'enfermement. Le poète donne aussi à entendre son angoisse avec la mention de « l'esprit gémissant ». Le bruit de la chauve-souris qui se cogne aux parois de la prison est renforcé par l'allitération en [t] avec « battant » et « tête ».
Le « spleen » baudelairien, qui est au départ une affection purement mentale et abstraite, est ici matérialisé et rendu sensible grâce à des images et à des **effets sonores**.

> **Rappel**
> Un **oxymore** désigne deux termes unis dans un groupe de mots mais dont le sens est opposé.

2 → *Énoncé p. 196*

1. l'essai, **la lettre ouverte**, le conte, **le pamphlet**, l'utopie, la fable.

2. *a)* Par l'**absurde**. Le philosophe des Lumières reprend les arguments des esclavagistes pour mieux dénoncer leur absurdité. Ce texte ironique est une condamnation féroce de l'esclavage. *b)* **Déductif**. **Syllogisme**. Il se résume en logique par A = B or B = C donc A = C. *c)* Par l'**analogie**.

3. Dans ce **poème engagé**, Victor Hugo dénonce le travail des enfants. Il cherche à **persuader** son lecteur en faisant appel à ses sentiments et notamment à sa pitié. La **tonalité pathétique** domine en effet l'extrait. La suite des **questions** permet d'abord d'impliquer son destinataire. Le poète crée un jeu de **contrastes** pour montrer l'opposition entre le monde innocent de l'enfance et la monstruosité du travail : « innocents dans un bagne », « anges dans un enfer ». Le **rejet** « ils travaillent » insiste sur cette action avilissante. La **phrase exclamative** renforce l'indignation.

> **Conseil**
> Reportez-vous à la page 200 pour réviser les différentes **tonalités** d'un texte.

3 → *Énoncé p. 197*

1. Il s'agit ici d'une narration à la **troisième personne** : le narrateur est **externe** à l'histoire. Il connaît le nom et le passé du vieil homme qu'observe Emma. À première vue, le point de vue est omniscient. Toutefois, on observe également l'utilisation du point de vue **interne** à Emma comme le montre le verbe « remarqua ». La scène de repas est décrite du point de vue d'Emma. Le lecteur suit son regard en observant d'abord les verres puis le « vieil homme ».

2. Le narrateur porte un regard **ironique** sur le personnage d'Emma. En effet, l'utilisation du point de vue **interne** à Emma permet de traduire son émerveillement qui est ici très naïf, voire ridicule. En effet, la jeune femme s'enthousiasme devant un homme vulgaire, sale et de mœurs légères. Le **décalage** entre la réaction excessive d'Emma et la bassesse des faits et gestes de « cet homme à lèvres pendantes » crée de l'ironie. L'utilisation du **discours indirect libre** à la fin de l'extrait donne à entendre à la fois le ravissement d'Emma, marqué par l'exclamation, mais aussi la moquerie du narrateur par rapport à la naïveté d'Emma : « Il avait vécu à la cour et couché dans le lit des reines ! ».

À savoir

La **tonalité ironique** sous-entend le contraire de ce qui est exprimé. Elle fait sourire aux dépens de quelqu'un qui est ridiculisé.

4 → *Énoncé p. 197*

1. La critique Anne Ubersfeld rappelle ici que la spécificité du genre théâtral réside dans le fait qu'il est **écrit pour être joué**. Le texte théâtral est bien un texte par nature incomplet, un texte à trous, une énigme à l'usage des metteurs en scène. Pour reprendre sa thèse, c'est dans **le passage de la page à la scène** que le texte trouverait « ses réponses » et que les lacunes se verraient comblées. L'auteur et le **metteur en scène** se livrent bien à des activités complémentaires. Le metteur en scène est donc à la fois là pour révéler ce que suggère le texte théâtral mais aussi pour l'interpréter. Toute mise en scène devient alors une invention, une **réécriture** de la pièce.

2. Il n'y a pas de bonne ou de mauvaise réponse pour cette question. L'important c'est d'être précis (matériaux utilisés, taille) et de voir que chaque choix débouche sur des **effets de sens** et sur une **interprétation** de la pièce. Ainsi, les metteurs en scène ont proposé des choix très divers : arbre en fer forgé, arbre symbolisé par un poteau électrique, arbre dénaturé en plante verte, arbre gigantesque.

Conseil

Reportez-vous à la page 195 pour réviser le rôle du **metteur en scène.**

CHAPITRE 9

La tonalité d'un texte

1 Qu'est-ce qu'une tonalité ?

A Tonalités et émotions

Définition

La tonalité d'un texte provient de l'**émotion** suscitée et ressentie à la lecture. Elle est le fruit d'une **intention** de la part de l'**auteur** qui cherche toujours à créer un **effet** sur son **lecteur**.

Identification

- **Le genre littéraire** ne détermine pas la tonalité. Par exemple, un roman peut être de tonalité comique ou tragique.
- **L'inscription dans une tradition littéraire.** Chaque auteur s'inscrit dans une **tradition** en reprenant une tonalité déjà existante mais en propose toujours une nouvelle version.
- **Une identification difficile.** **Plusieurs tonalités** peuvent coexister au sein d'un même texte. Un texte comique peut, par exemple, receler des tonalités satirique et ironique.

B Les principales tonalités

Tonalité	Effets recherchés	Procédés
Comique	– Faire rire ou sourire, distraire – Critiquer – Dédramatiser une situation	Différents types de comique : jeux de mots, situations décalées, quiproquos, comique de gestes, etc.
Ironique	– Faire rire, se moquer – Critiquer – Créer une complicité avec le lecteur	– L'antiphrase* – L'euphémisme* – L'hyperbole* – L'oxymore* – Procédés de mise à distance

Tonalité	Effets recherchés	Procédés
Satirique	Critiquer en faisant rire, se moquer	– Lexique péjoratif* – Exagérations*, hyperboles* – Caricature
Polémique	Susciter l'indignation et favoriser le débat	– Exagérations*, hyperboles* – Lexique des sentiments (indignation, révolte) – Lexique péjoratif* – Procédés de dévalorisation – Apostrophes*, exclamations
Tragique	Susciter la terreur et la pitié	– Lexique de la souffrance et fatalité (destin inéluctable) – Personnages victimes et coupables, en proie à un dilemme – Ponctuation forte
Pathétique	Susciter la pitié et la compassion	– Lexique des émotions (souffrance) – Ponctuation forte – Antithèses*
Lyrique	– Exprimer ses sentiments personnels – Prendre le lecteur comme confident	– Présence du *je* – Lexique des sentiments – Hyperboles* – Apostrophes* – Ponctuation forte
Épique	Susciter l'admiration, l'effroi	– Description d'exploits guerriers – Lexique de l'héroïsme, de la grandeur – Personnifications – Exagérations*, hyperboles*

2 Les tonalités comique et ironique

A La tonalité comique

Définition

La tonalité comique suscite le **rire**. La palette des émotions liées au comique est très large : elle va du rire franc de la farce au trait d'esprit raffiné qui fait naître le sourire.

Citation

« Le Comte : Qui t'a donné une philosophie aussi gaie ?
Figaro : L'habitude du malheur. Je me presse de rire de tout, de peur d'être obligé d'en pleurer. »
Beaumarchais, *Le Barbier de Séville*, 1775.

De nombreuses nuances

Les **nuances** de la tonalité comique sont nombreuses : tonalités ironique, satirique, parodique, burlesque (situation sérieuse décrite de manière triviale) ou héroï-comique (situation triviale décrite de manière sérieuse). L'**humour noir** permet d'évoquer l'absurdité ou la cruauté du monde comme la mort. L'**absurde** permet de rire d'une situation illogique dont le sens nous échappe.

Les fonctions

- **Divertir le lecteur.** Molière utilise toutes les ressources du comique dans son œuvre théâtrale pour **distraire** son public (*Les Précieuses ridicules, Le Bourgeois gentilhomme*, etc.).
- **Mettre à distance les peurs,** les angoisses, les tabous. Le rire est libérateur. François Rabelais, dans *Gargantua*, fait de nombreuses allusions scatologiques et brise certains tabous corporels.
- **Critiquer.** Au-delà de sa fonction ludique, le comique est une arme qui vise à dénoncer les **travers** des hommes ou à prendre parti pour une cause. Ainsi Molière, dans *Le Tartuffe* (1664), fait réfléchir à l'hypocrisie et au danger que représentent les faux dévots qu'il dénonce.

Un art du décalage

- **Entre une situation sérieuse et un propos ridicule.**
- **Entre le propos et la façon de le raconter.**
- **Entre une situation attendue et son résultat (effet de surprise).**
- **Entre le propos explicite et le sous-entendu implicite.**

Les types de comique

- **Le comique de langage.** Répétition d'un même mot, jeu de mots, dialogue de sourds, etc.

  Ex. : « Bélise : Veux-tu toute ta vie offenser la grammaire ?
  Martine : Qui parle d'offenser grand'mère ni grand'père ? »
  Molière, *Les Femmes savantes*, Acte II, scène 6, 1672.

- **Le comique de gestes.** Chute, gestes qui se répètent, coups de bâton, grimaces.
- **Le comique de situation.** Quiproquo, personnage caché, rebondissements, etc. Dans *L'Affaire de la rue Lourcine* (1857) d'Eugène Labiche, le protagoniste, Lenglumé, ne se rappelle plus pourquoi le matin, après une soirée de beuveries, un ancien élève de son lycée se retrouve dans son lit. Cette situation vaudevillesque engendre une succession de rebondissements et de quiproquos*.
- **Le comique de caractère.** L'auteur force les traits du personnage ou le caricature. Ainsi, dans *Le Médecin malgré lui*, Molière dépeint Sganarelle comme un être misogyne.

  Ex. : « Sganarelle : Et qui est ce sot-là, qui ne veut pas que sa femme soit muette ? »
  Molière, *Le Médecin malgré lui*, 1666.

- **Le comique de mœurs.** Celui-ci critique les coutumes et les conduites des hommes d'une époque. *Les Caractères* (1688) de Jean de La Bruyère dressent des portraits acerbes des hommes du XVIIe siècle.

B La tonalité ironique

Définition et fonction

La tonalité ironique repose sur un **décalage** : l'auteur cherche à faire comprendre le **contraire** de ce qu'il dit. L'ironie est principalement utilisée dans la littérature d'idées. Ce procédé est parfois difficile à **déceler**.

Ex. : « Le sucre serait trop cher, si l'on ne faisait travailler la plante qui le produit par des esclaves. »
Montesquieu, « De l'esclavage des Nègres », *De l'esprit des lois*, 1748.

L'auteur feint ici d'adopter le point de vue des esclavagistes en reprenant leurs arguments pour mieux critiquer l'esclavage.

Les procédés

- **L'antiphrase*** permet de dire le **contraire** de ce qu'elle énonce. Le titre du roman autobiographique de Simone de Beauvoir, *Mémoires d'une jeune fille rangée* (1958) est une antiphrase.
- **L'euphémisme*** *(voir p. 213)*.
- **L'hyperbole** *(voir p. 213)* : l'auteur **exagère** son discours pour mieux en dénoncer l'absurdité. À l'oral, l'intonation change et le ton de la voix permet de souligner les mots importants.

- **Les modalisateurs :** *bien sûr, évidemment*, etc.
- **La ponctuation** *(voir p. 214)* : l'exclamation, les points de suspension, etc.

Ex. : Candide : « Rien n'était **si** beau, **si** leste, **si** bien ordonné que les deux armées.

→ **Exagération et répétition. Rythme ternaire.**

Les trompettes, les fifres, les hautbois, les tambours, les canons formaient

→ **Accumulation. Exagération.**

une **harmonie** telle qu'il n'y en eut jamais en **enfer**. »

→ **Antithèse** (harmonie / enfer)

→ subordonnée complément circonstanciel de comparaison (telle qu'il n'y en eut jamais en enfer)

3 Les tonalités tragique et pathétique

A La tonalité tragique

Définition et fonction

Selon Aristote, la tragédie doit susciter la **terreur** et la **pitié** des spectateurs. Les personnages souffrent parce qu'ils sont en proie au destin et qu'ils ne peuvent donc rien contrôler. La tonalité tragique n'est pas réservée à la tragédie, tous les genres littéraires peuvent être de tonalité tragique.

> **À savoir !**
> Les **principes** de la tragédie ont été théorisés par **Aristote** dès l'Antiquité dans la *Poétique*. Ils ont été repris au XVIIe siècle par les dramaturges classiques, notamment Racine.

Les motifs tragiques

> **Mot-clé**
> **Inéluctable :** inexorable, qui arrive nécessairement.

- **La fatalité :** les personnages sont victimes de la **fatalité**, condamnés à un **destin inéluctable** et **funeste**. Une force supérieure (les dieux ou le destin) guide les actions humaines. Œdipe, dans *Œdipe Roi* (425 av. J.-C.) de Sophocle, tente en vain d'échapper à son destin prédit par un oracle (« tu tueras ton père et épouseras ta mère »).

- **Les personnages sont à la fois victimes et coupables.** Le personnage de Médée, dans *Médée* (1635) de Corneille, est victime de son mari Jason qui l'abandonne et la trompe avec Créuse. Pour se venger, Médée tue les enfants qu'elle a eus avec Jason. Ainsi, elle devient aussi coupable de cet infanticide.
- **Le héros est en proie à un dilemme.** Le roi Titus, dans *Bérénice* (1670) de Jean Racine, est face à un choix difficile : il aime Bérénice, reine de Palestine, et s'apprête à l'épouser. Mais le Sénat s'oppose à cette union avec une reine étrangère. Titus doit donc choisir entre son amour pour Bérénice et ses devoirs de souverain.

Les procédés

- **Les champs lexicaux*** de la souffrance, de la mort, du désespoir, de la colère.
- **Les figures d'insistance** *(voir p. 212)* : exagérations*, accumulations*.
- **Une ponctuation forte** *(voir p. 214)*.
- **Des phrases exclamatives ou interrogatives avec des allusions à la fatalité :** apostrophes (*Ô Dieu !*), interjections (*Hélas !, Ciel !*), etc.
- **L'emploi du futur à valeur prophétique** qui annonce une issue fatale et l'accomplissement du destin.

B La tonalité pathétique

Définition et fonction

Pathétique vient du grec *pathos* qui signifie « souffrance ». La douleur éprouvée par les personnages suscite la **compassion** ou la **pitié** du lecteur. La tonalité pathétique est essentielle dans la tragédie, mais elle est également fréquente dans la littérature d'idées pour persuader le lecteur.

Victor Hugo, dans « Melancholia » (1856), dénonce le travail des enfants et exprime leur souffrance.

Ex. : « Où vont tous ces enfants dont pas un seul ne rit ?
Ces doux êtres pensifs que la fièvre maigrit ?
Ces filles de huit ans qu'on voit cheminer seules ?
Ils s'en vont travailler quinze heures sous des meules. [...]
Innocents dans un bagne, anges dans un enfer,
Ils travaillent. Tout est d'airain, tout est de fer.
Jamais on ne s'arrête et jamais on ne joue.
Aussi quelle pâleur ! La cendre est sur leur joue. [...] »

Les procédés

- **Les champs lexicaux*** de la souffrance, du désespoir.
- **Les figures d'insistance** *(voir p. 212)* : exagérations*, accumulations*.
- **Une ponctuation forte** *(voir p. 214)* marquée par les phrases interrogatives et exclamatives.
- **Des figures d'opposition** *(voir p. 213)* : antithèses* (« innocents » et « bagne », « anges » et « enfer »), oxymores*.

C Distinguer les tonalités tragique et pathétique

Il est nécessaire de distinguer ces deux tonalités si proches qui cohabitent souvent au sein d'un même texte.

	Tonalité tragique	Tonalité pathétique
Enchaînement des événements	Issue connue et inéluctable des événements, dictés par une force supérieure.	Événements non prévus d'avance (effet d'attente, de suspense).
Émotions suscitées	Émotions contradictoires, terreur et pitié.	Compassion du lecteur ou du spectateur, qui se met pleinement à la place du personnage et souffre avec lui.

4 La tonalité lyrique

A L'expression personnelle des sentiments

Définition

La tonalité lyrique se définit comme l'**expression personnelle** des **sentiments**. C'est la tonalité privilégiée des **poètes**, mais on la retrouve dans d'autres genres comme le roman (description lyrique de la nature) ou le théâtre (tirade lyrique).

Les procédés

- **L'utilisation du pronom personnel sujet *je*** est la **marque principale** du lyrisme. L'auteur peut s'adresser à lui-même, à l'être aimé, au lecteur. Marceline Desbordes-Valmore demande ici à son amant de ne pas lui écrire pour ne pas la faire souffrir :

  Ex. : « N'écris pas. Je suis triste, et je voudrais m'éteindre. / Les beaux étés sans toi, c'est la nuit sans flambeau. / J'ai refermé mes bras qui ne peuvent t'atteindre, / Et frapper à mon cœur, c'est frapper au tombeau. / N'écris pas ! »
  Marceline Desbordes Valmore, « Les séparés », *Poésies inédites*, 1860.

- **Le champ lexical des sentiments** grâce auquel l'auteur développe ses **états d'âme** et sonde son cœur en profondeur.

- **Les figures de comparaison, d'insistance, de construction** *(voir p. 211)* : métaphores*, comparaisons*, hyperboles*, anaphores*, périphrases*, etc.

- **Une ponctuation forte.** Les phrases **exclamatives** rendent compte des élans du cœur ; les **interrogatives** traduisent le doute, les interrogations et les égarements du cœur.

Les thèmes lyriques

La tonalité lyrique exprime la singularité d'une émotion ressentie mais aussi son **universalité** puisque le lecteur peut se reconnaître dans les mots du poète. Les thèmes lyriques, souvent repris, constituent des ***topoï***, c'est-à-dire des motifs récurrents.

- **L'amour et ses variations :** séparation, deuil, amour impossible, plaisir et douleur d'aimer.

- **La fuite du temps et la solitude.**

- **La mélancolie, la nostalgie.** Le poète sénégalais Léopold Sédar Senghor évoque le souvenir de sa ville natale, Joal, dans un poème sur l'exil.

  Ex. : « Joal ! / Je me rappelle. / Je me rappelle les signares [femmes noires ou métisses] à l'ombre verte des vérandas / Les signares aux yeux surréels comme un clair de lune sur la grève. »
  Léopold Sédar Senghor, « Joal », *Poèmes*, 1964.

B De la lyre au lyrisme

- **« Lyrique »** vient du mot « lyre » qui désigne un **instrument à cordes** pincées de l'Antiquité. C'est, dans la mythologie grecque, l'instrument d'Apollon, dieu des arts, du chant et de la musique, et d'Orphée, poète musicien qui charme les bêtes sauvages avec son chant et sa lyre. Conformément aux origines du mot, la tonalité est toujours en lien avec la **musique**.

- **La musicalité** est parfois énoncée **explicitement** par l'auteur. Louise Labé commence ainsi un sonnet : « Luth, compagnon de ma calamité ». Le luth est ici comme un double de la lyre. La poétesse livre ses états d'âme amoureux et montre comment le luth transforme sa douleur d'aimer en une belle œuvre musicale.

  Des **procédés** liés à la musique viennent renforcer la tonalité lyrique : allitérations (répétition de sons consonantiques), assonances (répétition de sons vocaliques), travail sur la versification*, rimes*, répétitions*, etc.

EXERCICES

1 15 min ★★ Vrai ou faux ?

1. Une tonalité est toujours liée à un genre en particulier.
2. L'antiphrase est le procédé majeur de la tonalité ironique.
3. Il existe le comique de langage, de répercussion, de gestes, de comportement, de situation.
4. Selon Aristote, la tragédie doit susciter la crainte et l'admiration du spectateur.
5. La tonalité lyrique entretient un lien avec la musique.

→ *Corrigé p. 210*

2 30 min ★★★ Les tonalités

Pour chaque extrait, identifiez la tonalité en justifiant votre réponse par trois procédés littéraires.

1.

Phèdre est amoureuse de son beau-fils Hippolyte. Elle finit par lui avouer son amour coupable.

« Phèdre : [...] Eh bien ! connais donc Phèdre et toute sa fureur :
J'aime. Ne pense pas qu'au moment que je t'aime,
Innocente à mes yeux, je m'approuve moi-même,
Ni que du fol amour qui trouble ma raison,
Ma lâche complaisance ait nourri le poison ;
Objet infortuné des vengeances célestes,
Je m'abhorre encor plus que tu ne me détestes.
Les dieux m'en sont témoins, ces dieux qui dans mon flanc
Ont allumé le feu fatal à tout mon sang ;
Ces dieux qui se sont fait une gloire cruelle
De séduire le cœur d'une faible mortelle. [...] »

Racine, *Phèdre*, Acte 2, scène 5, 1677.

2.

Apollinaire revient dans sa « Chanson du mal-aimé » *sur sa liaison avec Annie Playden, rencontrée en Allemagne.*

« [...] J'ai pensé à ces rois heureux
Lorsque le faux amour et celle
Dont je suis encore amoureux
Heurtant leurs ombres infidèles
Me rendirent si malheureux [...] »

Guillaume Apollinaire, « La Chanson du mal-aimé », *Alcools*, 1913.

→ *Corrigé p. 210*

CORRIGÉS

1 → *Énoncé p. 209*

1. Faux. Une tonalité peut se trouver au sein de textes de genres variés.

2. Vrai.

3. Faux. Le comique de répercussion n'existe pas, pas plus que le comique de comportement. Il manque à la liste le comique de caractère ainsi que le comique de mœurs.

4. Faux. Elle doit susciter la terreur et la pitié.

5. Vrai.

2 → *Énoncé p. 209*

Extrait	Tonalité dominante	Procédés
1. ***Phèdre***	tragique	Personnage à la fois victime et coupable / lexique de la fureur / hyperboles* / antithèses*
2. **« La Chanson du mal-aimé »**	lyrique	Lexique de l'amour associé au malheur / pronom personnel sujet *je* / référence à la musique inscrite dans le titre

Les outils d'analyse d'un texte

CHAPITRE 10

1 L'énonciation d'un texte

A Le schéma de communication

Communication orale ou écrite	Un émetteur : celui qui envoie le message ⟶ Un message ⟶ Un récepteur : celui qui reçoit le message
En littérature	L'auteur ⟶ Le texte écrit ⟶ Le lecteur

B Définition

La situation d'énonciation indique qui parle à qui et dans quel contexte. Les **marques** de l'énonciation répondent aux questions : Qui parle ? À qui ? De quoi ? Pour quelles raisons ? À quel moment ? Dans quel lieu ?

Énoncé ancré dans la situation d'énonciation	– Pronoms personnels (1re et 2e personnes) : *je, me, tu, te, nous, vous.* – Déterminants et pronoms démonstratifs : *ce, cet, cette, ces.* – Adverbes de lieu et de temps : *ici, maintenant.* – Présent d'énonciation et passé composé. – Adverbes : *probablement*, etc. ; locutions adverbiales : *peut-être*, etc. – Lexique qui relève de la subjectivité.
Énoncé coupé de la situation d'énonciation	– Pronoms personnels (3e personne) : *il, elle*, etc. – Présent de narration et passé simple. – Dates et lieux précis. – Absence de lexique relevant de la subjectivité.

2 L'analyse stylistique

A Les figures de comparaison

- **La comparaison** rapproche **deux** éléments, le comparé et le comparant, au moyen d'un **outil de comparaison** (*comme, tel, de même que, ainsi que, ressembler à*, etc.).

- **La métaphore** n'utilise pas d'outil de comparaison ; le comparé et le comparant sont **directement associés**. C'est au lecteur de décoder le rapport de similitude. La métaphore produit des images surprenantes ou poétiques.

  Ex. : « On ne me connaissait pas, on ne me regardait pas, on ne me reprenait pas : j'étais ***un atome perdu*** dans cette immense foule. »
  George Sand, *Histoire de ma vie*, 1854.

- **L'allégorie** représente de façon imagée une **idée abstraite**, un concept ou une valeur. La justice est ainsi souvent représentée de façon allégorique par une femme aux yeux bandés qui tient une balance.

- **La personnification** donne des **caractéristiques humaines** à un objet, un animal, un élément, etc., traité comme une personne.

  Ex. : « **La rue assourdissante** autour de moi **hurlait**. »
  Charles Baudelaire, « À une passante », 1861.

B Les figures de substitution

- **La métonymie** désigne le **contenant** pour le **contenu**, la matière pour l'objet, l'auteur pour l'ouvrage, le contenu pour le contenant, la partie pour le tout, etc. *Ex. :* J'ai lu tout Simone de Beauvoir.

- **La périphrase** nomme une idée, une personne ou une chose par une expression la définissant ou évoquant ses **caractéristiques**.

  Ex. : « J'ai longtemps entretenu avec **la Diane des forêts** [= la chasse] des rapports changeants et passionnés. » Marguerite Yourcenar, *Mémoires d'Hadrien*, 1951.

C Les figures d'insistance et d'atténuation

- **La gradation** est une **suite** d'éléments ordonnés de façon **croissante** (gradation ascendante) ou **décroissante** (gradation descendante).

- **L'accumulation** est une **succession** d'éléments de même nature et sans ordre particulier. L'accumulation est une figure d'amplification.

Ex. : « J'allais être **influencée, remaniée, orientée** par Anne. Elle agirait par **l'intelligence, l'ironie, la douceur**. » Françoise Sagan, *Bonjour tristesse*, 1954.

La première phrase contient une gradation, la seconde une énumération.

- **L'hyperbole** consiste à exagérer une idée pour la **mettre en relief** *(mourir de soif)*.
- **L'euphémisme** est une figure d'atténuation pour cacher la réalité et **adoucir** une expression qui pourrait être déplaisante.

  Ex. : « Cette petite grande âme venait de s'envoler. » (À propos de la mort de Gavroche) Victor Hugo, *Les Misérables*, 1862.
- **La litote** est une figure d'atténuation qui consiste à **dire moins** pour **suggérer plus**. Elle se construit souvent avec la négation.

  Ex. : « Va, je **ne** te hais **point**. » (= *je t'aime*) Corneille, *Le Cid*, 1637.

D Les figures d'opposition

- **L'antithèse** marque une **opposition** entre deux expressions ou deux mots afin de mettre en valeur une idée.

  Ex. : « Je **vis**, je **meurs** ; je me **brûle** et me **noie** ; » Louise Labé, *Sonnets*, 1555.
- **L'oxymore** allie deux mots ou deux expressions de **sens contradictoire**. C'est une forme d'antithèse, mais avec un lien syntaxique fort entre les termes unis dans un groupe de mots, souvent un nom et un adjectif.

  Ex. : Marguerite Yourcenar décrit la vie du philosophe Socrate comme « une existence vouée à un **échec sublime** » *Feux*, 1936.
- **L'antiphrase** exprime une idée par son contraire dans une **intention ironique**. C'est la figure clé de l'ironie.

  Ex. : « Vivent les collèges d'où l'on sort si habile homme ! » Molière, *Le Malade imaginaire*, acte II, scène 5, 1673.

E Les figures de construction

- **L'anaphore** répète un même mot ou une **même expression** en début de phrase, de vers ou de proposition.
- **Le parallélisme** répète la **même construction** de phrase ou de groupes de mots.

  Ex. : « Innocents dans un bagne, anges dans un enfer » Victor Hugo, « Mélancholia », *Les Contemplations*, 1856.
- **Le chiasme** est une construction « en croix » qui **inverse** l'ordre de deux éléments, par exemple : nom-adjectif puis adjectif-nom ou idée positive – idée négative puis idée négative – idée positive.

  Ex. : « **L'amour** était toujours mêlé aux **affaires**, et les **affaires** à **l'amour**. » Madame de Lafayette, *La Princesse de Clèves*, 1678.

3 L'étude de la ponctuation

A Qu'est-ce que la ponctuation ?

La ponctuation est un « système de **signes graphiques** permettant de séparer les phrases d'un texte, d'indiquer certains rapports syntaxiques et de noter divers faits d'intonation » (Dictionnaire Hachette).

B Ponctuation et rythme

- **Une transcription des pauses faites à l'oral :** le **point** (pause longue), le **point-virgule** (pause moyenne), la **virgule** (pause brève).
- **La ponctuation** peut créer une **rupture** (le point en fin de phrase) ou permettre un **enchaînement** (les deux points qui annoncent un exemple).

C Ponctuation et émotions

La ponctuation marque également le **type de phrase** (déclaratif, interrogatif, exclamatif) et permet de transmettre une **émotion**.

- **L'interrogation** marque la question, le **doute**, parfois l'indignation.
- **L'exclamation** rend compte d'une large gamme **d'émotions**, de la colère à la joie.
- **La ponctuation forte** se marque par l'utilisation de nombreux **points d'exclamation** et **d'interrogation**. Elle marque une grande expressivité.

  Ex. : « Dis ? Mon âme ? Où est-elle ? Qui est-elle ? Que fait-elle ? [...] À quoi ressemble-t-elle ? À une gousse d'ail que l'on écrase dans un mortier ou à un balai que l'on remise derrière une porte ? »
  Driss Chraïbi, *La Civilisation, ma Mère !...*, 1972.

D Ponctuation et style

- **La ponctuation comme effet de style.** L'auteur adapte la ponctuation de son texte à ses intentions.

  Ex. : « L'orchestre cessa de jouer. Une danse se terminait. La piste s'était vidée lentement. Elle fut vide. »
  Marguerite Duras, *Le Ravissement de Lol V. Stein*, 1964.

  L'auteur utilise des phrases courtes créant ainsi un effet haché qui renforce le sentiment de vide.

- **L'absence de ponctuation.** Certains auteurs peuvent également faire le choix de la supprimer comme Guillaume Apollinaire dans son recueil *Alcools* (1913).

Citation

« On a dit, "le style, c'est l'homme". La ponctuation est encore plus l'homme que le style. » George Sand

EXERCICES

1 20 min ★★ L'énonciation

« Considère, mon amour, jusqu'à quel excès tu as manqué de prévoyance. Ah ! Malheureux ! Tu as été trahi et tu m'as trahie par tes espérances trompeuses. Une passion sur laquelle tu avais fait tant de projets de plaisirs, ne te cause présentement qu'un mortel désespoir, qui ne peut être comparé qu'à la cruauté de l'absence qui le cause. Quoi ? Cette absence, à laquelle ma douleur, tout ingénieuse qu'elle est, ne peut donner un nom assez funeste, me privera donc pour toujours de regarder ces yeux dans lesquels je voyais tant d'amour, et qui me faisaient connaître des mouvements qui me comblaient de joie, qui me tenaient lieu de toutes choses, et qui enfin me suffisaient ? »

Gabriel de Guilleragues, *Lettres portugaises*, 1669.

Étudiez les marques de l'énonciation dans cette première lettre des *Lettres portugaises*.

➔ *Corrigé p. 217*

2 15 min ★★ L'analyse stylistique

Identifiez les figures de style.

1. Une « obscure clarté » Pierre Corneille, *Le Cid*, IV, 3.
2. « Le monocle du général, resté entre ses paupières, comme un éclat d'obus dans sa figure vulgaire. » Marcel Proust, *Du côté de chez Swann*, 1913.
3. « Ô noires nuits vainement attendues / Ô jours luisants vainement retournés ! » Louise Labé, *Sonnet II*, 1555.
4. « Hiver, vous n'êtes qu'un vilain ! » Charles d'Orléans, XVe siècle.
5. « Ses moindres actions lui semblent des miracles » Molière, *Le Tartuffe*, 1664.
6. « Le crépuscule ami s'endort dans la vallée » Alfred de Vigny, « La Maison du berger », 1844.
7. « Ah ! quelle cruauté, qui tout en un jour tue / Le père par le fer, la fille par la vue » Corneille, *Le Cid*, 1637.
8. « Notre adieu ne fut point un adieu d'ennemis » Corneille, *Suréna*, 1675. Eurydice prononce cette réplique à propos de Suréna qu'elle aime secrètement.
9. « Son regard est pareil au regard des statues, / Et, pour sa voix, lointaine, et calme, et grave, elle a / L'inflexion des voix chères qui se sont tues. » Paul Verlaine, « Mon Rêve familier », 1866.

➔ *Corrigé p. 217*

3 15 min ★ L'étude de la ponctuation

« Je m'en vais vous mander la chose la plus étonnante, la plus surprenante, la plus merveilleuse, la plus miraculeuse [...], la plus secrète jusqu'à aujourd'hui, la plus brillante, la plus digne d'envie ; enfin une chose dont on ne trouve qu'un exemple dans les siècles passés [...]. »

Madame de Sévigné, *Lettres choisies*, 1846.

Déterminez quelle marque de ponctuation est majoritairement utilisée dans cette lettre et quel est l'effet produit.

➔ *Corrigé p. 217*

CORRIGÉS

1 → *Énoncé p. 215*

Cet extrait est tiré d'un roman **épistolaire**. L'épistolière s'adresse ici à son **amant** qui, on le comprend, l'a abandonnée. Les marques de la **première personne** comme « je » ou « m' » montrent l'implication de la femme dans son écriture. Le **lexique** de la **douleur** et la **ponctuation forte** renforcent cette implication. De plus, c'est à un ancien amant qu'elle s'adresse comme l'indiquent le « tu » et les différentes **apostrophes** (« malheureux ! »).

À savoir

La **ponctuation forte** (nombreux points d'interrogation et d'exclamation) est utilisée dans les phrases exclamatives et interrogatives pour donner au texte une plus grande expressivité.

2 → *Énoncé p. 215*

1. l'oxymore. **2.** la comparaison. **3.** le parallélisme. **4.** l'allégorie. **5.** l'hyperbole. **6.** la personnification. **7.** la métonymie. **8.** la litote. **9.** l'euphémisme.

3 → *Énoncé p. 216*

Dans cette lettre, Madame de Sévigné utilise abondamment les **virgules**. Cette utilisation massive permet de renforcer le **suspense** de la nouvelle qu'elle annonce à Monsieur de Coulanges.

CHAPITRE 11 Notions fondamentales de grammaire

1 La nature, ou classe grammaticale d'un mot

A Qu'est-ce que la nature ou la classe grammaticale d'un mot ?

Les mots sont regroupés en **classes grammaticales** : noms, adjectifs, verbes, etc. La classe grammaticale d'un mot correspond à sa **nature**, c'est-à-dire à l'ensemble de ses caractéristiques.

Ex. : châtaignier, crayon, cahier sont des mots appartenant à la classe des **noms** parce qu'ils ont en commun certaines caractéristiques : ils sont précédés d'un déterminant, ils ont un genre, ils varient en nombre.

Le **dictionnaire** indique la **nature** du mot avant sa définition.

nom masculin

châtaignier *nm* Arbre des régions tempérées (fagacée) produisant les châtaignes, dont les variétés améliorées, sélectionnées et propagées par greffe, portent le nom de marronniers ; bois de cet arbre.

Dictionnaire Hachette.

Attention !

Un mot ne change **jamais** de nature. Attention aux homonymes, ces mots qui s'écrivent de la même façon, mais dont la nature est différente.

B Les différentes natures, ou classes de mots

Nature	Caractéristiques	Exemples
Nom		
– Nom commun	Il désigne un être, un objet ou une idée. Masculin ou féminin, il peut être précédé d'un déterminant.	*lycée, élèves, vacances*
– Nom propre	Il désigne une personne ou un lieu. Il commence par une majuscule.	*Victor Hugo, Brésil, Saturne*

Nature	Caractéristiques	Exemples
Déterminant	Il détermine le nom devant lequel il est placé et s'accorde en genre et en nombre avec ce nom.	
– Article Article défini	Il se place devant un élément précis ou déterminé.	*le, la, les, l'* 5 formes contractées : *au, du, aux, des, ès* (= *en les*, *Ex. : docteur ès lettres*)
Article indéfini	Il se place devant un élément indéterminé.	*un, une, des* (et *de* quand un adjectif est intercalé entre lui et le nom : *« De gentils clowns m'ont fait rire. »*)
Article partitif	Il indique qu'il s'agit d'une partie seulement ou d'une certaine quantité imprécise de ce qui est désigné.	*du, de l', de la, des*
– Déterminant possessif	Il indique la possession. Il s'accorde en genre et en nombre avec le nom qu'il détermine.	*mon, ma, mes, ton, ta, tes, son, sa, ses, notre, nos, votre, vos, leur, leurs*
– Déterminant démonstratif	Il accompagne un nom montré précisément. Il s'accorde en genre et en nombre avec le nom.	*ce, cet, cette, ces*
– Déterminant interrogatif/ exclamatif	Le déterminant interrogatif indique que le nom désigné fait l'objet d'une question. Le déterminant exclamatif exprime l'admiration, l'étonnement ou l'indignation.	*quel, quelle, quels, quelles*, etc. *quel, quelle, quels, quelles*, etc.
– Déterminant indéfini	Il accompagne un nom pour indiquer une quantité ou une qualité imprécise.	*aucun, autre, certain, chaque, divers, différents, même, n'importe quel, nul, plus d'un, plusieurs, quelque, tel, tout, beaucoup de, peu de*, etc. employés devant un nom
– Déterminant numéral cardinal	Il indique une quantité.	*un, deux, trois*, etc.
– Déterminant numéral ordinal	Il indique l'ordre, le rang.	*premier, deuxième, troisième*, etc., *dernier*
Adjectif	Il apporte une précision au nom qu'il accompagne. Il est qualificatif ou verbal (formé à partir d'un verbe).	*grand, généreux, intelligent, fatigant, exigeant*
Pronom	Il représente un nom, ou une proposition. Il est employé à la place de l'élément représenté (*pro* en latin signifie *pour, à la place de*).	

Nature	Caractéristiques	Exemples
– Pronom personnel	Il désigne une personne, une chose ou une idée.	
	Le pronom personnel sujet du verbe.	*je, nous, tu, vous, il, elle, on, lui, ils, elles, eux*
	Le pronom personnel complément (COD, COI).	*me, moi, nous, te, toi, vous, se, soi, lui, elle, le la, l', en, y, se, eux, elles, les, leur*
– Pronom possessif	Il indique à qui appartient l'élément représenté.	*le mien, la tienne, le sien, le nôtre, le vôtre, les leurs*, etc.
– Pronom démonstratif	Il remplace un nom ou un groupe de mots déjà cité et qu'on désigne.	*ce, cette, cela, ça, ceux, celui-ci, celle-là*, etc.
– Pronom interrogatif	Il permet l'interrogation sur des éléments déjà cités.	*qui ? que ? quoi ? lequel ? (avec lequel ?), laquelle ? (à laquelle) ? lesquels ?*, etc.
– Pronom indéfini	Il désigne sans précision une personne, une chose ou une idée.	*aucun, nul, pas un, personne, rien, tout, tous, chacun, quelqu'un, quelque chose, le même, un tel, un autre*, etc.
– Pronom numéral	Il remplace un élément dont il indique la quantité.	*un, deux, trois*, etc.
– Pronom relatif	Il introduit une proposition subordonnée relative.	*qui, que, quoi, dont, où, lequel, auquel, duquel*
Adverbe	Il désigne un mot invariable et complète un verbe, un adjectif ou un autre adverbe. Il peut être adverbe de négation, de manière, de quantité, etc.	*ne... pas, ainsi, bien, beaucoup, lentement, ailleurs, cependant*, etc.
Verbe	Il exprime une action ou un état (verbe attributif). Il est souvent l'élément pivot de la phrase. C'est un mot qui se conjugue.	*manger, dormir, être, sembler*, etc.
Préposition	C'est un mot invariable qui établit un lien de circonstance (lieu, temps, but, manière, cause, etc.) entre des mots ou des groupes de mots.	*à, de, sur, chez, avant, après, pour, vers, grâce à, hors de, jusqu'à, loin de, par suite de, près de, quant à*, etc.
Conjonction	C'est un mot invariable qui joint 2 mots ou groupes de mots ou 2 phrases.	
– Conjonction de coordination	Elle relie 2 mots ou groupes de mots ou 2 propositions de même nature.	*mais, ou, et, donc, or, ni, car*
– Conjonction de subordination	Elle relie 2 propositions et établit une relation de dépendance entre une principale et une subordonnée.	*que, si, quand, comme, lorsque, puisque, bien que, même si, avant que, après que, dès que, au cas où*, etc.

Nature	Caractéristiques	Exemples
Interjection	C'est un mot invariable qui a une valeur expressive. L'interjection est suivie d'un point d'exclamation. Certaines interjections sont des onomatopées. Une onomatopée imite un bruit.	*Ah ! Oh ! Aïe !*, etc. *Cocorico ! Badaboum !*, etc.

2 La fonction d'un mot

A Qu'est-ce que la fonction d'un mot ?

La fonction d'un mot est **le rôle** que joue le mot ou le groupe de mots dans une phrase. Un même mot ou groupe de mots peut changer de fonction selon la façon dont il est employé dans la phrase.

Ex. : La boulangère (sujet) est très aimable. Il remercie la boulangère (COD).

Il parle à la boulangère (COI). Le pain est fabriqué par la boulangère (complément d'agent).

B Les différentes fonctions

Les fonctions liées au verbe

- **Complément d'objet direct (COD) :** il représente l'**objet** sur lequel s'exerce l'action du verbe. Il se rattache **directement** au verbe, sans préposition.

  Ex. : « À la lueur de la fin du jour, je regardais, en marchant, **sa face anguleuse** au nez droit, à la lèvre duvetée. »
  Alain-Fournier, *Le Grand Meaulnes*, 1913.

- **Complément d'objet indirect (COI) :** il représente aussi l'**objet** sur lequel s'exerce l'action du verbe. Il est souvent introduit par une **préposition**.

  Ex. : « Madame, a-t-il dit **à ma mère,** en me saluant, voilà une charmante Demoiselle, et je sens mieux que jamais le prix de vos bontés. »
  Choderlos de Laclos, *Les Liaisons dangereuses*, 1782.

> **Attention !**
> Le COI n'est **pas** toujours **introduit** par une **préposition** notamment lorsqu'il s'agit d'un pronom.
> ***Ex. :*** Je **lui** parle. (lui = COI)
> Quand il y a déjà un COD, le COI est appelé **COS** (complément d'objet second).

- **Complément d'agent :** dans une phrase à la voix passive, il indique **qui fait l'action** exprimée par le verbe. Il est introduit par *par* ou par *de*.

  Ex. : « Il ne faut pas oublier que la femme de César a été enfermée au couvent **par son mari.** »
  Beaumarchais, *Mémoires*, 1809.

- **Attribut :** il exprime une **information** sur le sujet ou sur le complément par l'intermédiaire d'un verbe.

  – **Attribut du sujet** : avec les verbes d'état (*être, sembler, devenir, paraître,* etc.).

  Ex. : « Il était **seul, planteur** et **jeune.** »
  Marguerite Duras, *Un barrage contre le Pacifique*, 1950.

  – **Attribut du COD** : avec les verbes du type *juger, estimer, élire, estimer,* etc.

  Ex. : « Les moustaches si fortement cirées, les joues si colorées qu'il le juge tout de suite **rajeuni.** » Émile Zola, *La Débâcle*, 1892.
  COD

Les fonctions liées au nom

- **Déterminant :** il est toujours placé **avant** le nom et appartient au groupe nominal. Font partie des déterminants tous les **articles** ainsi que les démonstratifs, possessifs, indéfinis, cardinaux, interrogatifs et exclamatifs.
  Le déterminant peut-être à la fois une nature et une fonction.

- **Épithète liée ou détachée :** c'est un adjectif qualificatif placé à côté du nom qu'il qualifie.

  Ex. : « Alors on vit s'avancer sur l'estrade une **petite vieille** femme de maintien **craintif.** » Gustave Flaubert, *Madame Bovary*, 1857. **(épithète liée)**

  Ex. : « Le corbeau, **honteux et confus,** / jura, mais un peu tard, qu'on ne l'y prendrait plus. » Jean de La Fontaine, *Le Corbeau et le Renard*, 1668. **(épithète détachée)**

- **Complément du nom :** il est une **expansion** du nom apportant une indication souvent introduite par une préposition. Il peut être par exemple :

  – **un nom**

  Ex. : « Elle est assise en robe **de deuil,** [...] son fils Jean-Baptiste, coiffé d'un béret **à pompon...** » Jérôme Ferrari, *Le Sermon sur la chute de Rome*, 2012.

  – **un adverbe**

  Ex. : « Il ne faut pas prêter à la société d'**autrefois** les préjugés que nous avons et qu'elle n'avait point. » Anatole France, *La Vie littéraire*, 1921.

  – **un verbe**

  Ex. : « A... est assise à la table, la petite table **à écrire** qui se trouve contre la cloison de droite, celle du couloir. » Alain Robbe-Grillet, *La Jalousie*, 1957.

- **Nom apposé :** il ne faut pas le confondre avec le complément du nom. Le nom apposé marque un **rapport d'équivalence** : « la ville de Paris » (la ville = Paris) contrairement à « la mayonnaise de Dijon » (la mayonnaise ≠ Dijon, mais elle vient de Dijon = complément du nom).
  Plusieurs constructions sont possibles : *le royaume **d'Espagne,** une femme **médecin,** Élisabeth, **mon amie,** est journaliste*, etc.

Les autres fonctions

- **Complément de l'adjectif :** il modifie le **sens** d'un adjectif. Il est introduit par une **préposition**.

  Ex. : « Le vicomte riait à l'oreille d'un garçon, vert **de rage.** »
  Georges Bernanos, *L'Imposture*, 1927.

- **Complément de l'adverbe :** il modifie le **sens** et donne des **précisions** sur un adverbe. Il est introduit par une **préposition**.

  Ex. : « Malheureusement **pour la vertu,** le vice a souvent la peau fine, la dent blanche et le teint pur. »
  Théophile Gautier, *Les Roués innocents*, 1846.

- **Complément circonstanciel :** il désigne un complément **non essentiel** qui précise et nuance le sens, la pensée. Les compléments circonstanciels peuvent être de lieu, temps, conséquence, cause, manière, but, etc.

  Ex. : « Colomba ouvrit la porte du jardin **avec la même précaution** [...] Dès que le cheval noir fut à sa portée, elle le saisit fortement **par la crinière** et lui fendit l'oreille **avec son couteau.** » Prosper Mérimée, *Colomba*, 1840.

- **Apostrophe :** elle **interpelle** un être vivant ou personnifié. Elle peut être précédée d'une **interjection** (*Ô*).

  Ex. : « **Ô temps,** suspends ton vol et vous, **heures propices,** suspendez votre cours... »
  Alphonse de Lamartine, *« Le Lac »*, 1820.

Exemple d'analyse grammaticale

La nature des mots

Mot	Nature
Marguerite Yourcenar	2 noms propres
fut	verbe
la première	article défini / numéral ordinal
femme	nom
à	préposition
l'	article défini
Académie	nom propre
française.	adjectif relationnel
Elle	pronom personnel
a écrit	verbe
des	article indéfini
dizaines	nom
d'	préposition
œuvres	nom
et	conjonction de coordination
deux	numéral cardinal
romans,	nom
L'	*article défini*
Œuvre	nom
au	*article contracté*
noir	*nom*
et	conjonction de coordination
Les	*article défini*
Mémoires	*nom*
d'	*préposition*
Hadrien.	*nom propre*

Les fonctions dans la phrase

Marguerite Yourcenar	fut	la première femme	à l'Académie française.
sujet	verbe d'état	attribut du sujet	CC de lieu

Elle	a écrit	des dizaines d'œuvres	et	deux romans,
sujet	verbe transitif direct	COD	2 groupes nominaux coordonnés	COD

L'Œuvre au noir	et	*Les Mémoires d'Hadrien*.
apposition	2 groupes nominaux coordonnés	apposition

3 Les types de proposition

A Les propositions et leurs enchaînements

Le verbe est toujours le **noyau** de la proposition, c'est-à-dire que les mots s'organisent autour du verbe pour créer un sens. On compte en général autant de verbes que de propositions. Une **phrase simple** ne contient qu'**une seule** proposition, une **phrase complexe** en contient **plusieurs**.

Les différentes propositions

- **La proposition indépendante** ne dépend d'**aucune proposition** et n'en a aucune sous sa dépendance.

  Ex. : « Adrienne descendit la rue sans rencontrer personne. »
  Julien Green, *Adrienne Mesurat*, 1927.

- **La proposition principale** est une proposition dont dépend au moins une **subordonnée**, parfois plusieurs.

  Ex. : « [Il est des vérités] [qui peuvent tuer un peuple], Électre. »
  Jean Giraudoux, *Électre*, 1937.
  → proposition principale + proposition subordonnée

- **La proposition subordonnée** dépend d'une autre proposition, qui peut être la principale ou une autre subordonnée.

  Ex. : « [Une échelle appliquée au mur conduisait à un grenier d'] [**où** descendait pour lors un gros homme assez vieux], [**qui** tenait péniblement embrassé un énorme ballot]. » Anatole France, *Les Dieux ont soif*, 1912.
  → proposition principale + proposition subordonnée 1 + proposition subordonnée 2 qui dépend de la 1.

Les enchaînements possibles

La subordination est l'enchaînement d'une **principale** et d'une **subordonnée**. Entre deux indépendantes, deux principales ou deux subordonnées, on trouve deux autres types d'enchaînement présentés ci-dessous.

- **La juxtaposition :** les propositions sont placées côte à côte, sans mot d'enchaînement, généralement séparées par une virgule.

  Ex. : [César s'exclama] [qu'il était venu], [qu'il avait vu], [qu'il avait vaincu].
  → 1 principale + 3 subordonnées juxtaposées.

- **La coordination :** les propositions s'enchaînent grâce à **une conjonction de coordination** *(mais, ou, et, donc, or, ni, car)*.

  Ex. : « Les biens du corps sont corps eux-mêmes **donc** il en est ainsi des biens de l'âme **car** l'âme aussi est corps. » Sénèque, *Lettre à Lucilius*, 63-64 après J.-C.
  → 3 indépendantes coordonnées.

B Les subordonnées complétives

Une subordonnée complétive joue dans la phrase une fonction de **complément essentiel**, c'est-à-dire qu'elle peut être COD, COI, sujet, complément du nom, etc. Tout sauf complément circonstanciel !

La conjonctive par *que* ou *ce que*

- **Elle est introduite par la conjonction de subordination *que* ou *ce que*.**
- **Elle peut dépendre d'un verbe** dont elle est COD, COI ou sujet.

  Ex. : « Même si nous admettons [**que** chaque génération ait le droit d'écrire sa propre histoire]. » Hannah Arendt, *Crise de la culture*, 1961.
  → La proposition complétive conjonctive par *que* est COD du verbe *admettons*.

  Ex. : « En 1816, la duchesse d'Angoulême consentit à [**ce que** son établissement prît le nom d'Institut royal de Marie-Thérèse].
  Chateaubriand, *Mémoires d'outre-tombe*, 1849.
  → La conjonctive par *ce que* est COI du verbe *consentit*.

  Ex. : « Fallait-il [**qu**'il se distinguât des autres hommes par une chance aussi misérable, aussi médiocre] ? » Louis Aragon, *Aurélien*, 1944.
  → La conjonctive par *que* est sujet réel du verbe *fallait* (*il* est seulement le sujet apparent ou grammatical)

- **Elle peut dépendre d'un nom ou d'un adjectif.**

  Ex. : « Dans mon roman, j'ai transformé en fiction le fait [**que** je m'étais étendu sur le lit d'une patiente mourante.] »
  Irvin D. Yalom, *Le Jardin d'Épicure*, 2008.

Ex. : « Tenez pour certain [**que** ce spécimen appartient à la catégorie la plus simple de la cryptographie]. » Edgar Allan Poe, *Le Scarabée d'or*, 1843.

L'interrogative indirecte

⚠ Épreuve orale

- **Elle dépend d'une principale** avec un verbe du type *se demander, ignorer* et d'autres formes négatives comme *ne pas savoir, ne pas voir*, etc.
- **Elle est introduite par un adverbe interrogatif** *(si, pourquoi)* ou un déterminant interrogatif (*quel* et ses dérivés) ou un pronom interrogatif (*qui, que, quoi, lequel* et ses dérivés).

Ex. : « Tandis que le prince lui demandait [**si** elle souhaitait l'avoir pour époux], elle vit qu'il était jeune et beau. » Frères Grimm, *Raiponce*, 1812.

Ex. : « Cette prédiction avait frappé Pierre et souvent il se demandait [**qui** mettrait fin au pouvoir de la bête]. » Léon Tolstoï, *Guerre et Paix*, 1869.

Ex. : « Son cœur scrupuleux et sensible ignorait [**quelles** paroles devaient spontanément venir s'adapter à la scène]. » Marcel Proust, *Du côté de chez Swann*, 1913.

L'infinitive

- **Elle est construite autour d'un verbe à l'infinitif.**
- **Le sujet du verbe à l'infinitif** doit être différent du sujet de la principale.

Ex. : Je voyais [ce beau lac s'étendre sous mes yeux].
Stendhal, *Vie de Henri Brulard*, 1890.
→ *ce beau lac* est sujet de *s'étendre*, la proposition infinitive est COD du verbe *voyais*.

C La subordonnée relative

Le principe de la relative

- **Elle est introduite par un pronom relatif :** *qui, que, quoi, dont, où, lequel, auquel, duquel* et leurs dérivés.
- **Elle est parfois substantive** (remplaçable par un nom et sans antécédent), mais le plus souvent elle est **adjective** (remplaçable par un adjectif) et complète le sens de son antécédent.

Ex. : « [**Qui** vit sans folie] n'est pas si sage qu'il croit. »
François de La Rochefoucauld, *Réflexions ou sentences et maximes morales*, 1665.
→ relative substantive sans antécédent, sujet de *est*.

Ex. : « Je t'aime pour ta sagesse [**qui** n'est pas la mienne] » Paul Éluard, *Le Phénix*, 1951.
→ relative adjective complément de l'antécédent *sagesse*.

La fonction du pronom relatif

Le pronom relatif a toujours une **fonction** à l'intérieur de la proposition relative. Pour faciliter l'analyse de ce pronom, on peut le remplacer par son antécédent.

Ex. : « Je m'interroge sur les changements [**que** j'ai subis] pendant le temps qui s'est écoulé depuis le dernier jour où j'en suis parti. »
Honoré de Balzac, *Le Lys dans la vallée*, 1836.
= Je m'interroge sur quoi ? les changements.
→ *que* est COD de *ai subis*.

Ex. : « Le bourgeois gros et gras, [**dont** la tenue égrillarde réjouissait les passants] semblait être un septuagénaire hébété. » Honoré de Balzac, *Le Père Goriot*, 1835.
→ *dont* est complément du nom *tenue*.

D La subordonnée complément circonstanciel ⚠ Épreuve orale

Les subordonnées circonstancielles sont fréquemment introduites par une **conjonction de subordination** (un seul mot) ou par une **locution conjonctive** (plusieurs mots). Elles sont de 7 types :

- **La circonstancielle de but** (*pour que, afin que*, etc.)
- **La circonstancielle de cause** (*parce que, puisque*, etc.)
- **La circonstancielle de conséquence** (*si bien que, de sorte que*, etc.)
- **La circonstancielle de temps** (*quand, au moment où*, etc.)
- **La circonstancielle d'hypothèse ou de condition** (*si, à condition que*, etc.)
- **La circonstancielle de concession** (*bien que, même si*, etc.)
- **La circonstancielle de comparaison** (*comme, de même que*, etc.)

Deux **autres subordonnées** ne peuvent être que complément circonstanciel, mais elles sont construites différemment de la précédente :

– **La participiale** se construit avec un participe présent ou passé qui a son propre sujet. Elle n'a pas de mot subordonnant.

Ex. : « L'écolier **étant parti,** elle s'en alla sur-le-champ. » Boccace, *Decameron*, vers 1350.

– **La corrélative** est introduite par la conjonction *que* qui est annoncée dans la principale par un adverbe : *si … que, plus … que*, etc.

Ex. : « Elle fut bientôt **tellement** obsédée par cet amour **qu'**elle passait les nuits assises près du berceau. » Maupassant, *Une vie*, 1883.

Schéma récapitulatif : les propositions subordonnées

La subordonnée complétive	La subordonnée relative	La subordonnée complément circonstanciel
– La conjonctive par *que* ou *ce que* – L'interrogative indirecte – L'infinitive		– La subordonnée circonstancielle – La participiale – La corrélative

EXERCICES

1 5 min ★ Les natures ou classes grammaticales

« Il y avait en Vestphalie, **dans** le château de M. le baron de Thunder-ten-tronckh, un **jeune** garçon à **qui** la nature avait donné les mœurs les plus douces. **Sa** physionomie annonçait son âme. **Il** avait **le** jugement **assez** droit, avec l'esprit le plus simple ; **c'**est, je crois, pour cette raison **qu'**on **le** nommait Candide. »

Voltaire, *incipit* de *Candide*, 1759.

Donnez la nature de chacun des mots en gras.

→ *Corrigé p. 230*

2 10 min ★★ Les fonctions

« Les anciens domestiques <u>de la maison</u> soupçonnaient qu'il était <u>fils</u> de la sœur de monsieur le baron et d'un <u>bon et honnête</u> gentilhomme du voisinage, <u>que cette demoiselle</u> ne voulut jamais épouser parce qu'il n'avait pu prouver que <u>soixante et onze quartiers</u>, et que le reste de son arbre généalogique avait été perdu <u>par l'injure du temps</u>. »

Voltaire, *incipit* de *Candide*,1759.

Donnez la fonction de chacun des éléments soulignés.

→ *Corrigé p. 230*

3 10 min ★★ L'enchaînement des propositions

« Monsieur le baron était un des plus puissants seigneurs de la Vestphalie, car son château avait une porte et des fenêtres. Sa grande salle même était ornée d'une tapisserie. Tous les chiens de ses basses-cours composaient une meute dans le besoin ; ses palefreniers étaient ses piqueurs ; le vicaire du village était son grand aumônier. Ils l'appelaient tous Monseigneur, et ils riaient quand il faisait des contes. »

Voltaire, *incipit* de *Candide*, 1759.

1. **Combien de propositions cet extrait compte-t-il ?**
2. **Quel est leur enchaînement (proposition subordonnée, juxtaposée ou coordonnée) ?**

→ *Corrigé p. 230*

4 5 min ★★ Les subordonnées relatives

« Longtemps, je me suis couché de bonne heure. Parfois, à peine ma bougie éteinte, mes yeux se fermaient si vite que je n'avais pas le temps de me dire : "Je m'endors." Et, une demi-heure après, la pensée qu'il était temps de chercher le sommeil m'éveillait ; je voulais poser le volume que je croyais avoir encore dans les mains et souffler ma lumière ; je n'avais pas cessé en dormant de faire des réflexions sur ce que je venais de lire, mais ces réflexions avaient pris un tour un peu particulier ; il me semblait que j'étais moi-même ce dont parlait l'ouvrage : une église, un quatuor, la rivalité de François Ier et de Charles-Quint. »

Marcel Proust, incipit de *À la recherche du temps perdu*, « Du côté de chez Swann », 1913.

1. Relevez les propositions subordonnées relatives.

2. Pour chacune d'entre elles, donnez l'antécédent et la fonction du pronom relatif.

→ *Corrigé p. 230*

5 5 min ★ Choisir le bon pronom relatif

Complétez par le bon pronom relatif, éventuellement précédé d'une préposition.

1. Je me suis promenée autour du lac gelé ... patinaient des couples d'amoureux.
2. J'aime beaucoup cette voisine ... ma mère est en train de discuter.
3. Je hais toutes ces corvées ... j'ai supportées pourtant sans broncher jusque-là.
4. Jérémie est vraiment quelqu'un ... on peut compter.
5. Roméo, ... Juliette s'est éprise, a fait beaucoup d'efforts pour la conquérir.
6. Cette pièce, ... j'ai assisté au premier semestre, était un échec total !

→ *Corrigé p. 231*

6 15 min ★★★ Reconnaître les différentes subordonnées

Dans chacune de ces phrases, relevez les différentes propositions et donnez leur nature et leur fonction.

1. « Je m'imagine toujours qu'une indigestion me tourmente, que je dors d'un mauvais sommeil et que je vais me réveiller bien soulagé de ma peine. »
Jean-Jacques Rousseau, *Rêveries du promeneur solitaire*, 1782.

2. « Une lettre qu'il reçut d'Europe, par le bureau des Missions étrangères, redoubla tellement sa tristesse, qu'il fuyait jusqu'à ses vieux amis. »
François-René de Chateaubriand, *René*, 1802.

3. « Mais des rires vinrent de l'antichambre, des chuchotements, une bouffée de voix gaies et bavardes, comme si tout un couvent échappé se fût trouvé là. »
Émile Zola, *Nana*, 1880.

4. « Et que serait-ce si vous portiez votre maison ? »
Jean de La Fontaine, *Fables*, « Le Lièvre et la Tortue », 1668.

5. « La vie et le mouvement y sont si tranquilles qu'un étranger les croirait inhabitées, s'il ne rencontrait tout à coup le regard pâle et froid d'une personne immobile dont la figure à demi-monastique dépasse l'appui de la croisée, au bruit d'un pas inconnu. » Honoré de Balzac, *Eugénie Grandet*, 1833.

→ *Corrigé p. 231*

CORRIGÉS

1 → *Énoncé p. 228*

dans : préposition ; *jeune* : adjectif qualificatif ; *qui* : pronom relatif ; *sa* : déterminant possessif ; *il* : pronom personnel sujet ; *le* (jugement) : article défini ; *assez* : adverbe ; *c'* : pronom démonstratif ; *qu'* : conjonction de subordination ; *le* : pronom personnel.

Attention !

Parfois **prépositions** et **adverbes** sont de forme identique. Lorsque le mot sert à en introduire un autre, c'est une préposition.

Ex. : Je t'attends **devant** = adverbe
Je t'attends **devant la maison** = préposition.

2 → *Énoncé p. 228*

de la maison : complément du nom *domestiques*. *fils :* attribut du sujet *il* (*était* est un verbe d'état). *bon et honnête :* adjectifs épithètes de *gentilhomme*. *que :* pronom relatif complément de l'antécédent *gentilhomme* et COD de *épouser*. *cette demoiselle :* groupe nominal sujet de *voulut*. *soixante et onze quartiers :* COD de *prouver*. *par l'injure du temps :* CC de cause. Attention ! On peut le remplacer par *à cause de*. Il ne devient pas sujet du verbe dans la phrase active, il est donc CC de cause et non d'agent (*par* signifiant ici *à cause de*).

Conseil

Un **groupe nominal** qui commence par *par* n'est pas toujours un CC. Dans le cas d'une phrase passive, il peut être complément d'agent.

Ex. : La bonne réponse m'a été soufflée par ma voisine.

On peut alors transformer le complément d'agent en sujet.

Ex. : Ma voisine m'a soufflé la bonne réponse.

3 → *Énoncé p. 228*

On trouve huit propositions indépendantes dans cet extrait.

– **deux indépendantes coordonnées** : « Monsieur le baron <u>était</u> un des plus puissants seigneurs de la Vestphalie / **car** son château <u>avait</u> une porte et des fenêtres. »

– **une indépendante** : « Sa grande salle même <u>était</u> ornée d'une tapisserie. »

– **trois indépendantes juxtaposées** : « Tous les chiens de ses basses-cours <u>composaient</u> une meute dans le besoin ; / ses palefreniers <u>étaient</u> ses piqueurs ; / le vicaire du village <u>était</u> son grand aumônier. »

– **deux indépendantes coordonnées** : « Ils <u>l'appelaient</u> tous Monseigneur, / **et** ils <u>riaient</u> quand il faisait des contes. »

4 → *Énoncé p. 228*

« **que** je croyais avoir encore dans les mains » : complément de l'antécédent *volume* et COD du verbe *avoir*. « **que** je venais de lire » : complément de

l'antécédent *ce*, COD du verbe *lire*. « **dont** parlait l'ouvrage » : complément de l'antécédent *ce*, COI du verbe *parler*.
Les autres subordonnées sont les suivantes : « **si** vite **que** je n'avais pas le temps de me dire » : corrélative, CC de conséquence. « **qu'**il était temps de chercher le sommeil » : complétive par *que*, complément du nom *pensée*. « **que** j'étais moi-même » : complétive par *que*, sujet réel de *semblait*.

5 → *Énoncé p. 229*

1. sur lequel. **2.** avec qui. **3.** que. **4.** sur qui. **5.** dont. **6.** à laquelle.

6 → *Énoncé p. 229*

1.
– « Je m'imagine toujours » = principale.
– « qu'une indigestion me tourmente, que je dors d'un mauvais sommeil et que je vais me réveiller bien soulagé de ma peine » = 3 complétives par *que*, COD de *imaginer*.

2.
– « Une lettre redoubla tellement sa tristesse » = principale.
– « qu'il reçut d'Europe, par le bureau des Missions étrangères » = relative.
– « qu'il fuyait jusqu'à ses vieux amis » = corrélative circonstancielle de conséquence (introduite par la locution conjonctive : *tellement... que*).

3.
– « Mais des rires vinrent de l'antichambre, des chuchotements, une bouffée de voix gaies et bavardes » = principale.
– « comme si tout un couvent échappé se fût trouvé là » = circonstancielle de comparaison.

4.
– « Et que serait-ce » = principale.
– « si vous portiez votre maison ? » = circonstancielle hypothétique /de condition.

5.
– « La vie et le mouvement y sont si tranquilles » = principale.
– [si tranquilles] « qu'un étranger les croirait inhabitées » = corrélative de conséquence.
– « s'il ne rencontrait tout à coup le regard pâle et froid d'une personne immobile » = circonstancielle hypothétique/de condition.
– « dont la figure à demi-monastique dépasse l'appui de la croisée, au bruit d'un pas inconnu » = relative complément du nom *personne*.

CHAPITRE 12

Le verbe et sa conjugaison

1 Les modes et les temps

A Les clés de la conjugaison

Les trois groupes de verbes

- **1er groupe :** les verbes dont l'infinitif est en *-er*, sauf *aller*.
  Ex. : *manger, chanter, créer*, etc.
- **2e groupe :** les verbes dont l'infinitif est en *-ir* et qui font *-issant* au participe présent. **Ex. :** *finir (finissant)* mais pas *dormir (dormant)*.
- **3e groupe :** tous les autres verbes.

Les différents types de verbes

- **Verbe attributif :** il relie l'attribut au sujet.
  Ex. : *être, sembler, devenir, paraître, avoir l'air*, etc.
- **Verbe transitif direct :** il a un complément d'objet direct, c'est-à-dire placé après le verbe. **Ex. :** manger une glace.
- **Verbe transitif indirect :** il a un complément d'objet indirect généralement introduit par une préposition (*à*, *de*, etc.).
  Ex. : *se moquer de quelqu'un ou de quelque chose.*
- **Verbe intransitif :** il n'a ni complément d'objet ni attribut.
  Ex. : *dormir, aboyer, atterrir*, etc.

Les modes et les temps des verbes

Le **mode** est la manière dont l'action ou l'état signifié par le verbe est exprimé (réel, ordre, etc.). Le **temps** donne une indication chronologique (avant, après, etc.).

Avant, les smartphones n'existaient pas.

Les modes

4 modes personnels (conjugaison avec les pronoms personnels sujets)	3 modes impersonnels (conjugaison sans pronom personnel sujet)
– **l'indicatif** : le mode de l'affirmation, de la déclaration ou de l'interrogation. – **le subjonctif** : dans les subordonnées pour marquer le désir, la nécessité, le doute, etc. – **l'impératif** : pour signifier l'ordre ou le conseil. – **le conditionnel** : pour l'hypothèse, la condition, l'imaginaire, etc. et le futur dans le passé (discours rapporté).	– **l'infinitif présent** *(chanter)* et **passé** *(avoir chanté)* – **le participe présent** *(chantant)* et **passé** *(chanté)* – **le gérondif** : la préposition *en* + participe présent *(en chantant)*

Temps simples et temps composés

Un **tableau de conjugaison** se lit en **colonnes** et en **lignes**.

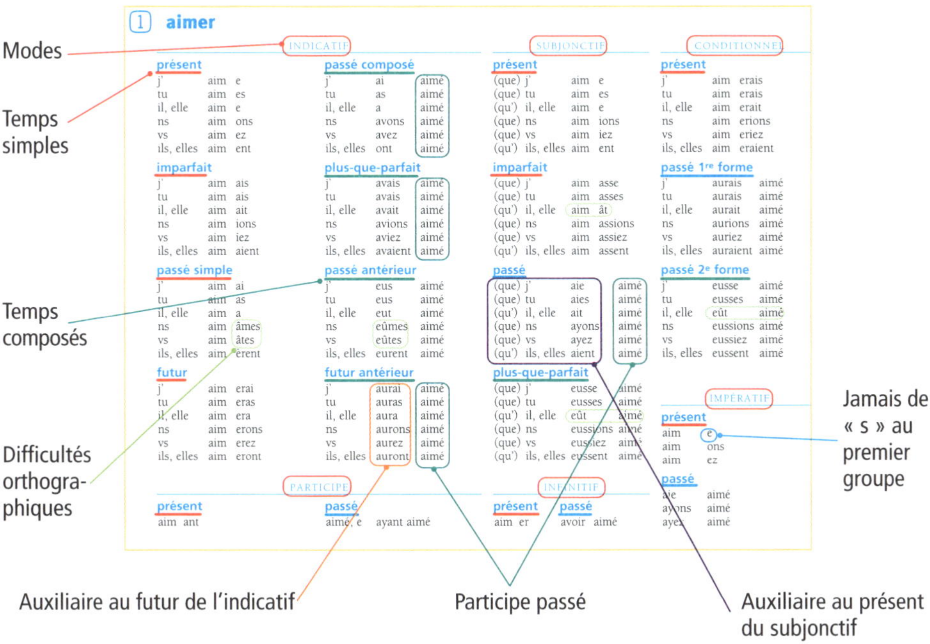

– Pour le mode indicatif, la colonne de **gauche** correspond aux temps **simples** et la colonne de **droite** aux temps **composés**.

– À chaque temps **simple** correspond un temps **composé** qui est toujours formé de la même façon : auxiliaire conjugué au temps simple + participe passé.

Voix active et voix passive

- **À la voix active,** le sujet du verbe **fait** l'action. **À la voix passive,** le sujet du verbe **subit** l'action.
- **Seuls les verbes transitifs directs** (c'est-à-dire ceux qui se construisent avec un COD) peuvent se mettre au **passif.**

Ex. : « Cette redingote, jadis noire, **avait été** peu à peu **transformée** par le temps. »
Alphonse Allais, *Pas de bile !* 1893.

- **La construction du passif**

– Auxiliaire *être* au temps choisi + participe passé du verbe.
– Le COD du verbe actif devient le sujet du verbe passif.
– Le sujet du verbe actif devient complément d'agent du verbe passif (ou disparaît).

Voix active : [Marguerite Duras] écrivit [*L'Amant*] en 1984.
sujet – passé simple – COD – CC temps

Voix passive : [*L'Amant*] fut écrit [par Marguerite Duras] en 1984.
sujet – *être* au passé simple + participe passé – complément d'agent – CC temps

B La conjugaison aux voix active et passive

	Voix active	Voix passive		Voix active	Voix passive
Indicatif					
Présent	j'aime	je suis aimé	**Passé composé**	j'ai aimé	j'ai été aimé
Imparfait	j'aimais	j'étais aimé	**Plus-que-parfait**	j'avais aimé	j'avais été aimé
Passé simple	j'aimai	je fus aimé	**Passé antérieur**	j'eus aimé	j'eus été aimé
Futur simple	j'aimerai	je serai aimé	**Futur antérieur**	j'aurai aimé	j'aurai été aimé
Conditionnel					
Présent	j'aimerais	je serais aimé	**Passé**	j'aurais aimé	j'aurais été aimé

	Voix active	Voix passive		Voix active	Voix passive
Subjonctif					
Présent	que j'aime	que je sois aimé	**Passé**	que j'aie aimé	que j'aie été aimé
Imparfait	que j'aimasse	que je fusse aimé	**Plus-que-parfait**	que j'eusse aimé	que j'eusse été aimé
Impératif					
Présent	aime	sois aimé	**Passé**	aie aimé	–
Participe					
Présent	aimant	étant aimé	**Passé**	ayant aimé	ayant été aimé
Infinitif					
Passé	aimer	être aimé	**Passé**	avoir aimé	avoir été aimé

2 Les valeurs et les concordances des temps

A Les valeurs des temps du passé

L'imparfait

L'imparfait désigne une action passée de durée **non limitée** ou d'arrière plan. L'imparfait peut en exprimer la **durée**.

- **L'imparfait d'habitude** désigne une action qui se **répète** dans le passé.

  Ex. : « Le soir, quand le maître, découragé, **jetait** ses pinceaux au sol, il les **ramassait.** »
  Marguerite Yourcenar, « Comment Wang-Fô fut sauvé », *Nouvelles Orientales*, 1938.

- **L'imparfait de description.**

  Ex. : « Elle aussi **portait** un chapeau de paille d'où **sortaient** quelques mèches d'un châtain roux. »
  Marguerite Duras, *Un barrage contre le Pacifique*, 1950.

Le passé simple

- **Le passé simple** désigne une **action passée** de durée limitée ou de premier plan.

  Ex. : « L'empereur et sa suite **s'arrêtèrent** quelques jours en Commagène pour des fêtes triomphales. » Marguerite Yourcenar, *Mémoires d'Hadrien*, 1951.

- **Le passé simple** désigne une **succession** d'actions.

  Ex. : « Lucius se **plaignit** du poids du bouclier de bronze. Au bout de quelques secondes, il **s'arrêta** hors d'haleine et **s'effondra.** »
  Ibidem.

B Les principales valeurs des temps présent et futur

Le présent

- **Le présent de narration** permet de relater au présent des faits du récit au passé et renforce **l'effet dramatique**. Certains textes sont écrits entièrement au présent, comme l'autobiographie de Nathalie Sarraute, *Enfance* (1983) :

  Ex. : « On **défait** de son emballage de papier brun une grande boîte de carton, on **enlève** le couvercle, les papiers de soie, et on **découvre** couchée, les yeux fermés, une énorme poupée... ».

- **Le présent d'énonciation** marque la prise de parole du narrateur.

  Ex. : « Je **tourne** une page de l'album ; maman **tient** dans ses bras un bébé qui n'est pas moi. » Simone de Beauvoir, *Mémoires d'une jeune fille rangée*, 1958.

- **Le présent de vérité générale.**

  Ex. : « Pour chaque homme sa mort **est** un accident et, même s'il la **connaît** et y **consent**, une violence indue. » Simone de Beauvoir, *Une mort très douce*, 1964.

- **Le futur proche.**

  Ex. : « Le Modeste, qui n'est plus à moi, **part** demain, le capitaine **m'emmène.** » Honoré de Balzac, *Modeste Mignon*, 1844.

Le futur

Le **futur** peut avoir une **valeur modale injonctive** (ordre), ou bien de **promesse** ou d'**indignation**.

Ex. : Tu ne **tueras** point.

Ex. : Comment ? Emma ne **sera**-t-elle donc jamais heureuse ?

C La concordance des temps

Les règles

La concordance des temps s'établit entre le **temps** du verbe de la proposition principale et celui de la subordonnée. Si le verbe de la principale est à un temps du passé, le verbe de la subordonnée se met aussi au passé.

Ex. : Il dit ce qu'il pense. Il disait ce qu'il pensait.

L'emploi du subjonctif

L'emploi du **subjonctif** est **obligatoire** dans :

- **la subordonnée relative** après « *le premier, le seul, l'unique,* etc. »

  Ex. : « Ce livre, le plus pénible de tous à déchiffrer, est aussi le seul que nous **ait dicté** la réalité. » Marcel Proust, *Le Temps retrouvé*, 1927.

- **la subordonnée relative** après une principale interrogative ou négative.

  Ex. : « Personne à qui l'on **puisse** dire sa peine et qui la **partage.** » Denis Diderot, *Lettres à Sophie Volland*, 1765.

- **la subordonnée concessive** avec *bien que*…

  Ex. : « Bien que Clément n'**aimât** pas les chiens, il **voulait** toujours les caresser. »

- **la subordonnée complétive** par *que* après un verbe exprimant la crainte, le doute, le souhait, l'obligation.

  Ex : « Il fallait que tu **fusses** poète, tu l'as été
  en dépit de toi-même. »
  George Sand, *Correspondances* (à Musset), 1834.

L'emploi du conditionnel

Principale	Subordonnée
Futur de l'indicatif Je serai heureux…	**Présent de l'indicatif** … si tu viens.
Conditionnel présent Je serais heureux…	**Imparfait de l'indicatif** … si tu venais.
Conditionnel passé J'aurais été heureux…	**Plus-que-parfait de l'indicatif** … si tu étais venu.

Attention !

On confond souvent le **futur** et le **conditionnel** à la première personne du singulier : *je serai* = **futur** / *je serais* = **conditionnel.** Pour éviter toute erreur, remplacez le *je* par une autre personne : *Je serai* → *il sera* / *je serais* → *il serait*

3 Les accords du verbe

A Règles générales

- **Le verbe s'accorde en genre et en nombre avec son sujet,** qu'il soit sous-entendu ou exprimé. Ce sujet peut être :

  – un groupe nominal

  Ex. : « **Ces feuilles** peuvent donc être regardées comme un appendice de mes *Confessions*. »
  Jean-Jacques Rousseau, *Rêveries du promeneur solitaire*, 1782.

  – un verbe

  Ex. : « **Souffrir** est vénérable, **subir** est méprisable. »
  Victor Hugo, *William Shakespeare*, 1864.

  – un pronom personnel

  Ex. : « **Je** m'imagine toujours qu'une indigestion me tourmente. »
  Jean-Jacques Rousseau, *Rêveries du promeneur solitaire*, 1782.

  – un pronom démonstratif

  Ex. : « **Cela** me força de prendre pour un temps une autre manière de vivre. »
  Ibidem.

– **un pronom possessif**

Ex. : « Qu'importait qu'elle lui dît que l'amour était fragile, **le sien** était si fort ! »
Marcel Proust, *À l'ombre des jeunes filles en fleurs*, 1919.

– **un pronom relatif**

Ex. : « Mon attention fut détournée par Poirot qui se prit les pieds dans une racine saillante et s'étala de tout son long. »
Agatha Christie, *La Maison du péril*, 1934.

– **une proposition subordonnée complétive**

Ex. : « **Que ses amis le méconnussent,** le remplissait d'amertume. »
Romain Rolland, *Jean-Christophe*, 1904.

– **une proposition subordonnée relative**

Ex. : « **Qui va à la chasse** perd sa place. »

Attention !

Lorsque le **pronom relatif *qui*** est **sujet,** le verbe s'accorde avec l'antécédent. Pour accorder, demandez-vous ce que *qui* désigne.

Ex. : C'est moi **qui** ai eu le plus de chance. *qui = moi (je)* → le verbe s'accorde donc à la 1re personne du singulier.

À savoir !

Le sujet peut être **inversé.**

Ex. : « Quand, sous les poutres enfumées, Chantent **les croûtes** parfumées »
Rimbaud, « Les Effarés », *Poésies*, 1870.

- **Le participe passé conjugué avec *être*** s'accorde avec le **sujet.**

Ex. : « **Ils** sont tombés la face contre terre et le bruit a cessé. »
François-René de Chateaubriand, *Mémoires d'outre-tombe*, 1849.

- **Le participe passé conjugué avec *avoir*** s'accorde avec le **COD** si celui-ci est **placé avant** (et n'est pas *en*).

Ex. : J'ai acheté **des fleurs** au marché. → Le COD est placé après le verbe, donc l'accord ne se fait pas.

Ex. : Les fleurs **que** j'ai achetées. → Le COD (*que*, mis pour *fleurs*) est placé avant le verbe, donc l'accord se fait.

Ex. : **Combien de fleurs** as-tu achetées ? → Le COD est placé avant le verbe, donc l'accord se fait.

Ex. : Oui, j'**en** ai acheté. → Le COD est *en*, donc l'accord ne se fait pas.

Règles d'accord du participe passé

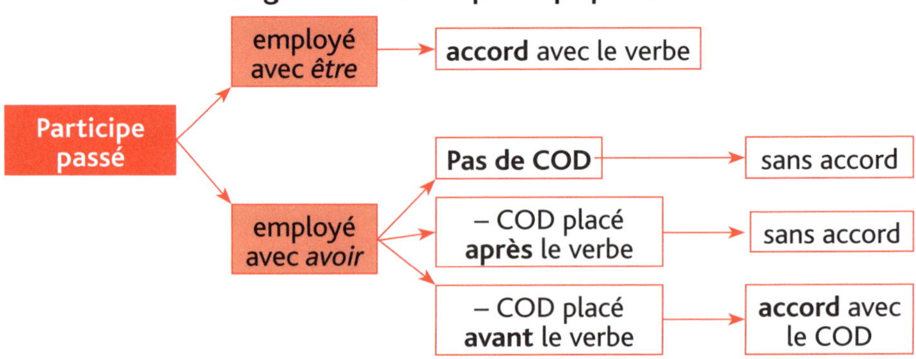

B Les verbes pronominaux

Définition

Lorsque le verbe est précédé d'un **pronom réfléchi** de la même personne que le sujet du verbe, on dit que le verbe est **pronominal**. Tous les verbes pronominaux se conjuguent avec l'auxiliaire ***être*** pour les temps du passé.

*Ex. : **se** lever : je **me** lève, tu **t'es** levé(e)*, etc.

Les différents types de verbes pronominaux

- **Les verbes essentiellement pronominaux** (c'est-à-dire « par nature » qui n'existent pas sans *se*) : *s'enfuir, se blottir, s'extasier*, etc. Ces verbes n'ont jamais de COD (excepté *s'arroger*) et le participe passé s'accorde toujours avec le sujet.

  Ex. : Elle s'est souvenue de ses vacances, ils se sont obstinés à continuer, etc.

- **Les verbes accidentellement pronominaux** (qui existent aussi sans *se*) : *se laver, se sourire, se regarder*, etc. Les participes passés de ces verbes suivent la règle générale donc demandez-vous toujours où est placé le COD.

  Ex. : Elle s'est lavé **les mains** ce matin.
  → Le COD est placé après le verbe, donc l'accord ne se fait pas.

  Ex. : Ses mains ? Elle se **les** est lav**ées** ce matin.
  → Le COD (*les*) est placé avant le verbe, donc l'accord se fait avec le COD.

  Ex. : Elle **s'**est lav**ée** ce matin.
  → Le COD est le pronom *se* placé avant le verbe, donc l'accord se fait.
  On dit que le verbe **pronominal** est **réfléchi** : elle se lave elle-même.

  Ex. : Ils **se** sont appel**és** hier.
  → Le COD est le pronom *se* placé avant le verbe, donc l'accord se fait.
  On dit que le verbe **pronominal** est **réciproque** : ils se sont appelés l'un l'autre.

  Ex. : Ils se sont téléphoné.
  → Attention ! Le pronom *se* est ici COI et non COD *(téléphoner* **à** *quelqu'un)*, donc l'accord ne se fait pas.

- **Les verbes pronominaux avec un sens passif.**

  Ex. : Les parapluies se sont bien vendus.

La construction pronominale peut être **remplacée** par une « vraie » voix passive.

Ex. : Les parapluies ont été bien vendus.
→ Le participe passé s'accorde alors toujours avec le sujet.

EXERCICES

1 15 min ★★ Identifier les modes et les temps

Complétez le tableau ci-dessous.

Temps et mode	Verbe conjugué
aimer, indicatif, imparfait, 3e personne du singulier	*il aimait*
faire, indicatif, présent, 2e personne du pluriel	
	que nous soyons
	il a été élu
jouer, indicatif, passé simple, 1re personne du singulier	
mourir, subjonctif présent, 3e personne du singulier	
	qu'il appelât
	ils auraient convaincu
comprendre, indicatif, futur antérieur, 1re personne du singulier	
se lever, impératif présent, 2e personne du singulier	
	j'irais

→ *Corrigé p. 242*

2 5 min ★ L'accord du verbe

Accordez au présent de l'indicatif le verbe donné entre parenthèses.

« Ces salles basses, qui n'*(avoir)* ni devanture, ni montre, ni vitrages, *(être)* profondes, obscures et sans ornements extérieurs ou intérieurs. Leur porte est ouverte en deux parties pleines, grossièrement ferrées, dont la supérieure *(se replier)* intérieurement, et dont l'inférieure, armée d'une sonnette à ressort (aller et venir) constamment. L'air et le jour *(arriver)* à cette espèce d'antre humide, ou par le haut de la porte, ou par l'espace qui *(se trouver)* entre la voûte, le plancher et le petit mur à hauteur d'appui dans lequel *(s'encastrer)* de solides volets, ôtés le matin, remis et maintenus le soir avec des bandes de fer boulonnées. Ce mur *(servir)* à étaler les marchandises du négociant. »

Honoré de Balzac, *Scènes de la vie de province*, 1840.

→ *Corrigé p. 242*

3 5 min ★★ L'accord du participe passé

Accordez les participes passés dans les extraits ci-dessous.

1. « La voie, que les mineurs de la coupe à terre n'avaient pas encore élarg…, était un véritable boyau, de toit très inégal, renflé de continuelles bosses. »

Émile Zola, *Germinal*, 1885.

2. « Villes renvers…, forêts déracin…, rivages dévast… par des montagnes d'eau qui se précipitaient comme des mascarets, navires jet… à la côte, que les relevés du *Bureau-Veritas* chiffrèrent par centaines, territoires entiers nivel… par des trombes qui broyaient tout sur leur passage, plusieurs milliers de personnes écras… sur terre ou englout… en mer : tels furent les témoignages de sa fureur, qui furent laiss… après lui par ce formidable ouragan. »

Jules Verne, *L'Île mystérieuse*, 1874.

3. « Toutes les nations voisines se sont mêl…, toutes ont ét… en guerre et ont chang… de limites. »

Voltaire, *Candide*, 1759.

4. « Il m'arrive ce qui arrive aux gens qui se sont bless… en rêve, ils regardent et sentent leur blessure, et ne se souviennent pas de l'avoir reçu… »

Alexandre Dumas, *Le Comte de Monte-Cristo*, 1846.

5. « C'est par là que les voleurs sont entr…, n'est-ce pas ? C'est par là qu'ils se sont enfu… ? »

Roman de Renart, XII-XIIIe siècles.

6. « Cette prière […] doit être répét… cinq fois par jour par les fidèles, qui, avant d'entrer, se sont lav… les pieds, les mains et la face. »

Guy de Maupassant, *Récits de voyage*, 1884.

7. « Et puis ils se sont parl… tout bas ; et puis ils se sont lev… et ils sont part… dans les feuilles sans rien dire. »

Guy de Maupassant, *Le Horla*, 1887.

8. « Mes oncles et mes tantes se sont regard…, et l'un d'eux s'est lev… ; il a ôt… son chapeau et s'est m… à dire une prière. »

Jules Vallès, *L'Enfant*, 1878.

→ *Corrigé p. 242*

CORRIGÉS

1 → Énoncé p. 240

Temps et mode	Verbe conjugué
aimer, indicatif, imparfait, 3e personne du singulier	*il aimait*
faire, indicatif, présent, 2e personne du pluriel	***vous faites***
***être*, subjonctif présent, 1re personne du pluriel**	*que nous soyons*
***élire*, voix passive, indicatif passé compose, 3e personne du singulier**	*il a été élu*
jouer, indicatif, passé simple, 1re personne du singulier	***je jouai***
mourir, subjonctif présent, 3e personne du singulier	***qu'il meure***
***appeler*, subjonctif imparfait, 3e personne du singulier**	*qu'il appelât*
***convaincre*, conditionnel passé, 3e personne du pluriel**	*ils auraient convaincu*
comprendre, indicatif, futur antérieur, 1re personne du singulier	***j'aurai compris***
se lever, impératif présent, 2e personne du singulier	***lève-toi***
***aller*, conditionnel présent, 1re personne du singulier**	*j'irais*

2 → Énoncé p. 240

« Ces salles basses, qui n'***ont*** ni devanture, ni montre, ni vitrages, ***sont*** profondes, obscures et sans ornements extérieurs ou intérieurs. Leur porte est ouverte en deux parties pleines, grossièrement ferrées, dont la supérieure ***se replie*** intérieurement, et dont l'inférieure, armée d'une sonnette à ressort ***va et vient*** constamment. L'air et le jour ***arrivent*** à cette espèce d'antre humide, ou par le haut de la porte, ou par l'espace qui ***se trouve*** entre la voûte, le plancher et le petit mur à hauteur d'appui dans lequel ***s'encastrent*** de solides volets, ôtés le matin, remis et maintenus le soir avec des bandes de fer boulonnées. Ce mur ***sert*** à étaler les marchandises du négociant. »

Honoré de Balzac, *Scènes de la vie de province*, 1840.

Rappel

Au **présent de l'indicatif,** les **verbes** du **1er groupe** finissent en ***-e*** et non en -t.
Ex. : il voit mais il envoie.

3 → Énoncé p. 241

1. « La voie, que les mineurs de la coupe à terre n'avaient pas encore élargi**e** ***(accord avec le COD*** **que** ***mis pour*** **voie** ***et placé avant le verbe)***, était un véritable boyau, de toit très inégal, renflé de continuelles bosses. » Émile Zola, *Germinal*, 1885.

2. « Villes renvers**ées**, forêts déracin**ées**, rivages dévast**és** par des montagnes d'eau qui se précipitaient comme des mascarets, navires jet**és** à la côte, que les relevés du *Bureau-Veritas* chiffrèrent par centaines, territoires entiers nivel**és** par des trombes qui broyaient tout sur leur passage, plusieurs milliers de personnes écras**ées** sur terre ou englout**ies** ***(tous ces participes passés sont utilisés comme adjectifs et s'accordent donc avec les noms auxquels ils se rapportent)*** en mer : tels furent les témoignages de sa fureur, qui furent laissés ***(voix passive : accord avec le sujet* qui *mis pour* témoignages*)*** après lui par ce formidable ouragan. » Jules Verne, *L'Île mystérieuse*, 1874.

3. « Toutes les nations voisines se sont mêl**ées** ***(pronominal réciproque, pas de COD possible, donc accord avec le pronom* se *COD = accord avec le sujet)***, toutes ont été ***(toujours invariable)*** en guerre et ont chang**é** ***(auxiliaire* avoir*, COD* limites *placé après le verbe, donc absence d'accord)*** de limites. » Voltaire, *Candide*, 1759.

4. « Il m'arrive ce qui arrive aux gens qui se sont bless**és** ***(pronominal de sens réfléchi :* ils se sont blessés eux-mêmes*, donc accord avec le pronom* se *COD = accord avec le sujet)*** en rêve, ils regardent et sentent leur blessure, et ne se souviennent pas de l'avoir reç**ue** ***(accord avec le COD* l' *placé avant et mis pour* blessure*)***. » Alexandre Dumas, *Le Comte de Monte-Cristo*, 1846.

5. « C'est par là que les voleurs sont entr**és** ***(auxiliaire* être*, donc accord avec le sujet)***, n'est-ce pas ? C'est par là qu'ils se sont enfu**is** ? » ***(verbe essentiellement pronominal, donc accord avec le sujet)*** *Roman de Renart*, XII-XIIIe siècles.

6. « Cette prière [...] doit être répét**ée** ***(auxiliaire* être*, donc accord avec le sujet)*** cinq fois par jour par les fidèles, qui, avant d'entrer, se sont lav**é** ***(COD placé après le verbe, donc absence d'accord)*** les pieds, les mains et la face. » ***(COD)*** Guy de Maupassant, *Récits de voyage*, 1884.

7. « Et puis ils se sont parl**é** ***(se = COI car on parle à quelqu'un, donc absence d'accord)*** tout bas ; et puis ils se sont lev**és** ***(pronominal réfléchi, donc accord avec le sujet)*** et ils sont part**is** ***(auxiliaire* être*, donc accord avec le sujet)*** dans les feuilles sans rien dire. » Guy de Maupassant, *Le Horla*, 1887.

8. « Mes oncles et mes tantes se sont regard**és** ***(pronominal réciproque : ils se sont regardés l'un l'autre, donc accord avec le pronom* se *COD = accord avec le sujet)***, et l'un d'eux s'est lev**é** ; il a ôt**é** son chapeau et s'est m**is** à dire une prière. » Jules Vallès, *L'Enfant*, 1878.

Conseil

Pour connaître la **finale** d'un **participe passé**, mettez celui-ci au féminin et tendez l'oreille ! On dit *elle s'est enfuie*, le participe passé s'écrit donc avec un ***-i***.

CHAPITRE 13 Des techniques pour bien écrire

1 Les outils du raisonnement

A Organiser son argumentation grâce aux liens logiques

Il est important de maîtriser les **relations logiques** fondamentales pour saisir le sens d'un texte et structurer ses idées, particulièrement dans le cadre d'une dissertation ou d'un commentaire.

Ces relations logiques correspondent aux liens exprimés par les **sept subordonnées circonstancielles** (condition, cause, conséquence, but, comparaison, opposition et concession). Ces liens logiques peuvent s'écrire de **différentes façons**.

- **Une proposition subordonnée circonstancielle** commençant par une conjonction de subordination : *de sorte que, bien que, alors que*, etc.
- **Un complément circonstanciel** souvent introduit par une préposition : *en cas de, pour, malgré*, etc.
- **Un mot de liaison :** *cependant, donc, pour cela*, etc.

	Proposition subordonnée circonstancielle	Complément circonstanciel
Condition	**S'il arrive en retard**, il ne sera pas accepté en cours.	**En cas de retard**, il ne sera pas accepté en cours.
Cause	Il n'a pas été accepté en cours **parce qu'il était en retard.**	Il n'a pas été accepté en cours **à cause de son retard.**
Conséquence	Il était en retard **si bien qu'il n'a pas été accepté en cours.**	Il était en retard **au point d'être refusé en cours.**
But	Il a beaucoup travaillé **pour que ses bulletins lui permettent d'être accepté dans l'école de son choix.**	Il a beaucoup travaillé **en vue d'une acceptation dans l'école de son choix.**
Comparaison	Il révise **comme je le lui ai conseillé.**	Il révise **selon mes conseils.**
Opposition	Tous les autres élèves étaient à l'heure, **alors que Paul était en retard.**	Tous les élèves étaient à l'heure, **sauf Paul.**
Concession	**Bien qu'il soit arrivé en retard**, il a été accepté en cours.	**Malgré son retard**, il a été accepté en cours.

À savoir !

Opposition et **concession** sont deux relations logiques proches.
Dans le cas d'une proposition marquant l'**opposition**, **deux faits indépendants** s'opposent.
Ex. : Paul était en retard tandis que Marie était à l'heure.
Dans le cas de la concession, un **lien logique** existe entre deux événements qui auraient dû se réaliser.
Ex. : Bien qu'il soit arrivé en retard, il a été accepté en cours. (mais il n'aurait pas dû !)

B Les principaux connecteurs logiques

L'utilisation de **connecteurs logiques**, ou **mots de liaison**, est nécessaire afin de créer du sens dans une phrase.

Connecteurs logiques	
Pour énumérer ou classer	*d'une part / d'autre part, tout d'abord, ensuite, enfin, en premier/second lieu, premièrement, deuxièmement*, etc.
Pour opposer	*mais, cependant, toutefois, néanmoins, or, pourtant, en revanche*, etc.
Pour souligner une idée en la reformulant	*en d'autres termes, autrement dit, c'est-à-dire, ou plus exactement, ou plutôt*, etc.
Pour exprimer la cause	*car, d'autant que, par, étant donné*, etc.
Pour exprimer la conséquence	*donc, ainsi, c'est pourquoi, si bien que, à tel point que, par conséquent, alors, dès lors*, etc.
Pour faire référence à quelqu'un / quelque chose	*à ce propos, à ce sujet, sur ce point, selon, en ce qui concerne, concernant, quant à*, etc.
Pour ajouter une idée	*de plus, en outre, par ailleurs*, etc.

2 La négation et l'interrogation

Épreuve orale

Pour **contrer** efficacement un argument ou le remettre en cause, il faut connaître et reconnaître les différentes formes de **négation** et d'**interrogation**.

A L'expression de la négation

La négation lexicale et la négation grammaticale

La négation peut porter sur le mot ou sur la phrase.

- **La négation lexicale** porte sur le **mot**. Elle est formée avec les préfixes *non-, a-, in- / im- / il-* : *la* ***non****-violence,* ***a****symétrique,* ***a****moral,* ***im****possible,* ***il****logique*, etc.
- **La négation grammaticale** porte sur la **phrase** : *ne... pas, ne... plus*, etc.

- **La négation** est possible avec **tous les types de phrases**.

– La phrase déclarative

Ex. : Je n'aime pas les cœurs de palmier.

– La phrase interrogative

Ex. : Ces enfants ne sont-ils pas gentils ?

– La phrase impérative

Ex. : Ne mange surtout pas ce sandwich !

Les formes de la négation

Forme	Construite avec...	Exemples
Négation totale	*ne... pas, ne... point*	*Ex. :* « Tu **ne** veux **pas** te nommer joie », Victor Hugo, « À celle qui est voilée », *Les Contemplations*, 1856. *Ex. :* « Tu **ne** te tueras **point**, et tu l'épouseras. Molière, *L'Avare*, Acte I, scène 4 ,1668.
Négation partielle	– un déterminant + *ne* – un pronom + *ne*	*Ex. :* « Une mer qu'**aucun** bord **n'**arrête / S'étendait bleue à l'horizon » Alphonse de Lamartine, « À une fleur séchée dans un album », *Méditations Poétiques*, 1820. *Ex. :* « **Rien n'**égale votre puissance, / Sinon votre fragilité. » Alfred de Musset, « À mademoiselle », *Poésies nouvelles*, 1850.
Négation restrictive	*ne... que*	*Ex. :* « Et vos grands cils émus, de leur aile inquiète, / **Ne** voilent **qu'**à demi leur vif rayonnement. » Théophile Gautier, « À deux beaux yeux », *La Comédie de la mort*, 1838.

Il joue plutôt qu'il ne révise.

À savoir !

Parfois le ***ne*** n'est pas une négation, il a un rôle euphonique, c'est-à-dire qu'il facilite la prononciation et améliore la qualité des sons. Si on le supprime, le sens de la phrase ne change pas. C'est un ***ne* explétif.**

Ex. : Je crains qu'il **ne** soit en retard = Je crains qu'il soit en retard.

B L'expression de l'interrogation

- **Il est important de maîtriser l'expression de l'interrogation** pour votre baccalauréat. Elle vous sera très utile, notamment au moment de formuler votre **problématique** dans l'introduction de votre devoir.

Interrogative directe	Interrogative indirecte
Elle peut avoir un **verbe introducteur** suivi de **deux-points** et éventuellement de **guillemets.** ***Ex. :*** L'homme demanda : « Qui est là ? ».	Elle a **toujours** un **verbe** introducteur. ***Ex. :*** L'homme demanda qui était là.
Elle se termine toujours par un **point d'interrogation.** ***Ex. :*** Comment vas-tu ?	Elle ne se termine **jamais** par un **point d'interrogation.** ***Ex. :*** Elle lui demanda comment il allait.
Elle peut être introduite par ***est-ce que***. ***Ex. :*** Est-ce que tu viendras ?	*Est-ce que* est remplacé par ***si***. ***Ex. :*** Il se demandait si elle viendrait.
Elle peut avoir un **sujet inversé**. ***Ex. :*** Viendras-tu ?	Elle n'a **jamais** de **sujet inversé**. ***Ex. :*** Il se doutait que tu ne viendrais pas.

■ **Pour formuler clairement votre problématique,** vous pouvez utiliser :

– **une interrogative directe**

Ex. : En quoi ce poème **est-il** un éloge de la liberté ?

ou

– **une interrogative indirecte**

Ex. : Nous nous demanderons en quoi ce poème **est** un éloge de la liberté.

À noter !

Le **-*t* euphonique** désigne le **-*t*** que l'on ajoute entre un verbe et un pronom sujet *(il, elle, on)* inversé lorsque le verbe se termine par un **-*e*** ou un **-*a*** et avec les verbes *vaincre* et *convaincre*.

Ex. : ... s'exclama-t-il / ...interroge-t-elle / Mange-t-on maintenant ?

Il ne doit pas être employé dans les autres cas : *prend-on, entend-elle*, etc.

3 Les homophones grammaticaux

– a /à
- je peux remplacer par *avait* → ***a***
- je ne peux pas remplacer par *avait* → ***à***

– ça / sa
- je peux remplacer par *cela* → **ça**
- je peux remplacer par *ma* → ***sa***

– ce / se
- je peux remplacer par *cela* ou le mot est devant un nom → ***ce***
- c'est entre le sujet et le verbe → ***se***

- *on / ont*
  - je peux remplacer par *nous* → ***on***
  - je peux remplacer par *avaient* → ***ont***
- *ou / où*
  - je peux remplacer par *ou bien* → ***ou***
  - je ne peux pas remplacer par *ou bien* → ***où***
- *or / hors*
  - je peux remplacer par *mais* → ***or***
  - je peux remplacer par *sauf* ou *dehors* → ***hors***
- *son / sont*
  - je peux remplacer par *le sien* → ***son***
  - je peux remplacer par *étaient* → ***sont***
- *sensé / censé*
  - je peux remplacer par *intelligent, qui a du bon sens* → ***sensé***
  - je peux remplacer par *supposé* → ***censé***
- *leur / leurs*
  - est devant un verbe → toujours **invariable**, ***leur***
  - est devant un nom → **variable**, s'accorde avec le nom qui suit
- *quoique / quoi que*
  - je peux remplacer par *bien que* → ***quoique***
  - je peux remplacer par *peu importe ce que* → ***quoi que***
- *quand / quant*
  - je peux remplacer par *lorsque* ou *à quel moment* → ***quand***
  - je peux remplacer par *en ce qui concerne* → ***quant***
- *quelquefois / quelques fois*
  - je peux remplacer par *parfois* → ***quelquefois***
  - je peux remplacer par *plusieurs fois* → ***quelques fois***
- *quelques / quel que*
  - je peux remplacer par *plusieurs* → ***quelques***
  - je peux remplacer par *peu importe* → ***quel (les) que***

EXERCICES

1 5 min ★★ Les outils du raisonnement

Complétez les phrases par un mot de liaison approprié et dites quelle est la relation logique exprimée.

1.

« Cette journée devait être jusqu'au soir une fantasmagorie pour Eugène, qui, … la force de son caractère, ne savait comment classer ses idées. »

Honoré de Balzac, *Le Père Goriot*, 1835.

2.

« Je n'ai pu m'empêcher de le gronder un peu, en ayant soin de ne parler que pendant que la voiture faisait du bruit, … personne ne pût entendre. »

Victor Hugo, *Les Misérables*, 1862.

3.

« Il emprunta encore six francs cinquante le lendemain sur les vingt francs, … il vint au rendez-vous convenu avec quatre francs vingt dans sa poche. »

Guy de Maupassant, *Bel-Ami*, 1885.

4.

« Ma tante, … cris de la fille de cuisine, ne put se reposer. »

Marcel Proust, *Du côté de chez Swann*, 1913.

5.

« Je n'aurais rien à craindre … tout le monde vous voyait des yeux dont je vous vois. »

Molière, *L'Avare*, 1668.

→ *Corrigé p. 251*

2 5 min ★★ La négation

Déterminez si la négation est partielle, totale ou restrictive ou si la négation est un *ne* explétif.

1.

« À la fin du jour, on ne voit plus que le pic du volcan se dressant comme un style à l'horizon. »

Jules Verne, *L'Île à hélice*, 1895.

2.

> « Après quoi elle parla en ces termes à Candide, qui ne perdait pas une parole, et qui la dévorait des yeux. »
>
> Voltaire, *Candide*, 1759.

3.

> « Aucun besoin imaginaire ne le tourmente ; l'opinion ne peut rien sur lui ; ses désirs ne vont pas plus loin que ses bras. »
>
> Jean-Jacques Rousseau, *Émile ou De l'éducation*, 1762.

4.

> « M. Delmare, menacé d'une ruine complète, et résolu de faire honneur à tous ses engagements, craignit que son voyage n'eût l'air d'une fuite. »
>
> George Sand, *Indiana*, 1832.

→ *Corrigé p. 251*

3 5 min ★★★ L'interrogation

Corrigez les interrogatives suivantes.

1. Il s'agira de se demander dans quelle mesure le héros peut-il être un contre-modèle.
2. Nous nous demanderons comment le poète réussit à faire l'éloge d'un défaut ?
3. On se demandera alors est-ce que le masque au théâtre n'est qu'un moyen de cacher le personnage ?

→ *Corrigé p. 251*

4 5 min ★★ Les homophones grammaticaux

Choisissez la forme correcte dans les phrases suivantes.

1. Bien qu'il est / ait / aie prétendu le contraire, Victor Hugo n'a / à pas toujours suivi l'ordre chronologique dans ses / ces / c'est *Contemplations*.
2. Julien Sorel n'était pas censé / sensé revenir à Verrières mais son / sont amour pour Madame de Rênal était trop grand.
3. Quoi que / quoique ses romans aient / est été censurés, François Rabelais n'a jamais cessé d'écrire quelque / quelques / quelles que / qu'elles que fussent les menaces.
4. Quand / quant aux figures de style, le poète n'en a utilisé aucune / aucunes et leur / leurs / leurre a préféré un style plus épuré.

→ *Corrigé p. 251*

CORRIGÉS

1 → *Énoncé p. 249*

Attention !

On ne dit pas ~~*malgré que*~~, mais ***bien que*** ou ***même si.***

1. « **malgré** la force de son caractère », ou bien **en dépit de : concession.**

2. « **afin que** personne ne pût entendre. » ou bien **pour que : but.**

3. « **de sorte qu'il** vint » ou bien **si bien que / de telle sorte que : conséquence.**

4. « **à cause des** cris de la fille de cuisine » ou bien **en raison des : cause.**

5. « **si** tout le monde » : **condition / hypothèse.**

2 → *Énoncé p. 249*

1. « on **ne** voit **plus que** le pic du volcan » : **négation restrictive.**

2. « qui **ne** perdait **pas** une parole » : **négation totale.**

3. « **Aucun** besoin imaginaire **ne** le tourmente : **négation partielle** ; « l'opinion **ne** peut **rien » : négation totale** ; « ses désirs **ne** vont **pas » : négation totale.**

4. « craignit que son voyage **n'**eût l'air d'une fuite » : Attention ! Il s'agit d'un ***ne*** **explétif** et non d'une négation !

Rappel

Pour repérer un ***ne* explétif**, supprimez-le et vous constaterez que la phrase ne change pas de sens.

3 → *Énoncé p. 250*

1. Il s'agira de se demander dans quelle mesure le héros peut être un contre-modèle : **pas de sujet inversé dans une interrogative indirecte.**

2. Nous nous demanderons comment le poète réussit à faire l'éloge d'un défaut : **pas de point d'interrogation dans une interrogative indirecte.**

3. On se demandera alors **si** le masque au théâtre n'est qu'un moyen de cacher le personnage : **pas de point d'interrogation dans une interrogative indirecte.**

Conseil

Une **problématique** formulée sans erreur de syntaxe est essentielle pour faire une bonne impression dès l'introduction !

4 → *Énoncé p. 250*

1. ait ; a ; ses. 2. censé ; son. 3. quoique ; aient ; quelles que. 4. quant ; aucune ; leur.

LEXIQUE D'ANALYSE LITTÉRAIRE

A

Accumulation
Procédé qui consiste à énumérer plusieurs termes de même nature.

Acte
Divisions principales d'une pièce de théâtre. Chaque acte est lui-même divisé en scènes.

Alexandrin
Vers de douze syllabes.

Allégorie
Représentation concrète d'une idée abstraite sous la forme d'une image ou d'une personne. *Ex.* : Liberté.

Allitération
Répétition d'une consonne ou d'un groupe de consonnes.

Analepse
Retour en arrière dans un récit. Équivalent du *flash-back* au cinéma.

Anaphore
Répétition d'un ou de plusieurs mots au début de phrases ou de vers. Ce procédé crée un effet d'insistance.

Antiphrase
Figure de style qui consiste à employer un mot, une phrase, dans un sens contraire à sa véritable signification. C'est le procédé principal de l'ironie.

Antithèse
Rapprochement de deux termes opposés afin de les mettre en valeur l'un par rapport à l'autre.

Aparté
Ce qu'un acteur dit à part soi et qui est censé n'être entendu que par les spectateurs. Le mot est masculin : un aparté.

Apologue
Récit bref souvent allégorique à visée morale et didactique.

Apostrophe
Figure qui consiste à interpeller une chose ou une personne en la nommant.

Assonance
Répétition du même son voyelle.

C

Calligramme
Poème dont la typographie forme un dessin (mot inventé par Guillaume Apollinaire).

Caricature
Représentation délibérément déformée et exagérée de la réalité, dans une intention satirique ou polémique.

Césure
Coupe ou repos dans le vers après une syllabe accentuée afin de marquer une pause, une respiration et/ou de créer un rythme.

Champ lexical
Ensemble des mots relatifs à un même thème.

Chiasme
Figure de style disposant en ordre inverse les mots de deux propositions qui s'opposent.

Comparaison
Figure de style qui rapproche deux éléments avec un outil de comparaison (« comme », « tel », etc.).

Connotation
Sens appliqué à un terme, plus général que celui qui lui est propre.

D

Décasyllabe
Vers qui a dix syllabes.

Dénotation
Sens communément admis d'un mot, par opposition à la connotation.

Dénouement
Fin d'un roman ou d'une pièce de théâtre.

Dialogue
1. Ensemble des paroles échangées entre les personnages d'une pièce de théâtre, d'un film.
2. Composition littéraire ayant la forme d'une conversation entre deux ou plusieurs personnages.

Didactique
Se dit d'une œuvre ou d'un texte qui cherche à instruire.

Didascalie
Indication scénique donnée par le dramaturge. Les didascalies sont souvent en italique et désignent tout ce qui ne relève pas du dialogue

théâtral (nom des personnages, indications sur le ton, le décor, les déplacements, etc.).

Diérèse
Division d'une diphtongue en deux syllabes.

Digression
Développement qui s'écarte du sujet traité ou de l'intrigue principale.

Discours rapporté
Façon dont les paroles d'un personnage sont rapportées par le narrateur dans un récit ou un roman : discours direct, indirect ou indirect libre.

Double énonciation
Au théâtre lorsque les paroles s'adressent simultanément à deux destinataires : un autre personnage et le spectateur.

E

Ellipse
Procédé syntaxique ou stylistique consistant à omettre un ou plusieurs mots à l'intérieur d'une phrase ou à omettre volontairement un épisode dans une intrigue.

Emphase
Exagération prétentieuse dans le ton, le geste, l'expression et le style.

Enjambement
En versification, décalage entre l'unité du vers et l'unité de la phrase qui déborde sur le vers suivant. Les rejets et contre-rejets sont des types d'enjambements.

Énumération
Donner à la suite les différents éléments d'un ensemble ou partageant une caractéristique.

Épistolaire
Un roman épistolaire est un roman uniquement constitué de lettres.

Éponyme
« Qui donne son nom à. » On parle de personnage éponyme lorsqu'il donne son nom à l'œuvre.

Essai
Ouvrage où un auteur traite librement un sujet sans prétendre l'épuiser.

Euphémisme
Façon de présenter une réalité brutale ou blessante en atténuant son expression pour éviter de choquer.

Exagération
Procédé qui consiste à présenter quelque chose comme plus grand, plus important qu'il n'est en réalité.

Explicite
Ce qui est énoncé de façon claire et directe.

F

Focalisation
En narratologie, point de vue du narrateur sur l'action. Il existe trois focalisations : interne, externe ou zéro (ou omnisciente). *Voir p. 192.*

G

Genre
Catégorie littéraire qui se distingue par ses caractéristiques formelles. Il existe plusieurs genres littéraires : le roman, la fable, la poésie, le théâtre, etc.

Gradation
Figure de style consistant à présenter des éléments de manière croissante (gradation ascendante) ou décroissante (gradation descendante).

H

Hémistiche
Chacune des deux moitiés d'un vers.

Héros/héroïne
1. Demi-dieu dans la mythologie.
2. Celui qui se distingue par sa grandeur d'âme exceptionnelle, son dévouement total, etc.
3. Personnage principal d'une œuvre littéraire, dramatique ou cinématographique.

Hétérométrie
Se dit d'un poème versifié qui a recours à plusieurs types de vers (alternance d'alexandrins et d'octosyllabes par exemple).

Hyperbole
Procédé littéraire qui consiste à exagérer.

I

Implicite
Qui, sans être exprimé formellement, peut être déduit de ce qui est exprimé. S'oppose à explicite.

Interjection
Mot invariable qui traduit l'émotion du locuteur. Les interjections sont souvent suivies d'une ponctuation forte. *Ex. : Bof ! Ah ! Ciel !*

Ironie
Tonalité qui consiste à dire le contraire de ce qu'on veut faire entendre, souvent sous forme de moquerie.

L

Litote
Figure de rhétorique consistant à dire moins pour faire entendre plus. *Ex. :* « Va, je ne te hais point. » Corneille

M

Manifeste
Œuvre par laquelle un auteur expose la théorie d'un mouvement littéraire. *Ex. : Le Manifeste du surréalisme* d'André Breton.

Mélioratif
Se dit d'un terme, d'une expression qui présente ce dont on parle d'une façon avantageuse. Contraire de péjoratif.

Métaphore
Comparaison sans outil de comparaison.

Métonymie
Figure de style consistant à désigner la partie pour le tout, l'auteur pour l'œuvre, la matière pour l'objet, etc.

Monologue
Au théâtre quand un personnage prend la parole alors qu'il est seul sur scène.

N

Narration
Récit ou relation d'un fait, d'un événement.

Néologisme
Création d'un mot nouveau.

Nœud
Moment capital d'une pièce de théâtre, d'un roman.

Nouvelle
Brève composition littéraire de fiction. Roman en miniature.

O

Octosyllabe
Vers de huit syllabes.

Ode
Poème chanté, chez les Grecs ; poème lyrique composé de strophes égales par le nombre et la mesure des vers (du grec *ôdê*, « chant »).

Oxymore
Figure de style consistant à relier syntaxiquement deux mots qui s'opposent totalement, en général un nom et un adjectif.

P

Paradoxe
1. Étymologiquement, proposition contraire à l'opinion commune.
2. Une seule proposition qui associe deux idées opposées et contradictoires.

Parallélisme
Procédé qui consiste à reprendre la même structure syntaxique dans deux propositions ou groupes de mots distincts.

Paratexte
Ensemble des informations données autour du texte : titre, préface, notes, etc.

Paronyme
Mot ressemblant par sa forme et sa prononciation à un autre mot de sens différent. *Ex. : avènement* et *événement*.

Pathétique
Tonalité qui cherche à émouvoir l'interlocuteur.

Péjoratif
Se dit d'une expression, d'un mot, d'un suffixe, d'un préfixe, d'une intonation qui implique un jugement négatif. Contraire de mélioratif.

Péripéties
Ensemble des différentes actions qui affectent une situation et participent au déroulé de l'intrigue, dans un roman ou un récit.

Périphrase
Figure consistant à désigner un objet ou une personne par ses caractéristiques. *Ex. :* « la ville rose » pour désigner Toulouse.

Personnage
Création fictive qui ressemble à une personne au sein d'une œuvre artistique (littérature, cinéma, etc.). *Voir p. 191.*

Point de vue
Voir « focalisation ».

Polémique
Qui critique, qui incite à la dispute, à la discussion par son ton agressif.

Polysémie
Pluralité de sens d'un mot, d'une phrase.

Prolepse
1. Récit anticipé d'événement (équivalent de *flash forward* au cinéma), contraire d'analepse.
2. Figure de rhétorique consistant à prévoir une objection et à la réfuter par avance.

Q

Quatrain
Strophe constituée de quatre vers.

Question rhétorique
Procédé qui consiste à poser une question dont la réponse est sous-entendue. Le locuteur n'attend donc pas de réponse.

Quiproquo
Méprise qui fait prendre une chose pour une autre, malentendu.

R

Rejet
Type d'enjambement. Le rejet consiste à placer au début du vers un mot ou groupe de mots qui appartient au vers précédent au niveau syntaxique. Le rejet est un débordement d'un vers sur le suivant.

Répétition
Retour du même mot, de la même idée.

Réplique
Type de parole au théâtre : ce qu'un acteur répond à un autre.

Rhétorique
Art de bien parler ; ensemble des procédés qu'un orateur emploie pour persuader, convaincre.

Rime
Retour des mêmes sons à la fin de deux unités rythmiques ou de deux vers.

S

Satire
Œuvre, texte qui critique en se moquant, souvent en utilisant la tonalité comique.

Scène
Partie d'un acte ; épisode d'une œuvre narrative (roman, film, etc.).

Sonnet
Poème de quatorze vers constitué de deux quatrains à rimes embrassées et de deux tercets.

Stichomythie
Répliques brèves échangées entre deux personnages, au théâtre. Elles marquent souvent une tension et créent un rythme enlevé.

Strophe
Groupe de vers cohérent par son système de rimes et séparé du reste du poème par des blancs.

Synérèse
Réunion en une seule syllabe de deux voyelles qui se suivent dans un mot et qui sont normalement prononcées séparément.

T

Tercet
Strophe de trois vers.

Thèse
Proposition, opinion qu'on s'attache à soutenir, à défendre.

Tirade
Longue réplique prononcée par un personnage à un ou plusieurs autres ; à ne pas confondre avec le monologue.

Tonalité
Synonyme de registre. La tonalité d'un texte dépend de l'émotion suscitée chez le locuteur et présente de nombreuses caractéristiques (thèmes, champs lexicaux, procédés, etc.). *Ex. :* tonalité pathétique, lyrique, tragique, etc.

V

Vers
Suite de mots mesurée et cadencée selon des règles, et constituant une unité rythmique.

Versification
Ensemble des règles qui régissent la manière dont un vers est composé (nombre de syllabes, schéma de rimes, etc.). La versification s'oppose à la prose.

Vraisemblance
Qui a l'apparence de vérité.

Z

Zeugma
Figure de style qui consiste à mettre sur le même plan syntaxique deux termes qui appartiennent à des domaines de sens différents. *Ex. :* concret-abstrait.

BiBLiO LYCÉE

BAC 2024

Découvrez les œuvres au programme du Bac de français 2024, avec les titres de notre collection Bibliolycée

Toutes les clés pour réussir votre BAC 2024

- **Le texte de l'œuvre** clarifié grâce à de nombreuses notes explicatives.
- **Des questionnaires** de préparation à l'oral du Bac.
- **La biographie** de l'auteur.
- **Le contexte historique, artistique et culturel** d'écriture de l'œuvre.
- **La genèse** de l'œuvre.
- **Le genre** de l'œuvre.
- **Un groupement de textes** sur le parcours associé à l'œuvre.
- **Un dossier SPÉCIAL BAC** proposant des sujets d'écrit et d'oral corrigés, avec des conseils de méthode.

hachette
ÉDUCATION